未来像盛夏的大雨，
在我们还来不及撑开伞时就扑面而来。

流浪的航程太长太长
但那一时刻要叫我一声啊
当东方再次出现霞光

流浪
地球

我出生在刹车时代结束的时候，
那时候地球刚刚停止转动。

流浪地球

我又想起了那个谜语，
我曾问过哲学老师，那堵墙是什么颜色的，
他说应该是黑色的。
我觉得不对，
我想象中的死亡之墙应该是雪亮的，
这就是为什么那道等离子体墙让我想起了它。

流浪
地球

在我眼中，世界就是由广阔的星空和向四面无限延伸的冰原组成的，这冰原似乎一直延伸到宇宙的尽头，或者它本身就是宇宙的尽头。而在无限的星空和无限的冰原组成的宇宙中，只有我一个人！

流浪
地球

从四个多世纪死亡的恐惧中解脱出来，
人们长出了一口气。
但预料中的狂欢并没有出现，
接下来发生的事情出乎所有人的想象。
在地下城的庆祝集会结束后，
我一个人穿上密封服来到地面。

流浪地球

刘慈欣 著

THE WANDERING EARTH

中国科学技术出版社
·北 京·

图书在版编目（CIP）数据

流浪地球：彩插版 / 刘慈欣著 . -- 北京：中国科学技术出版社，2022.12

ISBN 978-7-5046-9809-4

Ⅰ. ①流… Ⅱ. ①刘… Ⅲ. ①幻想小说—小说集—中国—当代 Ⅳ. ① I247.7

中国版本图书馆 CIP 数据核字（2022）第 197758 号

策划编辑 王卫英
责任编辑 王卫英 曹 璐
装帧设计 潘雪琴
彩　　插 视觉中国 画师 JW
内文排版 百朗文化
责任校对 张晓莉
责任印制 徐 飞

出　　版 中国科学技术出版社
发　　行 中国科学技术出版社有限公司发行部
地　　址 北京市海淀区中关村南大街 16 号
邮　　编 100081
发行电话 010-62173865
传　　真 010-62179148
网　　址 http://www.cspbooks.com.cn

开　　本 700mm × 1000mm 1/16
字　　数 262 千字
印　　张 17.75
彩　　插 12
版　　次 2022 年 12 月第 1 版
印　　次 2022 年 12 月第 1 次印刷
印　　刷 唐山富达印务有限公司
书　　号 ISBN 978-7-5046-9809-4 / I · 70
定　　价 45.00 元

目录

Contents

流浪地球
001

中国太阳
037

地球大炮
073

时间移民
113

全频带阻塞干扰
131

赡养上帝
175

超新星纪元
207

三体（节选）
241

三体Ⅱ·黑暗森林（节选）
255

三体Ⅲ·死神永生（节选）
267

刘慈欣创作年表
275

流浪地球

刹车时代

我没见过黑夜，我没见过星星，我没见过春天、秋天和冬天。

我出生在刹车时代结束的时候，那时候地球刚刚停止转动。

地球自转刹车用了 42 年，比联合政府的计划长了 3 年。妈妈给我讲过我们全家看最后一次日落时的情景——太阳落得很慢，仿佛在地平线上停住了，用了三天三夜才落下去。当然，以后没有“天”也没有“夜”了。东半球在相当长的一段时间里（有十几年吧）将处于永远的黄昏中，因为太阳在地平线下并没落深，还在半边天上映出它的光芒。就在那次漫长的日落中，我出生了。

黄昏并不意味着昏暗，地球发动机把整个北半球照得通明。地球发动机安装在亚洲和美洲大陆上，因为只有这两块大陆完整坚实的板块结构才能承受发动机对地球巨大的推力。地球发动机共有 12000 台，分布在亚洲和美洲大陆的各个平原上。从我居住的地方，可以看到几百台发动机喷出的等离子体光柱。你想象一座巨大的宫殿，有雅典卫城的神殿那么大，殿中有无数根顶天立地的巨柱，每根柱子都像巨大的日光灯管那样发出蓝白色的强光，而你则是那巨大宫殿地板上的一个细菌，这样，你就可以想象到我所在的世界是什么样子了。其实这样描述还不是太准确，是地球发动机产生的切线推力分量刹住了地球的自转，因此地球发动机的喷射必须有一定的角度，这样天空中的那些巨型光柱是倾斜的，我们是处在一座将要倾倒的巨殿中！南半球的人来到北半球后突然置身于这个环境中，有许多人会精神失常的。比这景象更可怕的是地球发动机带来的酷热，户外气温高达七八十摄氏度，必须穿冷却服才能外出。在这样的气温下，常常会有暴雨，而地球发动机光柱穿过乌云时的景象简直是一场噩梦！光柱那蓝白色的强光在云中散射，变成由无数种色彩组成的疯狂涌动的光晕，整个天空仿佛被白热的火山岩浆所覆盖。爷爷老糊涂了，有一次被酷热折磨得实在受不了，看到下大雨喜出望外，就赤膊冲出门去，我们没来得及拦住他，外面的雨点已被地球发动机超高温的等离子体光柱烤热，把他身上烫脱了一层皮。

但对我们这一代在北半球出生的人来说，这一切都很自然，就如同刹车时代以前的人们看见太阳、星星和月亮很自然一样。我们把以前人类的历史叫作“前太阳时代”，那真是个令人神往的黄金时代啊！

在我小学入学时，作为一门课程，老师带我们班的 30 个孩子进行了一次环球旅行。这时地球已经完全停转，地球发动机除维持这颗行星的静止状态外，只进行一些姿态调整，所以在我 3 岁到 6 岁的 3 年中，光柱的光度大为减弱，这使得我们可以在这次旅行中更好地认识我们的世界。

我们第一次近距离见到地球发动机是在石家庄附近的太行山出口处，那是一座金属的高山，在我们面前赫然耸立，占据了半个天空。同它相比，西边的太行山脉如同一串小土丘。有的孩子惊叹它如珠穆朗玛峰一样高。我们的班主任小星老师是一位漂亮姑娘，她笑着告诉我们，这座发动机的高度是 11000 米，比珠峰还要高 2000 多米，人们管它叫“上帝的喷灯”。我们站在它巨大的阴影中，感受着它通过大地传来的震动。

地球发动机分为两大类，大一些的叫“山”，小一些的叫“峰”。我们登上了“华北 794 号山”。登“山”比登“峰”花的时间长，因为“峰”是靠巨型电梯上下的，上“山”则要坐汽车沿盘“山”公路走。我们的汽车混在不见首尾的长车队中，沿着光滑的钢铁公路向上爬行。我们的左边是青色的金属峭壁，右边是万丈深渊。车队是由 50 吨的巨型自卸卡车组成的，车上满载着从太行山上挖下的岩石。汽车很快升到了 5000 米以上，下面的大地已看不清细节，只能看到反射的地球发动机的一片青光。小星老师让我们戴上氧气面罩。随着我们距喷口越来越近，光度和温度都在剧增，面罩的颜色渐渐变深，冷却服中的微型压缩机也加大功率忙碌起来。在 6000 米处，我们见到了进料口，一车车的大石块被倒进那闪着幽幽红光的大洞中，一点儿声音都没传出来。我问小星老师地球发动机是如何把岩石当作燃料的。

“重元素聚变是一门很深的学问，现在给你们还讲不明白。你们只需要知道，地球发动机是人类建造的力量最大的机器，比如我们所在的华北 794 号，全功率运行时能向大地产生 150 亿吨的推力。”

我们的汽车终于登上了顶峰，喷口就在我们头顶上。由于光柱的直径太大，我们现在抬头看到的是一堵发着蓝光的等离子体巨墙，这巨墙向上延伸到无限高处。这时，我突然想起不久前的一堂哲学课，那个憔悴的老师给我们出了一个谜语：

“你在平原上走着走着，突然迎面遇到一堵墙，这墙向上无限高，向下无限深，向左无限远，向右无限远，这墙是什么？”

我打了一个寒战，接着把这个谜语告诉了身边的小星老师。她想了好大一会儿，困惑地摇摇头。我把嘴凑到她耳边，把那个可怕的谜底告诉了她：

“死亡。”

她默默地看了我几秒钟，突然把我紧紧地抱在怀里。我从她的肩上极目望去，迷蒙的大地上，耸立着一片金属的巨峰，从我们周围一直延伸到地平线。巨峰吐出的光柱，如一片倾斜的宇宙森林，刺破我们摇摇欲坠的天空。

我们很快到达了海边，看到城市摩天大楼的尖顶伸出海面，退潮时白花花的海水从大楼无数的窗子中流出，形成一道道瀑布……刹车时代刚刚结束，其对地球的影响已触目惊心：地球发动机加速造成的潮汐吞没了北半球三分之二的大城市；地球发动机带来的全球高温融化了极地冰川，更使这场大洪水“如虎添翼”，波及南半球。爷爷在 30 年前目睹了百米高的巨浪吞没上海的情景，他现在讲这事的时候眼睛还直勾勾的。事实上，我们的星球还没起程就已面目全非了，谁知道在以后漫长的外太空流浪中，还有多少苦难在等着我们呢？

我们乘上一种叫“船”的古老的交通工具在海面上航行。地球发动机的光柱在后面越来越远，一天以后就完全看不见了。这时，大海处在两片霞光之间——一片是西面地球发动机的光柱产生的青蓝色霞光，一片是东方海平面下的太阳产生的粉红色霞光——它们在海面上的反射使大海也分成了闪耀着两色光芒的两部分，我们的船就行驶在这两部分的分界处，这景色真是奇妙！但随着青蓝色霞光的渐渐减弱和粉红色霞光的渐渐增强，一种不安的气氛在船上弥漫开来。甲板上见不到孩子们了，我们都躲在船舱里不出来，舷窗的帘子也被紧紧拉上。一天后，我们最害怕的那一时刻终于到来了。我们集合在那间被当作教室的大舱中，小星老师庄严地宣布：“孩子们，我们要去看日出了。”

没有人动，我们目光呆滞，像突然被冻住一样僵在那儿。小星老师又催了几次，还是没人动。她的一位男同事说：“我早就提过，环球体验课应该放在近代史课后面，这样学生在心理上就比较容易适应了。”

“没那么简单，在近代史课前，他们早就从社会上知道一切了。”小星老师说，她接着对几位班干部说，“你们先走，孩子们，不要怕，我小时候第一次看日出也很紧张的，但看过一次就好了。”

孩子们终于一个个站了起来，朝着舱门挪动脚步。这时，我感到一只湿湿的小手抓住了我的手，回头一看，是灵儿。

“我怕……”她嘤嘤地说。

“我们在电视上也看到过太阳，反正都一样的。”我安慰她说。

“怎么会一样呢，你在电视上看蛇和看真蛇一样吗？”

“反正我们得上去，要不这门课会被扣分的！”

我和灵儿紧紧拉着手，和其他孩子一起战战兢兢地朝甲板走去，去面对我们人生中的第一次日出。

“其实，人类把太阳同恐惧连在一起也只是近三四个世纪的事。这之前，人类是不怕太阳的；相反，太阳在他们眼中是庄严和壮美的。那时地球还在转动，人们每天都能看到日出和日落。他们对着初升的太阳欢呼，赞颂落日的美丽。”小星老师站在船头对我们说，海风吹动着她的长发。在她身后，海天相接处射出几道光芒，好像海面下的一头大得无法想象的怪兽喷出的鼻息。

终于，我们看到了那令人胆寒的火焰，开始时只是天水相接处的一个亮点，很快便增大，渐渐显示出了圆弧的形状。这时，我感到自己的喉咙被什么东西卡住了，恐惧使我窒息，脚下的甲板仿佛突然消失，我在向海的深渊坠下去，坠下去……和我一起下坠的还有灵儿，她那蛛丝般柔弱的小身躯紧贴着我颤抖着；还有其他孩子，其他的所有人，整个世界，都在下坠。这时，我又想起了那个谜语，我曾问过哲学老师，那堵墙是什么颜色的，他说应该是黑色的。我觉得不对，我想象中的死亡之墙应该是雪亮的，这就是为什么那道等离子体墙让我想起了它。这个时代，死亡不再是黑色的，它是闪电的颜色。当那最后的闪电到来时，世界将在瞬间变成蒸气。

三个多世纪前，天体物理学家们就发现太阳内部氢转化为氦的速度突然加快，于是他们发射了上万个探测器穿过太阳，最终建立了这颗恒星完整精确的数学模型。巨型计算机对这个模型进行计算的结果表明，太阳的演化已向主星序外偏移，氦元素的聚变将在很短的时间内传遍整个太阳内部，由此产生一次叫“氦闪”的剧烈爆炸。之后，太阳将变为一颗巨大但暗淡的红巨星，它膨胀到如此之大，地球将在太阳内部运行！事实上，在这之前的氦闪爆发中，我们的星球已被汽化了。

这一切将在 400 年内发生，现在已过了 380 年。

太阳的灾变将炸毁和吞没太阳系所有适合居住的类地行星，并使所有类木行星完全改变形态和轨道。自第一次氦闪后，随着重元素在太阳中心的反复聚集，太阳氦闪将在一段时间内反复发生，这“一段时间”是相对于恒星演化来说的，其长度可能相当于上千个人类历史。所以，人类在以后的太阳系中已无法生存下去，唯一的生路是向外太空进行恒星际移民。而照人类目前的技术力量，全人类移民唯一可行的目标是半人马座比邻星，这是距我们最近的恒星，有 4.3 光年的路程。人们对以上看法已达成共识，争论的焦点在移民方式上。

为了加强教学效果，我们的船在太平洋上折返了两次，又给我们制造了两次日出。现在我们已完全适应了，也相信了南半球那些每天面对太阳的孩子确实能活下去。

以后我们就在太阳下航行了。太阳在空中越升越高，这几天凉爽下来的天气又热了起来。我正在自己的舱里昏昏欲睡，忽然听到外面有嘈杂的人声。灵儿推开门探进头来。

“嘿，飞船派和地球派又打起来了！”

我对这事不感兴趣，他们已经打了将近四个世纪了。但我还是到外面看了看，在那打成一团的几个男孩儿中，一眼就看出挑事的是阿东。他爸爸是个顽固的飞船派，因参加一次反联合政府的暴动，现在还被关在监狱里，有其父必有其子。

小星老师和几名粗壮的船员好不容易才拉开架，阿东鼻子血糊糊的，他振臂高呼：“把地球派扔到海里去！”

“我也是地球派，也要被扔到海里去？”小星老师问。

“把地球派都扔到海里去！”阿东毫不示弱。现在，全世界飞船派的情绪又呈上升趋势，所以他们又狂起来了。

“为什么这么恨我们？”小星老师问。

其他几个飞船派小子接着喊了起来：

“我们不和地球派傻瓜在地球上等死！”

“我们要坐飞船走！飞船万岁！”

…………

小星老师按了一下手腕上的全息显示器，我们面前的空中立刻显示出一幅全息图像，孩子们的注意力立刻被它吸引过去，大家暂时安静下来。那是一个晶莹透明的密封玻璃球，直径大约有 10 厘米，球里有三分之二充满了水，水中有一只小虾、一小枝珊瑚和一些绿色的藻类植物，小虾在水中悠然地游动着。小星老师说：“这是阿东的一件自然课设计作业，小球中除这几样东西外，还有一些看不见的细菌。它们在密封的玻璃球中相互依赖、相互作用。小虾以海藻为食，从水中摄取氧气，排出含有机物质的粪便和二氧化碳废气，细菌将这些东西分解成无机物质和二氧化碳，然后海藻利用这些无机物质和二氧化碳在人造阳光的照射下进行光合作用，制造营养物质，进行生长和繁殖，同时放出氧气供小虾呼吸。这样的生态循环应该能使玻璃球中的生物在只有阳光供应的情况下生生不息。这是我见过的最好的课程设计。我知道，这里面凝聚了阿东和所有飞船派孩子的梦想，这就是你们梦中飞船的缩影啊！阿东告诉我，他按照计算机中严格的数学模型，对球中每一样生物进行了基因设计，使它们的新陈代谢正好达到平衡。他坚信，球中的生命世界会长期存在下去，直到小虾寿命的终点。老师们都很钟爱这件作业，我们把它放到所要求强度的人造阳光下，也坚信阿东的预测，默默地祝福他创造的这个小小的世界。但现在，时间只过去了十几天……”

小星老师从随身带来的一个小箱子中小心翼翼地拿出了那个玻璃球。死去的小虾漂浮在水面上，水已混浊不堪，腐烂的藻类植物已失去了绿色，变成一团没有生命的毛状物覆盖在珊瑚上。

“这个小世界死了。孩子们，谁能说出为什么？”小星老师把那个死亡的世界举到孩子们面前。

“它太小了！”

“说得对，太小了。小的生态系统，不管多么精确，都经不起时间的风浪。飞船派想象中的飞船也一样。”

“我们的飞船可以造得像上海或纽约那么大。”阿东说，声音比刚才低了许多。

“是的，按人类目前的技术也只能造这么大，同地球相比，这样的生态系统还是太小了，太小了。”

“我们会找到新的行星。”

“这连你们自己也不相信。半人马座没有行星，最近的有行星的恒星在 850 光年以外。目前人类能建造的速度最快的飞船也只能达到光速的 0.5%，这样就需要 17 万年的时间才能到达那里，飞船规模的生态系统连这十分之一的时间都维持不了。孩子们，只有像地球这样规模的生态系统，这样气势磅礴的生态循环，才能使生命万代不息！人类在宇宙间离开了地球，就像婴儿在沙漠里离开了母亲！”

“可……老师，我们来不及的，地球来不及的，它还来不及加速到足够快，航行到足够远，太阳就爆炸了！”

“时间是够的，要相信联合政府！这我说了多少遍了，如果你们还不相信，我们就退一万步说：人类将自豪地去死，因为我们尽了最大的努力！”

人类的逃亡分为五步：第一步，用地球发动机使地球停止转动，使发动机喷口固定在地球运行的反方向；第二步，全功率开动地球发动机，使地球加速到逃逸速度，飞出太阳系；第三步，在外太空继续加速，飞向比邻星；

第四步，在中途使地球重新自转，掉转发动机方向，开始减速；第五步，地球泊入比邻星轨道，成为这颗恒星的行星。人们把这五步分别称为刹车时代、逃逸时代、流浪时代Ⅰ（加速）、流浪时代Ⅱ（减速）和新太阳时代。

整个移民过程将延续2500年时间、一百代人。

我们的船继续航行，到了地球黑夜的部分，在这里，阳光和地球发动机的光柱都照不到，在大西洋清凉的海风中，我们这些孩子第一次看到了星空。天啊，那是怎样的景象啊，美得让我们心醉！小星老师一手搂着我们，一手指着星空："看，孩子们，那就是半人马座，那就是比邻星，那就是我们的新家！"说完她哭了起来，我们也都跟着哭了，周围的水手和船长，这些铁打的汉子也流下了眼泪。所有的人都用泪眼探望着老师指的方向，星空在泪水中扭曲抖动，唯有那颗星星是不动的，那是黑夜大海狂浪中远方陆地的灯塔，那是冰雪荒原中快要冻死的孤独旅人前方隐现的火光，那是我们心中的星星，是人类在未来一百代人的苦海中唯一的希望和支撑……

在回家的航程中，我们看到了起航的第一个信号：夜空中出现了一颗巨大的彗星，那是月球。人类带不走月球，就在月球上也安装了行星发动机，把它推离地球轨道，以免在地球加速时相撞。月球上行星发动机产生的巨大彗尾使大海笼罩在一片蓝光之中，群星看不见了。月球移动产生的引力潮汐使大海巨浪滔天，我们改乘飞机向北半球的家飞去。

起航的日子终于到了！

我们一下飞机，就被地球发动机的光柱照得睁不开眼，这些光柱比以前亮了几倍，而且所有光柱都由倾斜变成笔直。地球发动机开到了最大功率，加速产生的百米巨浪轰鸣着席卷每块大陆，灼热的飓风夹着滚烫的水沫，在林立的顶天立地的等离子体光柱间疯狂呼啸，拔起了陆地上所有的大树……

这时从宇宙空间看，我们的星球也成了一颗巨大的彗星，蓝色的彗尾刺破了黑暗的太空。

地球上路了，人类上路了。

就在起航时，爷爷去世了，他身上的烫伤已经感染。弥留之际，他反复念叨着一句话：

“啊，地球，我的流浪地球啊……”

逃逸时代

学校要搬入地下城了，我们是第一批入城的居民。校车钻进了一个高大的隧洞，隧洞呈不大的坡度向地下延伸。走了有半个钟头，我们被告知已入城了。可车窗外哪有城市的样子？只看到不断掠过的错综复杂的支洞和洞壁上无数的密封门。在高高的洞顶的一排泛光灯下，一切都呈单调的金属蓝色。想到后半生的大部分时光都要在这个世界中度过，我们不禁黯然神伤。

“原始人就住洞里，我们又住洞里了。”灵儿低声说，但这话还是让小星老师听见了。

“没有办法的，孩子们，地面的环境很快就要变得很可怕很可怕。那时，冷的时候，吐一口唾沫，还没掉到地上呢，就冻成小冰块儿了；热的时候，再吐一口唾沫，还没掉到地上，就变成蒸汽了！”

“冷，我知道，因为地球离太阳越来越远了。可为什么还会热呢？”同车的一个低年级的小娃娃问。

“笨，没学过变轨加速吗？”我没好气地说。

“没。”

灵儿耐心地解释起来，好像是为了缓解刚才的悲伤：“是这样，跟你想的不同，地球发动机没那么大劲儿，它只能给地球很小的加速度，不能把地球一下子推出太阳轨道。在地球离开太阳前，还要绕着它转 15 个圈呢！在这 15 个圈中，地球慢慢加速。现在，地球绕太阳转着一个挺圆的圈，可它的速度越快呢，这圈就越扁，越快越扁，越快越扁，太阳就逐渐移到这个扁圈的一边儿，所以后来地球有时离太阳会很远很远，当然冷了……”

“可……还是不对！地球到最远的地儿是很冷，可在扁圈的另一头儿，它离太阳……嗯，我想想，按轨道动力学，还是现在这么近啊，怎么会更热呢？”

真是个小天才，记忆遗传技术使这样的小娃娃具备了成人的智力水平，这是人类的幸运，否则，像地球发动机这样连神都不敢想的奇迹，是不会在四个世纪内变成现实的。

我说：“可还有地球发动机呢，小傻瓜！现在，10000 多台那样的‘大喷灯’全功率开动，地球就成了火箭喷口的护圈了……你们安静点儿吧，我心里烦！”

我们就这样开始了地下的生活，像这样在地下 500 米处、人口超过百万的城市遍布各个大陆。在这样的地下城中，我读完小学并升入中学。学校教育都集中在理工科上，艺术和哲学之类的教育已压缩到最少，人类没有这份闲心了。这是人类最忙的时代，每个人都有做不完的工作。很有意思的是，地球上所有的宗教在一夜之间消失得无影无踪，人们现在终于明白了，就算真有上帝，他也是个恶棍。历史课还是有的，只是课本中前太阳时代的人类历史在我们听来就像伊甸园中的神话一样。

父亲是空军的一名近地轨道宇航员，在家的时间很少。记得在变轨加速的第五年，在地球处于远日点时，我们全家到海边去过一次。地球运行到远日点顶端那一天，是一个如同新年或圣诞节一样的节日，因为这时地球距太阳最远，人们都有一种虚幻的安全感。像以前到地面上去一样，我们需穿上带有核电池的全密封加热服。外面，地球发动机林立的刺目光柱是主要能看见的东西，地面世界的其他部分都淹没于光柱的强光中，看不出变化。我们乘飞行汽车飞了很长时间，到了光柱照不到的地方，到了能看见太阳的海边。这时的太阳已成了一个棒球大小，一动不动地悬在天边，它的光芒只在自己的周围映出了一圈晨曦似的亮影，天空呈暗暗的深蓝色，星星仍清晰可见。举目望去，哪有海啊，眼前是一片白茫茫的冰原。在这封冻的大海上，有大群狂欢的人。焰火在暗蓝色的空中绽放，冰冻海面上的人们不正常地忘情狂欢着，到处都是喝醉了在冰上打滚儿的人，更多的人在声嘶力竭地唱着不同的歌，都想用自己的声音压住别人。

“每个人都在不顾一切地过自己想过的生活，这也没有什么不好。”爸爸突然想起了一件事，“呵，忘了告诉你们，我爱上了黎星，我要离开你们，和她在一起。”

“她是谁？”妈妈平静地问。

“我的小学老师。”我替爸爸回答。我升入中学已两年，不知道爸爸和小星老师是怎么认识的，也许是在两年前那次毕业仪式上？

“那你去吧。”妈妈说。

“过一阵儿我肯定会厌倦，那时我就回来，你看呢？”

“你要愿意当然行。”妈妈的声音像冰冻的海面一样平静，但很快激动起来，“啊，这一颗真漂亮，里面一定有全息散射体！”她指着刚在空中绽放的一朵焰火，真诚地赞美着。

在这个时代，人们在看四个世纪以前的电影和小说时都莫名其妙，他们不明白，前太阳时代的人怎么会在不关生死的事情上倾注那么多的感情。当看到男女主人公为爱情而痛苦或哭泣时，他们的惊奇是难以言表的。在这个时代，死亡的威胁和逃生的欲望压倒了一切，除了当前太阳的状态和地球的位置，没有什么能真正引起他们的注意并打动他们了。这种注意力高度集中的关注，渐渐从本质上改变了人类的心理状态和精神生活，对于爱情这类东西，他们只是用余光瞥一下而已，就像赌徒在盯着轮盘的间隙抓住几秒钟喝口水一样。

过了两个月，爸爸真从小星老师那儿回来了，妈妈没有高兴，也没有不高兴。

爸爸对我说："黎星对你印象很好，她说你是一个有创造力的学生。"

妈妈一脸茫然："她是谁？"

"小星老师嘛，我的小学老师，爸爸这两个月就是同她在一起的！"

"哦，想起来了！"妈妈摇头笑了，"我还不到四十，记忆力就成了这个样子。"她抬头看看天花板上的全息星空，又看看四壁的全息森林，"你回来挺好，把这些图像换换吧，我和孩子都看腻了，但我们都不会调这玩意儿。"

当地球再次向太阳跌去的时候，我们全家都把这事忘了。

有一天，新闻报道海在融化，于是我们全家又到海边去了。这是地球通过火星轨道的时候，按照这时太阳的光照量，地球的气温应该仍然是很低的，但由于地球发动机的影响，地面的气温正适宜。能不穿加热服或冷却服去地面，那感觉真令人愉快。地球发动机所在的这个半球天空还是那个样子，但到达另一个半球时，才真正感到了太阳的临近：天空是明朗的纯蓝色，太阳在空中已同起航前一样明亮了。可我们从空中看到海并没有融化，还是一片白色的冰原。当我们失望地走出飞行汽车时，听到惊天动地的隆隆声，那声音仿佛来自这颗星球的最深处，真像地球要爆炸一样。

"这是大海的声音！"爸爸说，"因为气温骤升，厚厚的冰层受热不均匀，这很像陆地上的地震。"

突然，一声雷霆般尖厉的巨响插进这低沉的隆隆声中，我们后面看海的人群欢呼起来。我看到海面上裂开一道长缝，其开裂速度之快如同广阔的冰原上突然出现的一道黑色闪电。接着，在不断的巨响中，这样的裂缝一条接一条地在海冰上出现，海水从所有的裂缝中喷出，在冰原上形成一条条迅速扩散的急流……

回家的路上，我们看到荒芜已久的大地上，野草在大片大片地钻出地面，各种花朵竞相怒放，嫩叶给枯死的森林披上绿装……所有的生命都在抓紧时间焕发活力。

随着地球和太阳的距离越来越近，人们的心也一天天揪紧了。到地面上来欣赏春色的人越来越少，大部分人都深深地躲进了地下城中，这不是为了躲避即将到来的酷热、暴雨和飓风，而是为了躲避那随着太阳越来越近的恐惧。

有一天，我在睡下后，听到妈妈低声对爸爸说："可能真的来不及了。"

爸爸说："前四个近日点时也有这种谣言。"

"可这次是真的，我是从钱德勒博士夫人口中听说的，她丈夫是航行委员会的那个天文学家，你们都知道他的。他亲口告诉她，已观测到氦的聚集在加速。"

"你听着，亲爱的，我们必须抱有希望，这并不是因为希望真的存在，而是因为我们要做高贵的人。在前太阳时代，做一个高贵的人必须拥有金钱、权力或才能，而在今天只要拥有希望。希望是这个时代的黄金和宝石，不管活多长，我们都要拥有它！明天把这话告诉孩子。"

和所有的人一样，我也随着近日点的到来而心神不定。有一天放学后，我不知不觉走到了城市中心广场，在广场中央有喷泉的圆形水池边呆立着，时而低头看着蓝莹莹的池水，时而抬头望着广场圆形穹顶上梦幻般的光波纹，那是池水反射上去的。这时我看到了灵儿，她拿着一个小瓶子和一根小管儿，在吹肥皂泡。每吹出一串，她都呆呆地盯着空中飘浮的泡泡，看着它们一个个消失，然后再吹出一串……

"都这么大了还干这个，这好玩儿吗？"我走过去问她。

灵儿见了我以后喜出望外："我们俩去旅行吧！"

"旅行？去哪儿？"

"当然是地面啦！"她挥手在空中划了一下，从手腕上的计算机中甩出一幅全息景象，显示出一片落日下的海滩——微风吹拂着棕榈树，道道白浪，金黄的沙滩上有一对对的情侣，他们在铺满碎金的海面前呈一对对黑色的剪影。"这是梦娜和大刚发回来的，他们俩现在还满世界转呢，他们说外面现在还不太热，外面可好呢，我们去吧！"

"他们因为旷课刚被学校开除了。"

"哼，你根本不是怕这个，你是怕太阳！"

"你不怕吗？别忘了你因为怕太阳还看过精神科医生呢。"

"可我现在不一样了，我受到了启示！你看，"灵儿用小管儿吹出了一串肥皂泡，"盯着它看！"她用手指着一个肥皂泡说。

我盯着那个泡泡，看到它表面上光和色的狂澜，那狂澜以人的感觉无法把握的复杂和精细在涌动，好像那个泡泡知道自己生命的长度，疯狂地把自己浩如烟海的记忆中的无数梦幻和传奇向世界演绎。很快，光和色的狂澜在一次无声的爆炸中消失了，我看到了一小片似有似无的水汽，这水汽也只存在了半秒钟，然后什么都没有了，好像什么都没有存在过。

"看到了吗？地球就好像宇宙中的一个小水泡，啪的一下，什么都没了，有什么好怕的呢？"

"不是这样的，据计算，在氦闪发生时，地球被完全蒸发掉至少需要100个小时。"

"这就是最可怕之处了！"灵儿大叫起来，"我们在这地下500米，就像馅饼里的肉馅一样，先给慢慢烤熟了，再蒸发掉！"

我的全身一阵冷战。

"但在地面就不一样了，那里的一切瞬间被蒸发，地面上的人就像那泡泡一样，啪的一下……所以，氦闪时还是在地面上为好。”

不知为什么，我没同她去，她就同阿东去了，我以后再也没见到他们。

氦闪并没有发生，地球高速掠过了近日点，第六次向远日点升去，人们绷紧的神经松弛下来。由于地球自转已停止，在太阳轨道的这一面，亚洲大陆上的地球发动机正对着它的运行方向，所以在通过近日点前都停了下来，只是偶尔做一些调整姿态的运行，我们这儿处于宁静而漫长的黑夜之中。美洲大陆上的发动机则全功率运行，那里成了火箭喷口的护圈。由于太阳这时也处于西半球，那儿的高温更是可怕，草木生烟。

地球的变轨加速就这样年复一年地进行着。每当地球向远日点升去时，人们的心也随着地球与太阳距离的日益拉长而放松；而当它在新的一年向太阳跌去时，人们的心也一天天紧缩起来。每次到达近日点，社会上就谣言四起，说太阳氦闪就要在这时发生了；直到地球再次升向远日点，人们的恐惧才随着天空中太阳的渐渐变小平息下来，但又在准备着下一次的恐惧……人类的精神像在荡着一个宇宙秋千，更恰当地说，在经历着一场宇宙俄罗斯轮盘赌——升上远日点和跌向太阳的过程是在转动弹仓，掠过近日点时则是扣动扳机！每扣一次时的神经比上一次更紧张。我就是在这种交替的恐惧中度过了自己的少年时代。其实仔细想想，即使在远日点，地球也未脱离太阳氦闪的威力圈，如果那时太阳氦闪爆发，地球不是被汽化而是被慢慢液化，那种结果还真不如在近日点。

在逃逸时代，大灾难接踵而至。

由于地球发动机产生的加速度及运行轨道的改变，地核中铁镍核心的平衡被扰动，其影响穿过古登堡不连续面，波及地幔，各个大陆地热逸出，火山岩浆横行，这对人类的地下城市是致命的威胁。从第六次变轨周期后，在各大陆的地下城中，岩浆渗入灾难频繁发生。

那天当警报响起来的时候，我正走在放学回家的路上，听到市政厅的广播："F112 市全体市民请注意，城市北部屏障已被地应力破坏，岩浆渗入！岩浆渗入！现在岩浆流已到达第四街区！公路出口被封死，全体市民到中心广场集合，通过升降梯向地面撤离。注意，撤离时按《危急法》第五条行事，强调一遍，撤离时按《危急法》第五条行事！"

我环视了一下四周迷宫般的通道，地下城现在看上去并没有什么异常。但我知道现在的危险：只有两条通向外部的地下公路，其中一条去年因加固屏障的需要已被堵死，如果剩下的这条也堵死了，就只有通过经竖井直通地面的升降梯逃命了。升降梯的承载量很小，要把这座城市的 36 万人运出去需要很长时间。但也没有必要去争夺生存的机会，联合政府的《危急法》把一切都安排好了。

古代曾有过一个伦理学问题：当洪水到来时，一个只能救走一个人的男人，是去救他的父亲呢，还是去救他的儿子？在这个时代的人看来，提出这个问题很不可理解。

当我到达中心广场时，看到人们已按年龄排起了长长的队。最靠近升降梯口的是由机器人保育员抱着的婴儿，然后是幼儿园的孩子，再往后是小学生……我排在队伍中间靠前的部分。爸爸现在在近地轨道值班，城里只有我和妈妈，我现在看不到妈妈，就顺着几千米长的队伍往后跑，没跑多远就被士兵拦住了。我知道她在最后一段，因为这个城市主要是学校集中地，家庭很少，她已经算年纪大的那批人了。

长队以让人心里着火的慢速度向前移动，3 个小时后轮到我跨进升降梯时，我心里一点儿都不轻松，因为这时在妈妈和生存之间，还隔着 2 万多名大学生呢！而我已闻到了浓烈的硫黄味……

我到地面两个半小时后，岩浆就在 500 米深的地下吞没了整座城市。我心如刀绞地想象着妈妈最后的时刻：她同没能撤出的 18000 人一起，看着岩浆涌进城市中心广场。那时已经停电，整个地下城只有岩浆那可怖的暗红色光芒。广场那高大的白色穹顶在高温中渐渐变黑，所有的遇难者可能还没接触到岩浆，就已经被这上千摄氏度的高温夺去了生命。

但生活还在继续，在这严酷恐惧的现实中，爱情仍不时闪现出迷人的火花。为了缓解人们的紧张情绪，在第十二次到达远日点时，联合政府居然恢复了中断达两个世纪的奥运会。我作为一名机动雪橇拉力赛的选手参加了奥运会，比赛项目是驾驶机动雪橇，从上海出发，从冰面上横穿封冻的太平洋，到达终点纽约。

发令枪响过之后，上百只雪橇在冰冻的海洋上以每小时 200 千米左右的速度出发了。开始还有几只雪橇相伴，但两天后，他们或前或后，都消失在地平线之外。这时背后那地球发动机的光芒已经看不到了，我正处于地球最黑暗的部分。在我眼中，世界就是由广阔的星空和向四面无限延伸的冰原组成的，这冰原似乎一直延伸到宇宙的尽头，或者它本身就是宇宙的尽头。而在无限的星空和无限的冰原组成的宇宙中，只有我一个人！雪崩般的孤独感压倒了我，我想哭。我拼命地赶路，名次已无关紧要，只是为了在这可怕的孤独感杀死我之前尽早地摆脱它，而那想象中的彼岸似乎根本就不存在。

就在这时，我看到天边出现了一个人影。近了些后，我发现那是一个姑娘，正站在她的雪橇旁，她的长发在冰原上的寒风中飘动着。你知道这时遇见一个姑娘意味着什么吗？我们的后半生由此决定了。她是日本人，叫山彬加代子。女子组比我们先出发 12 个小时，她的雪橇卡在冰缝中，把一根滑杆卡断了。我一边帮她修雪橇，一边把自己刚才的感觉告诉她。

“您说得太对了，我也是那样的感觉！是的，好像整个宇宙中就只有你一个人！知道吗？我看到您从远方出现时，就像看到太阳升起一样呢！”

“那你为什么不叫救援飞机？”

“这是一场体现人类精神的比赛，要知道，流浪地球在宇宙中是叫不到救援的！”她挥动着小拳头，以日本人特有的执着说。

“不过现在总得叫了，我们都没有备用滑杆，你的雪橇修不好了。”

“那我坐您的雪橇一起走好吗？如果您不在意名次的话。”

我当然不在意，于是我和加代子一起在冰冻的太平洋上走完了剩下的漫长路程。经过夏威夷后，我们看到了天边的曙光。在那个被小小的太阳照亮的无际的冰原上，我们向联合政府的民政部发去了结婚申请。

当我们到达纽约时，这个项目的裁判们早就因等得不耐烦而收摊走了。但有一个民政部的官员在等着我们，他向我们致以新婚的祝贺，然后开始履行他的职责：他挥手在空中画出一个全息图像，上面整齐地排列着几万个圆点，这是这几天全世界向联合政府申请登记结婚的数目。由于环境的严酷，法律规定每三对新婚配偶中只有一对有生育权，抽签决定。加代子对着半空中那几万个点犹豫了半天，点了中间的一个。当那个点变为绿色时，她高兴得跳了起来。但我的心中却不知是什么滋味，我的孩子出生在这个苦难的时代，是幸运还是不幸呢？那个官员倒是兴高采烈，他说每当一对新人“点绿”的时候他都十分高兴。他拿出了一瓶伏特加，我们三个轮着一人一口地喝着，都为人类的延续干杯。我们身后，遥远的太阳用它微弱的光芒给自由女神像镀上了一层金辉，对面，是已无人居住的曼哈顿的摩天大楼群，微弱的阳光把它们长长的影子投在纽约港寂静的冰面上，醉眼蒙眬的我，眼泪涌了出来。

地球，我的流浪地球啊！

分手前，官员递给我们一串钥匙，醉醺醺地说：“这是你们在亚洲分到的房子，回家吧！哦，家多好啊！”

“有什么好的？”我漠然地说，“亚洲的地下城充满危险，你们在西半球当然体会不到。”

“我们马上也有你们体会不到的危险了，地球又要穿过小行星带，这次是西半球对着运行方向。”

“上几个变轨周期也经过小行星带，不是没什么大事吗？”

“那只是擦着小行星带的边缘走，太空舰队当然能应付，他们可以用激光和核弹把地球航线上的那些小石块都清除掉。但这次……你们没看新闻？这次地球要从小行星带正中穿过去！舰队只能对付那些大石块，唉……”

在回亚洲的飞机上，加代子问我：“那些石块很大吗？”

我父亲现在就在太空舰队做那项工作，所以尽管政府为了避免造成恐慌照例封锁了消息，但我还是知道一些情况。我告诉加代子，那些石块大得像一座座大山，5000 万吨级的热核炸弹只能在上面打出一个小坑。“他们就要使用人类手中威力最大的武器了！”我神秘地告诉加代子。

“你是说反物质炸弹？”

“还能是什么？”

“太空舰队的巡航范围是多远？”

“现在他们力量有限，我爸说只有 150 万千米左右。”

“啊，那我们能看到了！”

“最好别看。”

加代子还是看了，而且是没戴护目镜看的。反物质炸弹的第一次闪光是在我们起飞不久后从太空传来的，那时加代子正在欣赏飞机舷窗外空中的星星，这使她的双眼失明了一个多小时，眼睛在以后的一个多月里都会红肿流泪。那真是让人心惊肉跳的时刻。反物质炸弹不断地击中小行星，湮灭的强光此起彼伏地在漆黑的太空中闪现，仿佛宇宙中有一群巨人正围着地球用闪光灯疯狂拍照似的。

半个小时后，我们看到了火流星，它们拖着长长的火尾划破长空，给人一种恐怖的美感。火流星越来越多，每一颗在空中划过的距离也越来越长。突然，机身在一声巨响中震颤了一下，紧接着又是连续的巨响和震颤。加代子惊叫着扑到我怀中，她显然以为飞机被流星击中了，这时舱里响起了机长的声音：

“请各位乘客不要惊慌，这是流星冲破声障产生的超声速声爆，请大家戴上耳机，否则您的听力会受到永久性损害。由于飞行安全已无法保证，我们将在夏威夷紧急降落。”

这时我盯住了一颗火流星，那个火球的体积比别的大出许多，我不相信它能在大气中烧完。果然，那火球疾驰过大半个天空，越来越小，但还是坠入了冰海。我从万米高空看到，海面被击中的位置出现了一个小白点，那白点立刻扩散成一个白色的圆圈，圆圈迅速在海面上扩大。

“那是浪吗？”加代子颤抖着声音问我。

“是浪，上百米的浪。不过海封冻了，冰面会很快使它衰减的。”我自我安慰地说，不再看下面。

我们很快在檀香山降落，由当地政府安排去地下城。我们的汽车沿着海岸走，天空中布满了火流星，那些红发恶魔好像是从太空中的某一个点同时迸发出来的。一颗火流星在距海岸不远处击中了海面，没有看到水柱，但水蒸气形成的白色蘑菇云高高地升起。涌浪从冰层下传到岸边，厚厚的冰层轰隆隆地破碎了，冰面显出了浪的形状，好像有一群柔软的巨兽在下面排着队游过。

“这颗有多大？”我问那位来接应我们的官员。

“不超过 5 千克，不会比你的脑袋大吧。不过刚接到通知，在北方 800 千米外的海面上，刚落下一颗 20 吨左右的。”

这时他手腕上的通信机响了，他看了一眼后对司机说：“来不及到 204 号门了，就近找个入口吧！”

汽车拐了个弯，在一个地下城入口前停了下来。我们下车后，看到入口外有几个士兵，他们都一动不动地盯着远方的一个方向，眼里充满了恐惧。我们顺着他们的目光看去，在天海连线处，我们看到一道黑色的屏障，乍一看好像是天边低低的云层，但那“云层”的高度太齐了，像一堵横在天边的长墙，再仔细看，墙头还镶着一线白边。

“那是什么呀？”加代子怯生生地问一个军官，得到的回答让我们毛发直竖。

“浪。”

地下城高大的铁门隆隆地关上了，大约过了10分钟，我们听到从地面传来低沉的声音，咕噜噜的，像一个巨人在地面上打滚儿。我们面面相觑，大家都知道，百米高的巨浪正在滚过夏威夷，也将滚过各个大陆。但另一种震动更吓人，仿佛有一只巨拳从太空中不断地击打地球，在地下这震动并不大，只能隐约感到，但每一次震动都直达我们的灵魂深处。这是流星在不断地击中地面。

我们的星球所遭到的残酷轰炸断断续续持续了一个星期。

当我们走出地下城时，加代子惊叫：“天啊，天怎么是这样的！”

天空是灰色的，这是因为高层大气中弥漫着小行星撞击陆地时产生的灰尘，星星和太阳都消失在这无际的灰色中，仿佛整个宇宙在下着一场大雾。地面上，滔天巨浪留下的海水还没来得及退去就封冻了，城市幸存的高楼形单影只地立在冰面上，挂着长长的冰凌柱。冰面上落了一层撞击尘，于是这个世界只剩下一种颜色——灰色。

我和加代子继续回亚洲的旅行。在飞机越过早已无意义的国际日期变更线时，我们见到了人类所见过的最黑的黑夜，飞机仿佛潜行在墨汁的海洋中。看着机舱外那没有一丝光线的世界，我们的心情也暗到了极点。

“什么时候到头呢？”加代子喃喃地说。我不知道她指的是这段旅程还是这充满痛苦和灾难的生活，我现在觉得两者都没有尽头。是啊，即使地球航出了氦闪的威力圈，我们得以逃生，又怎么样呢？我们只是那漫长阶梯的最下一级，当我们的一百代子孙爬上阶梯的顶端，见到新生活的光明时，我们的骨头都变成灰了。我不敢想象未来的苦难和艰辛，更不敢想象要带着爱人和孩子走过这条看不到头的泥泞路，我累了，实在走不动了……就在我被悲伤和绝望窒息的时候，机舱里响起了一声女人的惊叫："啊！不！不能，亲爱的！"

我循声看去，只见那个女人正从旁边的一个男人手中夺下一支手枪，他刚才显然想把枪口凑到自己的太阳穴上。这人很瘦弱，目光呆滞地看着前方无限远处。女人把头埋在他膝上，嘤嘤地哭了起来。

"安静。"男人冷冷地说。

哭声消失了，只有飞机发动机的嗡嗡声在轻响，像不变的哀乐。在我的感觉中，飞机已粘在这巨大的黑暗中，一动不动；而整个宇宙，除了黑暗和飞机，什么都没有了。加代子紧紧钻在我怀里，浑身冰凉。

突然，机舱前部一阵骚动，有人在兴奋地低语。我向窗外看去，发现飞机前方出现了一片朦胧的光亮，那光亮是蓝色的，没有形状，十分均匀地出现在前方弥漫着撞击尘埃的夜空中。

那是地球发动机的光芒。

西半球的地球发动机已被陨石击毁了三分之一，但损失比起航前预测的要少；东半球的地球发动机由于背向撞击面，完好无损。从功率上来说，它们是能使地球完成逃逸航行的。

在我眼中，前方朦胧的蓝光，如同从深海漫长的上浮后看到的海面的亮光，我的呼吸又顺畅起来。

我又听到那个女人的声音："亲爱的，痛苦呀，恐惧呀，这些东西，也只有在活着的时候才能感觉到，死了……死了什么也没有了，那边只有黑暗。还是活着好，你说呢？"

那瘦弱的男人没有回答，他盯着前方的蓝光看，眼泪流了下来。我知道他能活下去了，只要那希望的蓝光还亮着，我们就都能活下去，我又想起了父亲关于希望的那些话。

一下飞机，我和加代子没有去我们在地下城中的新家，而是到设在地面的太空舰队基地去找父亲。但在基地，我只见到了追授给他的一枚冰冷的勋章。这勋章是一名空军少将给我的，他告诉我，在清除地球航线上的小行星的行动中，一块被反物质炸弹炸出的小行星碎片击中了父亲的单座微型飞船。

“当时那个石块和飞船的相对速度为每秒 100 千米，撞击使飞船座舱瞬间汽化了，他没有一点儿痛苦，我向您保证，没有一点儿痛苦！”将军说。

当地球又向太阳跌回去的时候，我和加代子又到地面上来看春天，但没有看到。世界仍是一片灰色，阴暗的天空下，大地上分布着由残留海水形成的一个个冰冻湖泊，见不到一点儿绿色。大气中的撞击尘埃挡住了阳光，使气温难以回升。甚至在近日点，海洋和大地都没有解冻，太阳呈一个朦胧的光晕，仿佛是撞击尘埃后面的一个幽灵。

3 年以后，空中的撞击尘埃才有所消散，人类终于最后一次通过近日点，向远日点升去。在这个近日点，东半球的人有幸目睹了地球历史上最快的一次日出和日落。太阳从海平面上一跃而起，迅速划过长空，大地上万物的影子在很快地变换着角度，仿佛无数根钟表的秒针。这也是地球上最短的一个白天，只有不到一个小时。当一小时后太阳跌入地平线，黑暗降临大地时，我感到一阵伤感。这转瞬即逝的一天，仿佛是对地球在太阳系 45 亿年进化史的一个短暂的总结。直到宇宙的末日，它不会再回来了。

“天黑了。”加代子忧伤地说。

“最长的一夜。”我说。

东半球的这一夜将延续 2500 年，一百代人后，半人马座的曙光才能再次照亮这块大陆。西半球也将面临最长的白天，但比这里的黑夜要短得多。在那里，太阳将很快升到天顶，然后一直静止在那个位置上渐渐变小，在半个世纪内它就会融入星群难以分辨了。

按照预定的航线，地球升向与木星的会合点。航行委员会的计划是：地球第 15 圈的公转轨道是如此之扁，以至于它的远日点会到达木星轨道，地球将与木星在几乎相撞的距离上擦身而过，在木星巨大引力的拉动下，地球最终将达到逃逸速度。

离开近日点后两个月，就能用肉眼看到木星了。它开始只是一个模糊的光点，但很快显出圆盘的形状。又过了一个月，木星在地球上空已有满月大小了，呈暗红色，能隐约看到上面的条纹。这时，15 年来一直垂直的地球发动机光柱中有一些开始摆动，地球在做会合前最后的姿态调整，木星渐渐沉到了地平线下。以后的 3 个多月，木星一直处在地球的另一面，我们看不到它，但知道两颗行星正在交会中。

有一天，我们突然被告知东半球也能看到木星了，于是人们纷纷从地下城中来到地面。当我走出城市的密封门来到地面时，发现开了 15 年的地球发动机已经全部关闭了，我再次看到了星空，这表明同木星最后的交会正在进行。人们都在紧张地盯着西方的地平线，地平线上出现了一片暗红色的光，那光区渐渐扩大，延伸到整个地平线的宽度。我现在发现那暗红色的区域上方同漆黑的星空有一道整齐的边界，那边界呈弧形，那巨大的弧形从地平线的一端跨到了另一端，在缓缓升起，巨弧下的天空都变成了暗红色，仿佛一块同星空一样大小的暗红色幕布在把地球同整个宇宙隔开。当我回过神来时，不由得倒吸了一口冷气，那暗红色的幕布就是木星！我早就知道木星的体积是地球的 1300 倍，现在才真正感觉到它的巨大。这个宇宙巨怪在整个地平线上升起时所带来的那种恐惧和压抑感是难以用语言描述的，一名记者后来写道：“不知是我身处噩梦中，还是这整个宇宙都是一个造物主巨大而变态的头脑中的噩梦！”木星恐怖地上升着，渐渐占据了半个天空。这时，我们可以清楚地看到它云层中的风暴，那风暴把云层搅动成让人迷茫的混乱线条，我知道那厚厚的云层下是沸腾的液氢和液氦的大洋。著名的大红斑出现了，这个在木星表面维持了几十万年的大旋涡大得可以吞下整个地球。这时木星已占满了整个天空，地球仿佛是浮在木星沸腾的暗红色云海上的一只气球！而木星的大红斑就处在天空正中，如一只红色的巨眼盯着我们的世界，大地笼罩在它那阴森的红光中……这时，谁都无法相信小小的地球能逃出这巨大怪物的引力场。从地面上看，地球甚至连成为木星的卫星都不可能，我们就要掉进那无边云海覆盖着的地狱中去了！但领航工程师们的计算是精确的，暗红色的迷乱的天空在缓缓移动着，不知过了多长时间，西方的天边露出了黑色的一角，那黑色迅速扩大，其中有星星在闪烁，可见地球正在冲出木星的引力魔掌。这时警报尖叫起来，木星产生的引力潮汐正在向内陆推进，后来得知，百米多高的巨浪再次横扫了整个大陆。在跑进地下城的密封门时，我最后看了一眼仍占据半个天空的木星，发现木星的云海中有一道明显的划痕，后来知道，那是地球引力作用在木星表面的痕迹，我们的星球也在木星表面拉起了如山的液氢和液氦的巨浪。这时，木星巨大的引力正在把地球加速甩向外太空。

离开木星时，地球已达到了逃逸速度，它不再需要返回潜藏着死亡的太阳系，而是向广漠的外太空飞去。漫长的流浪时代开始了。

就在木星暗红色的阴影下，我的儿子在地层深处出生了。

叛　乱

离开木星后，亚洲大陆上 10000 多台地球发动机再次全功率开动。这一次它们要不停地运行 500 年，不停地加速地球。这 500 年中，发动机将把亚洲大陆上一半的山脉当作燃料消耗掉。

从四个多世纪死亡的恐惧中解脱出来，人们长出了一口气。但预料中的狂欢并没有出现，接下来发生的事情出乎所有人的想象。

在地下城的庆祝集会结束后，我一个人穿上密封服来到地面。童年时熟悉的群山已被超级挖掘机夷为平地，大地上只有裸露的岩石和坚硬的冻土，冻土上到处是白色的斑块，那是大海潮留下的盐渍。面前那座爷爷和爸爸几乎度过了一生的曾有千万人口的大城市现在已是一片废墟，钢筋外露的高楼残骸在地球发动机光柱的蓝光中拖着长长的影子，好像是史前巨兽的化石……一次次的洪水侵袭和小行星的撞击已摧毁了地面上的一切，各大陆上的城市和植被都荡然无存，地球表面已变成火星一样的荒漠。

这一段时间，加代子心神不定。她常常扔下孩子不管，一个人开着飞行汽车出去旅行，回来后，只是说她去了西半球。最后，她拉着我一起去了。

我们的飞行汽车以四倍声速飞行了两个小时，终于能够看到太阳了。它刚刚升出太平洋，这时看上去只有棒球大小，给冰封的洋面投下一片微弱的、冷冷的光芒。加代子把飞行汽车悬停在 5000 米的空中，然后从后面拿出了一个长长的东西，去掉封套后我看到那是一架天文望远镜——业余爱好者用的那种。加代子打开车窗，把望远镜对准太阳，让我看。

从有色镜片中我看到了放大几百倍的太阳，甚至清楚地看到太阳表面缓缓移动的明暗斑点，还有太阳边缘隐隐约约的日珥。

加代子把望远镜同车内的计算机联起来，把一个太阳图像采集下来。然后，她又调出了另一个太阳图像，说："这是四个世纪前的太阳图像。"接着，用计算机对两个图像进行比较。

"看到了吗？"加代子指着屏幕说，"它们的光度、像素排列、像素概率、层次统计等参数都完全一样！"

我摇摇头说："这能说明什么？一架玩具望远镜、一个低级图像处理程序，加上你这个无知的外行……别自寻烦恼了，别信那些谣言！"

"你是个白痴！"她说着，收回望远镜，把飞行汽车往回开。这时，在我们的上方和下方，我又远远地看到了几辆飞行汽车，同我们刚才一样悬在空中，从每辆车的车窗中都伸出一架望远镜对着太阳。

以后的几个月中，一个可怕的说法像野火一样在全世界蔓延。越来越多的人自发地用更大型、更精密的仪器观测太阳。后来，一个民间组织向太阳发射了一组探测器，它们在 3 个月后穿过日球。探测器发回的数据最后证实了那个传言。

同四个世纪前相比，太阳没有任何变化。

现在，各大陆的地下城已成了一座座骚动的火山，局势一触即发。一天，按照联合政府的法令，我和加代子把儿子送进了养育中心。回家的路上，我们俩都感到维系我们关系的唯一纽带已不存在了。走到城市中心广场，我们看到有些人在演讲，另一些人在演讲者周围向市民分发武器。

“公民们！地球被出卖了！人类被出卖了！文明被出卖了！我们都是一个超级骗局的牺牲品！这个骗局之巨大之可怕，上帝都会为之休克！太阳还是原来的太阳，它不会爆发，过去、现在、将来都不会，它是永恒的象征！爆发的是联合政府中那些人阴险的野心！他们编造了这一切，只是为了建立他们的独裁帝国！他们毁了地球！他们毁了人类文明！公民们，有良知的公民们！拿起武器，拯救我们的星球！拯救人类文明！我们要推翻联合政府，控制地球发动机，把我们的星球从这寒冷的外太空开回原来的轨道！开回我们的太阳温暖的怀抱中！”

加代子默默地走上前去，从分发武器的人手中接过了一支冲锋枪，加入那些拿到武器的市民的队列中。她没有回头，同那支庞大的队列一起消失在地下城的迷雾里。我呆呆地站在那儿，手在衣袋中紧紧攥着父亲用生命和忠诚换来的那枚勋章，它的边角把我的手扎出了血……

3 天后，叛乱在各个大陆同时爆发了。

叛军所到之处，人民群起响应。到现在，很少有人不怀疑自己受骗了。

但我加入了联合政府的军队，这并非出于对政府的信任，而是因为我的三代前辈都有过军旅生涯，他们在我心中种下了忠诚的种子，不论在什么情况下，背叛联合政府对我来说都是一件不可想象的事。

美洲、非洲、大洋洲和南极洲相继沦陷，联合政府收缩防线，死守地球发动机所在的东亚和中亚。叛军很快对这里形成包围态势，他们对政府军占有压倒性优势，之所以在相当长一段时间里没有取得进展，完全是因为地球发动机。叛军不想毁掉地球发动机，所以在这一广阔的战区没有使用重武器，联合政府得以苟延残喘。双方这样僵持了 3 个月，联合政府的十二个集团军相继临阵倒戈，东亚和中亚防线全线崩溃。两个月后，大势已去的联合政府连同不到十万人的军队在靠近海岸的地球发动机控制中心陷入重围。

我就是这残存军队中的一名少校。控制中心有一座中等城市大小，它的中心是地球驾驶室。我拖着一条被激光束烧焦的手臂，躺在控制中心的伤兵收容站里。就是在这儿，我得知加代子已在澳洲战役中阵亡。我和收容站里所有的人一样，整天喝得烂醉，对外面的战事全然不知，也不感兴趣。不知过了多久，我听到有人在高声说话。

“知道你们为什么这样吗？你们在自责。在这场战争中，你们站到了反人类的一边，我也一样。”

我转头一看，发现讲话的人肩上有一颗将星。他接着说：“没关系的，我们还有最后的机会拯救自己的灵魂。地球驾驶室距我们这儿只有三个街区，我们去占领它，把它交给外面理智的人类！我们为联合政府已尽到了责任，现在该为人类尽责任了！”

我用那只没受伤的手抽出手枪，随着这群突然狂热起来的受伤和没受伤的人，沿着钢铁通道，向地球驾驶室冲去。出乎意料，一路上我们几乎没遇到抵抗，倒是有越来越多的人从错综复杂的钢铁通道的各个分支中加入我们。最后，我们来到了一扇巨大的门前，那钢铁大门高得望不到顶。它轰隆隆地打开了，我们冲进了地球驾驶室。

尽管以前无数次在电视中看到过，所有的人还是被驾驶室的宏伟震惊了。从视觉上看不出这里的大小，因为驾驶室淹没在一幅巨型全息图中。那是一幅太阳系的模拟图。整个图像实际就是一个向所有方向无限伸延的黑色空间，我们一进来，就悬浮在这空间之中。由于尽量反映真实的比例，太阳和其他行星都很小很小，小得像远方的萤火虫，但能分辨出来。以那遥远的代表太阳的光点为中心，一条醒目的红色螺旋线扩展开来，像广阔的黑色洋面上迅速扩散的红色波圈。这是地球的航线。在螺旋线最外面的一点上，航线变成明亮的绿色，那是地球还没有完成的路程。那条绿线从我们的头顶掠过，顺着看去，我们看到了灿烂的星海，而绿线消失在星海的深处，我们看不到它的尽头。在这广漠的黑色空间中，还飘浮着许多闪亮的灰尘，其中几颗尘粒飘近，我发现那是一块块虚拟屏幕，上面翻滚着复杂的数字和曲线。

我看到了全人类瞩目的地球驾驶台，它好像是飘浮在黑色空间中的一颗银白色的小行星。看到它，我更难以把握这里的巨大——驾驶台本身就是一个广场，现在上面密密麻麻地站着 5000 多人，包括联合政府的主要成员、负责实施地球航行计划的星际移民委员会的大部分成员和那些最后忠于政府的人。这时，我听到最高执政官的声音在整个黑色空间响了起来：

“我们本来可以战斗到底的，但这可能导致地球发动机失控，这种情况一旦发生，过量聚变的物质将烧穿地球，或蒸发全部海洋，所以我们决定投降。我们理解所有的人，因为在已经进行了四十代人，还要延续到一百代人的艰难奋斗中，永远保持理智确实是一个奢求。但也请所有的人记住我们，站在这里的 5000 多人中，有联合政府的最高执政官，也有普通的列兵，是我们把信念坚持到了最后。我们都知道自己看不到真理被证实的那一天，但如果人类得以延续万代，以后所有的人都将在我们的墓前洒下自己的眼泪，这颗叫地球的行星，就是我们永恒的纪念碑！”

控制中心巨大的密封门隆隆开启，那最后的5000多名地球派一群群走了出来，在叛军的押送下向海岸走去。一路上，两边挤满了人，所有人都冲他们吐唾沫，用冰块和石块砸他们。他们中有人密封服的面罩被砸裂了，外面零下100摄氏度的严寒使那些人的脸麻木了，但他们仍努力地走下去。我看到一个小女孩举起一大块冰用尽全身力气狠命地向一个老者砸去，她那双眼睛透过面罩射出疯狂的怒火。

当我听到这5000多人全部被判处死刑时，觉得太宽容了。难道仅仅一死吗？这一死就能偿清他们的罪恶吗？能偿清他们用离奇变态的想象和骗局毁掉地球、毁掉人类文明的罪恶吗？他们应该死一万次！这时，我想起了那些做出太阳爆发预测的天体物理学家、那些设计和建造地球发动机的工程师，他们在一个世纪前就已作古，我现在真想把他们从坟墓中挖出来，让他们也死一万次。

真感谢死刑的执行者们，他们为这些罪犯找了一种好的死法：他们收走了被判死刑的每个人密封服上加热用的核能电池，然后把他们丢在大海的冰面上，让零下100摄氏度的严寒慢慢夺去他们的生命。

这些人类文明史上最险恶、最可耻的罪犯在冰海上站了黑压压的一片，岸上有十几万人在看着他们，十几万副牙齿咬得嘣嘣响，十几万双眼睛喷出和那个小女孩眼里一样的怒火。

这时，所有的地球发动机都已关闭，壮丽的群星出现在冰原之上。

我能想象出严寒像无数把尖刀刺进他们的身体，他们的血液在凝固，生命从他们的体内一点点流走，这想象中的感觉变成一种快感，传遍我的全身。看到那些人在严寒的折磨中慢慢死去，岸上的人们快活起来，他们一起唱起了《我的太阳》。我唱着，眼睛看着星空的一个方向，在那个方向上，有一颗稍大些、刚刚显出圆盘形状的星星发出黄色的光芒，那就是太阳。

啊，我的太阳，生命之母，万物之父，我的大神，我的上帝！还有什么比您更稳定，还有什么比您更永恒！我们这些渺小的、连灰尘都不如的碳基细菌，拥挤在围着您转的一粒小石头上，竟敢预言您的末日，我们怎么能蠢到这个程度！

一个小时过去了，海面上那些反人类的罪犯虽然还全都站着，但已没有一个活人，他们的血液已被冻结了。

我的眼睛突然什么都看不见了。几秒钟后，视力渐渐恢复，冰原、海岸和岸上的人群又在眼前慢慢显影，最后完全清晰了，而且比刚才更清晰。因为这个世界现在笼罩在一片强烈的白光中，刚才我眼睛的失明正是由于这突然出现的强光的刺激。但星空没有重现，所有的星光都被这强光所淹没，仿佛整个宇宙都被强光融化了，这强光从太空中的一点迸发出来，那一点现在成了宇宙中心，那一点就在我刚才盯着的方向。

太阳氦闪爆发了。

《我的太阳》的合唱戛然而止，岸上的十几万人呆住了，似乎同海面上那些人一样，被冻成了一片僵硬的岩石。

太阳最后一次把它的光和热撒向地球。地面上被冻结的二氧化碳干冰首先融化，腾起了一阵白色的蒸汽；然后海冰表面也开始融化，受热不均的大海冰层发出惊天动地的巨响；渐渐地，照在地面上的光柔和起来，天空出现了微微的蓝色；后来，强烈的太阳风产生的极光在空中出现，苍穹中飘动着巨大的彩色光幕……

在这突然出现的灿烂阳光下，海面上最后的地球派们仍稳稳地站着，仿佛 5000 多尊雕像。

太阳爆发只持续了很短的时间，两个小时后，强光开始急剧减弱，很快就熄灭了。在太阳的位置上出现了一个暗红色球体，它的体积慢慢膨胀，最后从这里看它，已达到了在地球轨道上看到的太阳大小，然而它的实际体积已大到越出火星轨道，水星、金星和火星这三颗地球的伙伴行星这时已在上亿摄氏度的辐射中化为一缕轻烟。但它已不是太阳，不再发出光和热，看上去如同贴在太空中的一张冰冷的红纸，它那暗红色的光芒似乎是周围星光的散射。这就是小质量恒星演化的归宿——红巨星。

50 亿年的壮丽生涯已成为飘逝的梦幻，太阳死了。

幸运的是，还有人活着。

流浪时代

当我回忆这一切时，半个世纪已过去了。20 年前，地球航出了冥王星轨道，航出了太阳系，在寒冷广漠的外太空继续着它孤独的航程。

最近一次去地面是十几年前的事了，那是儿子和儿媳陪我去的，儿媳是一个金发碧眼的姑娘，就要做母亲了。

到地面后，我首先注意到，虽然所有地球发动机仍全功率地运行，但巨大的光柱却看不到了。这是因为地球大气已消失，等离子体的光芒不再发生散射了。我看到地面上布满了奇怪的黄绿相间的半透明晶体块，这是固体氧氮，是已冻结的空气。有趣的是，空气并没有均匀地冻结在地球表面，而是形成了小山丘似的不规则的隆起，在原来平滑的大海冰原上，这些半透明的小山形成了奇特的景观。银河系的星河纹丝不动地横过天穹，也像被冻结了，但星光很亮，看久了还刺眼呢。

地球发动机将不间断地开动 500 年，到时地球将加速至光速的千分之五，然后将以这个速度滑行 1300 年，走完三分之二的航程，之后将掉转发动机的方向，开始长达 500 年的减速。地球将在航行 2400 年后到达比邻星，再过 100 年时间，它将泊入这颗恒星的轨道，成为它的一颗行星。

我知道已被忘却
流浪的航程太长太长
但那一时刻要叫我一声啊
当东方再次出现霞光

我知道已被忘却
起航的时代太远太远
但那一时刻要叫我一声啊
当人类又看到了蓝天

我知道已被忘却
太阳系的往事太久太久
但那一时刻要叫我一声啊
当鲜花重新挂上枝头

…………

每当听到这首歌，一股暖流就涌进我这年迈僵硬的身躯，我干涸的老眼又湿润了。我好像看到半人马座三颗金色的太阳在地平线上依次升起，万物沐浴在它们温暖的光芒中。固态的空气融化了，变成了碧蓝的天。2000 多年前的种子从解冻的土层中复苏，大地绿了。我看到我的第一百代孙子孙女们在绿色的草原上欢笑着，草原上有清澈的小溪，溪中有银色的小鱼……我看到了加代子，她从绿色的大地上向我跑来，年轻美丽，像个天使……

啊，地球，我的流浪地球……

中国太阳

水娃从娘颤抖的手中接过那个小小的包裹，包裹中有娘做的一双厚底布鞋、三个馍、两件打了大块补丁的衣裳、二十块钱。爹蹲在路边，闷闷地抽着旱烟锅。

“娃要出门了。你就不能给个好脸？”娘对爹说。爹仍蹲在那儿，还是闷闷的，一声不吭。娘又说：“不让娃出去，你能出钱给他盖房娶媳妇啊？”

“走！东一个西一个都走了，养他们还不如养窝狗！”爹干号着说，头也不抬。

水娃抬头看看自己出生和长大的村庄，这处于永恒干旱中的村庄，只靠着水窖中积下的一点儿雨水过活。水娃家没钱修水泥窖，还是用的土水窖，那水一到大热天就臭了。往年，这臭水热开了还能喝，就是苦点儿、涩点儿，但今年夏天，那水热开了喝都拉肚子，听附近部队里的医生说，是地里什么有毒的石头溶进水里了。

水娃又低头看了爹一眼，转身走去，没有再回头。他不指望爹抬头看他一眼，爹心里难受时就那么蹲着抽闷烟，一蹲能蹲几个小时，仿佛变成了黄土地上的一大块土坷垃。但他分明又看到了爹的脸，或者说，他就走在爹的脸上——看周围这广阔的西北土地，干干的黄褐色，布满了水土流失刻出的裂纹，不就是一张老农的脸吗？这里的什么都是这样，树、地、房子、人，黑黄黑黄，皱巴巴的。他看不到这张伸向天边的巨脸的眼睛，但能感觉到它们的存在，那双巨眼在望着天空，年轻时那目光充满着对雨的企盼，年老时就只剩呆滞了。其实，这张巨脸一直是呆滞的，他不相信这块土地还有过年轻的时候。

一阵干风吹过，前面这条出村的小路淹没于黄尘中，水娃沿着这条路走去，迈出了他新生活的第一步。

这条路，将通向一个他做梦都想不到的地方。

人生第一个目标：喝点儿不苦的水，挣点儿钱

“哟，这么些个灯！”

水娃到矿区时天已黑了，这个矿区是由许多私开的小窑煤矿组成的。

“这算啥？城里的灯那才叫多哩。”来接他的国强说。国强也是水娃村里的，出来好多年了。

水娃随国强来到工棚住下，吃饭时喝的水居然是甜丝丝的！国强告诉他，矿上打的是深井，水当然不苦了，但国强又加了一句：“城里的水才叫好喝呢！”

临睡觉时，国强递给水娃一包硬邦邦的东西当枕头，水娃打开一看，是黑塑料皮包着的一根根圆棒棒，再打开塑料皮，看到那棒棒黄黄的，像肥皂。

“炸药。”国强说，翻身呼呼睡着了。水娃看到他也枕着这东西，床底下还放着一大堆，头顶上吊着一大把雷管。后来水娃才知道，这些东西足够把他们村子给一窝端了！国强是矿上的放炮工。

矿上的活儿很苦很累，水娃前后干过挖煤、推车、打支柱等活计，每样一天下来都把人累得要死。但水娃就是吃苦长大的，他倒不怕活儿重，他怕的是井下那环境，人像钻进了黑黑的蚂蚁窝，开始真像做噩梦，但后来也习

惯了。工钱是计件，每月能挣一百五，好的时候能挣到二百出头，水娃觉得很满足了。

但最让水娃满足的还是这里的水。第一天下工后，浑身黑得像块炭，他跟着工友们去洗澡。到了那里后，看到人们用脸盆从一个大池子中舀出水来，从头到脚浇下来，地下流淌着一条条黑色的小溪。当时他就看呆了，妈呀，哪有这么用水的，这可都是甜水啊！因为有了甜水，这个黑乎乎的世界在水娃的眼中才变得美丽无比。

但国强一直鼓动水娃进城，国强以前就在城里打过工，因为偷建筑工地的东西被当作盲流遣送回了原籍。他向水娃保证，城里肯定比这里挣得多，也不像这样累死累活的。

就在水娃犹豫不决时，国强在井下出了事。那天他排哑炮时炮炸了，从井下抬上来时浑身嵌满了碎石，死前他对水娃说了一句话：

“进城去，那里灯更多……”

人生第二个目标：
到灯更多、水更甜的城里，挣更多的钱

“这里的夜像白天一样呀！”水娃惊叹地说。

国强说得没错，城里的灯真是多多了。现在，他正同二宝一起，一人背着一个擦鞋箱，沿着省会城市的主要大街向火车站走去。二宝是水娃的邻村人，以前曾和国强一起在省城里干过，按照国强以前给的地址，水娃费了好大的劲儿才找到他，他现在已不在建筑工地干了，而是干起擦皮鞋的活计来。水娃找到他时，与他同住的一个同行正好有事回家了，他就简单地教了水娃几下子，然后让水娃背上那套家伙同他一起去。

水娃对这活计没有什么信心，他一路上寻思着，要是修鞋还差不多，擦鞋？谁花一块钱擦一次鞋（要是鞋油好些得三块钱），这人准有毛病。但在火车站前，他们摊还没摆好，生意就来了。这一晚上到 11 点，水娃竟挣了十四块钱！但在回去的路上二宝一脸晦气，说今天生意不好，言下之意显然是水娃抢了他的生意。

“窗户下那些个大铁箱子是啥？”水娃指着前面的一幢楼问。

“空调，那屋里现在跟开春儿似的。”

“城里真好！”水娃抹了一把脸上的汗说。

“在这儿只要吃得苦，赚碗饭吃是很容易的，但要想成家立业可就没门儿喽。”二宝说着用下巴指了指那幢楼，“买套房，两三千一平方米呢！”

水娃傻傻地问：“平方米是啥？”

二宝轻蔑地晃晃头，不屑理他。

水娃和十几个人住在一间同租的简易房中，这些人大都是进城打工的和做小买卖的农民，但在大通铺上位置紧挨着水娃的却是个城里人，不过不是这个城市的。在这里时，这个人和大家都差不多，吃的和他们一样，晚上也是光膀子在外面乘凉。但每天早晨，他都西装革履地打扮起来，走出门去像换了一个人，真给人一种鸡窝里飞出金凤凰的感觉。这人姓陆名海，大伙儿倒是都不讨厌他，这主要是因为他带来的一样东西。那东西在水娃看来就是一把大伞，但那伞是用镜子做的，里面光亮亮的，把伞倒放在太阳地里，在伞把头上的一个托架上放一锅水，那锅底被照得晃眼，锅里的水很快就开了，水娃后来知道这叫太阳灶。大伙儿用这东西做饭烧水，省了不少钱，可没太阳时不能用。

这把叫太阳灶的大伞没有伞骨，就那么薄薄的一片。水娃最迷惑的时候就是看陆海收伞：这伞上伸出一根细细的电线一直通到屋里，收伞时陆海进屋拔下电线的插销，那伞就扑的一下摊到地上，变成了一块银色的布。水娃拿起布仔细看，它柔软光滑，轻得几乎感觉不到分量，表面映着自己变形的怪相，还变幻着肥皂泡表面的那种彩纹。一松手，银布就从指缝间无声地滑落到地上，仿佛是一掬轻盈的水银。当陆海再插上电线的插销时，银布如同一朵开放的荷花般懒洋洋地伸展开来，很快又变成一个圆圆的伞面倒立在地上。再去摸摸那伞面，薄薄的、硬硬的，轻敲它还会发出悦耳的金属声响。它强度很高，在地面固定后能撑住一个装满水的锅或壶。

陆海告诉水娃："这是一种纳米材料，表面光洁，具有很好的反光性，强度很高，最重要的是，它在正常条件下呈柔软状态，但在通入微弱电流后会变得坚硬。"

水娃后来知道，这种叫纳米镜膜的材料是陆海的一项研究成果。申请专利后，他倾其所有投入资金，想为这项成果打开市场，但包括便携式太阳灶在内的几项产品都无人问津，结果血本无归，现在竟穷到向水娃借钱交房租的地步。虽落到这地步，但这人一点儿都没有消沉，每天仍东奔西跑，试图为这种新材料的应用找到出路。他告诉水娃，这是自己跑过的第 13 个城市了。

除那个太阳灶外，陆海还有一小片纳米镜膜，平时它就像一块银色的小手帕摊放在床边的桌子上。每天早晨出门前，陆海总要打开一个小小的电源开关，那块银手帕立刻就变成硬硬的一块薄片，成了一面光洁的小镜子，陆海对着它梳理打扮一番。有一天早晨，他对着小镜子梳头时斜视了一眼刚从床上爬起来的水娃，说："你应该注意仪表，常洗脸，头发别总是乱乱的，还有你这身衣服，不能买件便宜点儿的新衣服吗？"

水娃拿过镜子来照了照，笑着摇摇头，意思是：对一个擦鞋的来说，那么麻烦没有用。

陆海凑近水娃说："现代社会充满着机遇，满天都飞着金鸟儿，哪天说不定你一伸手就抓住一只，前提是你得拿自己当回事。”

水娃四下看了看，没什么金鸟儿，他摇摇头说：“我没读过多少书呀。”

“这当然很遗憾，但谁知道呢，有时这说不定就是一个优势，这个时代的伟大之处就在于其捉摸不定，谁也不知道奇迹会在谁的身上发生。”

“你……上过大学吧？”

“我有固体物理学博士学位，辞职前是大学教授。”

陆海走后，水娃目瞪口呆了好半天，然后又摇摇头，心想，陆海这样的人跑了 13 个城市都抓不到那鸟儿，自己怎么行呢？他感到这家伙是在取笑自己，不过这人本身也够可怜、够可笑的了。

这天夜里，屋里的其他人有的睡了，有的聚成一堆打扑克，水娃和陆海则到门外几步远的一个小饭馆里看电视。这时已是夜里 12 点，电视中正在播放新闻，屏幕上只有播音员，没有其他画面。

“在今天下午召开的国务院新闻发布会上，新闻发言人透露，举世瞩目的中国太阳工程已正式启动，这是继三北防护林之后又一项改造国土生态的超大型工程……”

水娃以前听说过这个工程，知道它将在我们的天空中再建造一个太阳，这个太阳能给干旱的大西北带来更多的降雨。这事对水娃来说太玄乎，像每次遇到这类事一样，他想问陆海，但扭头一看，只见陆海睁圆双眼瞪着电视，半张着嘴，好像被它摄去了魂儿。水娃用手在他面前晃了晃，他毫无反应，直到那则新闻过去很久才恢复常态，自语道：“真是，我怎么就没想到中国太阳呢?!”

水娃茫然地看着他，他不可能不知道这件连自己都知道的事，这事哪个中国人不知道呢？他当然知道，只是没想到，那他现在想到了什么呢？这事与他陆海——一个住在闷热的简易房中的潦倒流浪者，能有什么关系？

陆海说：“记得我早上说的话吗？现在一只金鸟儿飞到我面前了，好大的一只金鸟儿，其实它以前一直在我的头顶盘旋，我居然没感觉到！”

水娃仍然迷惑不解地看着他。

陆海站起身来：“我要去北京了，赶 2 点半的火车，小兄弟，你跟我去吧！”

“去北京？干什么？”

“北京那么大，干什么不行？就是擦皮鞋，也比在这儿挣得多好多！”

于是，就在这天夜里，水娃和陆海踏上了一列连座位都没有的拥挤的列车，列车穿过夜色中广阔的西部原野，向太阳升起的方向驰去。

人生第三个目标：
到更大的城市，见更大的世面，挣更多的钱

第一眼看到首都时，水娃明白了一件事：有些东西你只有在看见后才知道是什么样儿，凭想象是绝对想不出来的。比如北京之夜，就在他的想象中出现过无数次，最早不过是把镇子或矿上的灯火扩大许多倍，然后是把省城的灯火扩大许多倍。当他和陆海乘坐的公共汽车从西站拐入长安街时，他才知道，过去那些灯火就是扩大一千倍，也不是北京之夜的样子。当然，北京的灯绝对不会有一千个省城的灯那么多、那么亮，但这夜中北京的某种东西，是那个西部的城市怎样叠加也产生不出来的。

水娃和陆海在一个便宜的地下室旅馆住了一夜后，第二天早上就分了手。临别时陆海祝水娃好运，并说如果以后有难处可以找他，但当水娃让他留下电话或地址时，他却说自己现在什么都没有。

“那我怎么找你呢？”水娃问。

“过一阵子，看电视或报纸，你就会知道我在哪儿了。”

看着陆海远去的背影，水娃迷惑地摇摇头，他这话可真是让人费解：这人现在已不名一文，今天连旅馆都住不起了，早餐还是水娃出的钱，甚至连他那个太阳灶，也在起程前留给房东顶了房费。现在，他已是一个除梦之外什么都没有的乞丐。

与陆海分别后，水娃立刻去找活儿干，但大都市给他的震撼使他很快忘记了自己的目的，整个白天他都在城市中漫无目标地闲逛，仿佛行走在仙境中，一点儿都不觉得累。

傍晚，他站在首都的新象征之一、去年落成的500米高的统一大厦前，仰望着那直插云端的玻璃绝壁。在上面，渐渐暗下去的晚霞和很快亮起来的城市灯海在进行着摄人心魄的光与影的表演，水娃看得脖子酸疼。当他正要走开时，大厦本身的灯也亮了起来，这奇景以一种更大的力量攫住了水娃的全部身心，他继续在那里仰头呆望着。

“你看了很长时间，对这工作感兴趣？”

水娃回头，看到说话的是一个年轻人，典型的城里人打扮，但手里拿着一顶黄色的安全帽。

“什么工作？”水娃迷惑地问。

“那你刚才在看什么？”那人问，同时拿安全帽的手向上一指。

水娃抬头向他指的方向看，看到高高的玻璃绝壁上居然有几个人，从这里看去只是几个小黑点。“他们站那么高干什么呀？”水娃问，又仔细地看了看，“擦玻璃？”

那人点点头：“我是蓝天建筑清洁公司的人事经理，我们公司主要承揽高层建筑的清洁工程，你愿意干这工作吗？”

水娃再次抬头看，高空中那几个蚂蚁似的小黑点让人头晕目眩：“这……太吓人了吧。”

"如果是担心安全，那你尽管放心，这工作看起来危险，正是这点使它招工很难，我们现在很缺人手。但我向你保证，安全措施是很完备的，只要严格按规程操作，绝对不会有危险，且工资在同类行业中是最高的。你嘛，每月工资一千五，工作日管午餐，公司代买人身保险。"

这钱数让水娃吃了一惊，他呆呆地望着经理，经理误解了水娃的意思："好吧，取消试用期，再加三百，每月一千八，不能再多了。以前这个工种基本工资只有四五百，每天有活儿干再额外计件儿，现在是固定月薪，相当不错了。"

于是，水娃成了一名高空清洁工，又叫蜘蛛人。

人生第四个目标：
成为一个北京人

水娃与四位工友从航天大厦的顶层谨慎地下降，用了 40 分钟才到达第 83 层，这是他们昨天擦到的位置。蜘蛛人最头疼的活儿就是擦倒角墙，即与地面的角度小于 90 度的墙。而航天大厦的设计者为了表现他那变态的创意，把整个大厦设计成倾斜的，顶部由一根细长的立柱与地面支撑，据这位著名建筑师说，倾斜更能表现出上升感。这话似乎有道理，这座摩天大厦也名扬世界，成为北京的又一标志性建筑。但这位建筑大师的祖宗八代都被北京的蜘蛛人骂遍了，清洁航天大厦的活儿对他们来说几乎是一场噩梦，因为这座倾斜的大厦有整整一面全是倒角墙，高达 400 米，与地面的角度小到 65 度。

到达工作位置后，水娃仰头看看，头顶上这面巨大的玻璃悬崖仿佛正在倾倒下来。他一只手打开清洁剂容器的盖子，另一只手紧紧抓着吸盘的把手。这种吸盘是为清洁倒角墙特制的，但并不好使，常常脱吸，这时蜘蛛人就会荡离墙面，被安全带吊着在空中打秋千。这种事在清洁航天大厦时多次发生，每次都让人魂飞天外。就在昨天，水娃的一位工友脱吸后远远地荡出去，又荡回来，在强风的推送下直撞到墙上，撞碎了一大块玻璃，他的额头和手臂上各划了一道大口子，而那块昂贵的镀膜高级建筑玻璃让他这一年的活儿白干了。

到现在为止，水娃干蜘蛛人的工作已经两年多了，这活儿可真不容易。在地面上风力有 2 级时，百米空中的风力就有 5 级，而现在四五百米的超高层建筑上，风就更大了。危险自不必说，从 21 世纪初开始，蜘蛛人的坠落事故就时有发生。冬天时，那强风就像刀子一样锋利；清洗玻璃时最常用的氢氟酸洗剂腐蚀性很强，使手指甲先变黑再脱落；而到了夏天，为防洗涤药水的腐蚀，还得穿着不透气的雨衣、雨裤、雨鞋；如果是擦镀膜玻璃，背上太阳暴晒，面前玻璃反射的阳光也让人睁不开眼，这时水娃感觉真像是被放在陆海的太阳灶上了。

但水娃热爱这个工作，这两年多是他有生以来最快乐的时光。这固然是因为在外地来京的低文化层次的打工者中，蜘蛛人的收入相对较高，更重要的是，他从工作中获得了一种奇妙的满足感。他最喜欢干那些别的工友不愿意干的活儿：清洁新近落成的超高建筑。这些建筑的高度都在 200 米以上，最高的达 500 米。悬在这些摩天大楼顶端的外墙上，北京城在下面一览无余地延伸开来，那些 20 世纪建成的所谓高层建筑从这里看下去是那么矮小。再远一些，它们就像一簇簇插在地上的细木条，而城市中心的紫禁城则像是用金色的积木搭起来的。在这个高度听不到城市的喧闹，整个北京成了一个可以一眼望全的整体，成了一个以蛛网般的公路为血脉的巨大生命体，在下面静静地呼吸着。有时，摩天大楼高耸在云层之上，腰部以下笼罩在阴暗的暴雨之中，以上却阳光灿烂，干活儿时脚下是一望无际的滚滚云海，每到这时，水娃总觉得他的身体都被云海之上的强风吹得透明了……

水娃从这些经历中悟出了一个哲理：事情得从高处才能看清楚。如果你淹没于这座大都市之中，周围的一切是那么纷繁复杂，城市仿佛是一个无边无际的迷宫，但从这高处一看，整座城市不过是一个有 1000 多万人的大蚂蚁窝罢了，而它周围的世界又是那么广阔。

第一次领到工资后，水娃到一个大商场转了转，乘电梯上到第三层时，他发现这是一个让自己迷惑的地方。与繁华的下两层不同，这一层的大厅比较空旷，只摆放着几张大得惊人的矮桌子。在每张桌子宽阔的桌面上，都有一片小小的楼群，每幢楼有一本书那么高，楼间有翠绿的草地，草地上有白色的凉亭和回廊……这些小建筑好像是用奶酪做成的，看上去那么可爱，它们与绿草地一起构成了精致的小世界，在水娃眼中，真像是一个个小天堂的模型。最初他猜测这是某种玩具，但这里见不到孩子，桌边的人们也一脸认真和严肃。他站在一个“小天堂”边上对着它出神地望了很久，一位漂亮小姐过来招呼他，他这才知道这里是出售商品房的地方。他随便指着一幢小楼，问最顶上那套房多少钱，小姐告诉他那是三室一厅，每平方米三千五百元，总价值三十八万元。听到这数目水娃倒吸一口冷气，但小姐接下来的话让这冷酷的数字温柔了许多：

“分期付款，每月一千五百元到两千元。”

他小心地问：“我……我不是北京人，能买吗？”

小姐给了他一个动人的微笑：“您可真逗，户口已经取消两年了，还有什么北京人不北京人的？您住下不就是北京人了吗？”

水娃走出商场后，漫无目的地在街上走了很长时间，夜里的北京在他周围五光十色地闪耀着，他手中拿着售房小姐给他的几张花花绿绿的宣传页，不时停下来看看。仅在一个多月前，在那座遥远的西部城市的简易房中，在省城拥有一套住房对他来说都还是一个神话。现在，他尽管离买得起那套北京的住房还有相当的距离，但这已不是神话了，它由神话变成了梦想，而这个梦想，就像那些精致的小模型一样，实实在在地摆在眼前，可以触摸到了。

这时，有人在里面敲水娃正在擦的这面玻璃，这往往是麻烦事。在办公室窗户上出现的高楼清洁工总让超级大厦中的白领们产生一种莫名的烦恼，好像这些人真如其俗名那样是一个个异类大蜘蛛，他们之间的隔阂远不止那面玻璃。在蜘蛛人干活儿时，里面的人不是嫌有噪声，就是抱怨阳光被挡住了，变着法儿和他们过不去。航天大厦的玻璃是半反射型的，水娃很费劲儿地向里面看，终于看清了里面的人，居然是陆海！

分手后，水娃一直惦记着陆海，在他的记忆中，陆海一直是一个西装革履的流浪汉，在这个大城市中深一脚浅一脚地过着艰难的生活。在一个深秋之夜，正当水娃在宿舍中默默地为陆海过冬的衣服发愁时，却真的在电视上看到了他！这时，中国太阳工程正在选择构建反射镜的材料，这是工程最关键的技术核心，在十几种材料中，陆海研制的纳米镜膜最后被选中了。他由一名科技流浪汉变成了中国太阳工程的首席科学家之一，一夜之间举世闻名。这以后，虽然陆海频频在各种媒体上出现，水娃反而把他忘记了，水娃觉得他们之间已没有什么关系了。

在那间宽大的办公室里，水娃看到陆海与两年前相比，从里到外都没有变，甚至还穿着那身西装，现在水娃知道，这身当时在他眼中高级华贵的衣服实际上次透了。水娃向陆海讲述了自己在北京的生活，最后笑着说："看来咱俩在北京干得都不错。"

"是的是的，都不错！"陆海激动得连连点头，"其实，那天早晨对你说那些关于时代和机遇的话时，我几乎对一切都失去了信心，我是说给自己听的，但这个时代真的充满了机遇。"

水娃点点头："到处都是金色的鸟儿。"

接着，水娃打量起这间充满现代感的大办公室来，这里最引人注目的是那一套不同寻常的装饰物：办公室的天花板是一幅星空的全息图像，所以在办公室中的人如同置身于一个灿烂星空下的院子。在这星空的背景前悬浮着一个银色的圆形曲面，那是一个镜面，很像陆海的那个太阳灶，但水娃知道，这个太阳灶面积可能有几十个北京那么大。在天花板的一角，有一盏球形的灯，与这镜面一样，这灯球没有任何支撑地悬浮在空中，发出耀眼的黄光。镜面把它的一束光投射到办公桌旁的一个大地球仪上，在其表面打出一个圆圆的亮点。那个灯球在天花板下缓缓飘移着，镜面转动着追踪它，始终保持着那束投向地球仪的光束。星空、镜面、灯球、光束、地球仪和其表面的亮点，形成了一幅抽象而神秘的构图。

“这就是中国太阳吗？”水娃指着镜面敬畏地问。

陆海点点头：“这是一个面积达 30000 平方千米的反射镜，它在 36000 千米高的同步轨道上向地球反射阳光，在地面看上去，天空中像多了个太阳。”

“我一直搞不明白，天上多个太阳，地上怎么就会多了雨水呢？”

“这个人造太阳可以以多种方式影响天气，比如通过改变大气的热平衡来影响大气环流、增加海洋蒸发量、移动锋面等，这一两句话说不清楚。其实，轨道反射镜只是中国太阳工程的一部分，另一部分是一个复杂的大气运动模型，它运行在许多台超级计算机上，精确地模拟出某一区域大气的运动状态，然后找准一个关键点，用人造太阳的热量施加影响，就会产生出巨大的效应，足以在一段时间内完全改变目标区域的气候……这个过程极其复杂，不是我的专业，我也不太明白。”

水娃又问了一个陆海肯定明白的问题，他知道自己的问题太傻，但还是鼓足勇气问了出来：“那么大个东西悬在天上，不会掉下来吗？”

陆海默默地看了水娃几秒钟，又看了看表，一拍水娃的肩膀说：“走，我请你吃饭，同时让你明白中国太阳为什么不会掉下来。”

但事情远没有陆海想的那么简单，他不得不把要讲授的知识线移到最底层。水娃知道自己生活在一个圆的地球上，但他意识深处的世界还是一个天圆地方的结构，陆海费了很大劲儿才使他真正明白了我们的世界只是一颗飘浮在无际虚空中的小石球。这个晚上水娃并没有搞明白中国太阳为什么不会掉下来，但这个宇宙在他的脑海中已完全变了样，他进入了自己的托勒密时代。第二个晚上，陆海同水娃到大排档去吃饭，并成功地使水娃进入了哥白尼时代。又用了两个晚上，水娃艰难地进入了牛顿时代，知道了（当然仅仅是知道了）万有引力。接下来的一个晚上，借助于办公室中的那个大地球仪，陆海使水娃迈进了航天时代。在接下来的一个公休日，也是在那个大地球仪前，水娃终于明白了同步轨道是什么意思，同时也明白了中国太阳为什么不会掉下来。

这一天，陆海带水娃参观了中国太阳工程的指挥中心，一块高大的屏幕上映出了同步轨道上中国太阳建设工地的全景：漆黑的空间中飘浮着几块银色的薄片，航天飞机在那些薄片前像几只小小的蚊子。最让水娃感到震撼的，是另一块大屏幕上从 36000 千米高度拍摄的地球，他看到，大陆像漂浮在海洋上的一张张大牛皮纸，山脉像牛皮纸的皱褶，而云层如同牛皮纸上残留的一片片白糖末儿……陆海指给水娃看哪里是他的家乡，哪里是北京。水娃呆呆地看了好半天，冒出一句话：

“站在这么高的地方，人想的事情肯定不一样……”

3 个月后，中国太阳的主体工程完工，在国庆节之夜，反射镜首次向地球的黑夜部分投射阳光，并把巨大的光斑固定在京津地区。这天夜里，水娃在天安门广场上同几十万人一起目睹了这壮丽的“日出”：西边的夜空中，一颗星星的亮度急剧增强，在这颗星的周围有一圈蓝天在扩散，当中国太阳的亮度达到最大时，这圈蓝天已占据了半个天空。在它的边缘，色彩由纯蓝渐渐过渡到黄色、橘红色和深紫色，这圈渐变的色彩如一圈彩虹把蓝天围在中央，形成了人们所称的“环形朝霞”。

水娃在凌晨 4 点才回到宿舍，他躺在狭窄的上铺，中国太阳的光芒从窗户中照进来，照在枕边墙上那几张商品住宅宣传页上，水娃把那几张彩纸从墙上撕了下来。

在中国太阳的天国之光下，他曾为之激动不已的理想显得那么平淡渺小。

两个月后，清洁公司的经理找到水娃，说中国太阳工程指挥中心的陆总让他去一下。自从清洁航天大厦的活儿干完后，水娃就再也没见过陆海。

“你们的太阳真是伟大！”在航天大厦的办公室中见到陆海后，水娃由衷地赞叹道。

“是我们的太阳，特别是你也有份儿——现在在这里看不到中国太阳了，它正在给你的家乡造雪呢！”

“我爸妈来信说，那里今冬的雪真的多了起来！”

“但中国太阳也遇到了大问题，”陆海指指身后的一块大屏幕，上面显示着两个圆形的光斑，“这是在同一位置拍摄的中国太阳的图像，时隔两个月，你能看出它们有什么差别吗？”

“左边那个亮一些。”

“看，仅两个月，反射率的降低用肉眼都能看出来了。”

“怎么，是大镜子上落灰了吗？”

“太空中没有灰，但有太阳风，也就是太阳喷出的粒子流，时间一长，它使中国太阳的镜面表层发生了质变，镜面蒙上了一层极薄的雾膜，反射率就降低了。一年以后，镜面将变得像蒙上一层水雾一样，那时中国太阳就会变成中国月亮，什么事都干不了了。”

“你们开始没想到这些吗？”

“当然想到了……我们还是谈你的事吧，想不想换个工作？”

“换工作？我还能干什么呢？”

“还是干高空清洁工，但是在我们这里干。”

水娃迷惑地四下看看：“你们的大楼不是刚清洁过吗？还用专门雇高空清洁工？”

“不，不是让你擦大楼，是擦中国太阳。”

人生第五个目标：飞向太空擦太阳

这是一次由中国太阳工程运行部的高层领导人参加的会议，讨论成立镜面清洁机构的事。陆海把水娃介绍给大家，并介绍了他的工作。当有人问到他的学历时，水娃诚实地说他只读过 3 年小学。

“但我认字的，看书没问题。”水娃对与会者说。

一阵笑声响起。“陆总，你这是在开玩笑吗？”有人气愤地喊道。

陆海平静地说：“我没开玩笑。如果组成 30 个人的镜面清洁队，把中国太阳全部清洁一遍需要半年时间，按照清洁周期，清洁队需不停地工作，这至少要有 60 到 90 人进行轮换。如果正在制定中的《空间劳动保护法》出台，这种轮换可能需要更多的人，也就是说，需要 120 甚至 150 人。我们难道要让 150 名有博士学位的、在高性能歼击机上飞过 3000 小时的宇航员干这项工作吗？”

“那也得差不多点儿吧？在城市高等教育已经普及的今天，让一个文盲飞向太空？”

“我不是文盲！”水娃对那人说。

对方没理他，接着对陆海说：“这是对这个伟大工程的亵渎！”

与会者纷纷点头赞同。

陆海也点点头：“我早就料到各位会有这种反应。在座的，除这位清洁工之外都具有博士学位，那么好，就让我们看看各位在清洁工作中的素质吧！请跟我来。”

十几位与会者迷惑不解地跟着陆海走出会议室，走进电梯。这种摩天大楼中的电梯分快、中、慢三种，他们乘坐的是最快的电梯，飞快加速，直上大厦的顶层。

有人说：“我是第一次乘这种电梯，真有乘火箭升空的感觉！”

“我们进入同步轨道后，大家还将体验清洁中国太阳的感觉。”陆海说。周围的人都向他投来奇怪的目光。

走出电梯后，大家又跟着陆海爬了一段窄扶梯，最后从一扇小铁门走出去，来到了大厦的露天楼顶。他们立刻置身于阳光和强风之中，上面的蓝天似乎比平时看到的清澈了许多，向四周望去，北京城尽收眼底。他们发现楼顶上已经有一小群人在等着，水娃吃惊地发现那竟是清洁公司的经理和他的蜘蛛人工友们！

陆海大声说：“现在，我们就请大家体验一下水娃的工作。”

于是，那些蜘蛛人走过来给每一位与会者扎上安全带，然后领他们走到楼顶边缘，让他们小心地站到蜘蛛人作为工作平台的十几块吊板上。然后吊板开始慢慢下降，悬在距楼顶边缘五六米处不动了，被挂在大厦玻璃墙上的与会者们发出了一阵绝不掺假的惊叫声。

“各位，我们继续开会吧！”陆海蹲着从楼顶边缘探出身去对下面的人喊。

“可恶！快拉我们上去！”

“你们每人必须擦完一块玻璃才能上来！”

擦玻璃是不可能的，下面的人能做的只是死抓着安全带或吊板的绳索一动不动，根本不可能松开一只手去拿起放在吊板上的刷子或打开清洁剂桶的盖子。在他们的日常工作中，这些航天官员每天都在图纸或文件上与几万千米的高度打交道，但在这亲身体验中，400 米的高度已经令他们魂飞天外了。

陆海站起身，走到一位空军大校所在的吊板上面，他是被吊下去的十几个人中唯一的镇定自若者。他开始擦玻璃，动作沉稳，最让水娃吃惊的是，他的两只手都在干活儿，并没有抓着什么稳定自己，而他的吊板在强风中贴着墙面一动不动，这对蜘蛛人来说也只有老手才能做到。当水娃认出他就是 10 多年前神舟八号飞船上的一名宇航员时，对眼前所见也就不奇怪了。

陆海问：“张大校，坦率地说，你眼前的工作真的比你们在轨道上的太空行走作业容易吗？”

“如果仅从体力和技巧上来说，相差不是太多。”前宇航员回答说。

“说得好！宇航训练中心的一项研究表明，在人体工程学上，高层建筑清洁工的工作与太空中的镜面清洁工作有许多相似之处：都是在危险且需要时时保持平衡的位置上，从事重复、单调且消耗体力的劳动；都要时时保持着警觉，稍一疏忽就会有意外事故发生。这事故对宇航员来说，可能是错误飘移、工具或材料丢失，以及生命保障系统失灵等；对蜘蛛人来说，则可能是撞碎玻璃、工具或清洁剂跌落，以及安全带断裂滑脱等。在体能技巧方面，特别是在心理素质方面，蜘蛛人完全有能力胜任镜面清洁工作。”

前宇航员仰视着陆海点了点头：“这使我想起了那个古老的寓言：卖油人把油通过一个铜钱的方孔倒进油壶中，所需的技巧与将军把箭射中靶心同样高超，差异只在于他们的身份。”

陆海接着说：“哥伦布发现了美洲，库克发现了澳洲，但这些新世界都是由普通人开发的，这些开拓者在当时的欧洲处于社会的最下层。太空开发也一样，国家在下一个‘五年计划’中把近地空间作为第二个西部，这就意味着航天事业的探险时代已经结束，它不再只是由少数精英从事的工作。而让普通人进入太空，是太空开发产业化的第一步！”

“好了好了，你说的都对！快把我们弄上去啊！”下面的其他人声嘶力竭地喊着。

在回去的电梯上，清洁公司的经理凑到陆海耳边低声说：“陆总，您慷慨激昂了半天，讲的道理有点儿太大了吧？当然，当着水娃和我这些小弟兄的面，您不好把关键之处挑明。”

“嗯？”陆海询问地看着他。

“谁都知道，中国太阳工程是以准商业方式运行的，中途差点儿因资金缺口而停工，现在，留给你们的运行费用没有多少了。在商业宇航中，正规宇航员的年薪都在百万以上，我这些小伙子每年就可以给你们省几千万。”

陆海神秘地一笑说：“您以为，为这区区几千万我值得冒这个险吗？我这次故意把镜面清洁工的文化程度标准压到最低，这个先例一开，中国太阳在空间轨道的其他工作岗位，我就可以用普通大学毕业生来做，这一下省的可不止几千万。如您所说，这也是没办法的办法，我们真的没剩多少钱了。”

经理说：“在我的童年和少年时代，进入太空是一种何等浪漫的事业，我清楚地记得，邓小平在访问林登·约翰逊航天中心时，称赞一位美国宇航员很了不起。现在……”他拍着陆海的后背苦笑着摇摇头，“我们彼此彼此了。”

陆海扭头看了看那几名蜘蛛人小伙子，放大了声音说：“但，先生，我给他们的工资怎么说也是你的 8 到 10 倍！”

第二天，包括水娃在内的 60 名蜘蛛人进入了坐落在石景山的中国宇航训练中心，他们都是从外地来京打工的农村后生，来自中国广阔田野的各个偏僻角落。

镜面农夫

西昌基地，“地平线”号航天飞机从它的发动机喷出的大团白雾中探出头来，轰鸣着升上蓝天。机舱里坐着水娃和其他 14 名镜面清洁工，经过 3 个月的地面培训，他们被从 60 人中挑选出来，首批进入太空进行实际操作。

在水娃这时的感觉中，超重远不像传说中的那么可怕，他甚至有一种熟悉的舒适感，这是孩子被母亲紧紧抱在怀中的感觉。在他右上方的舷窗外，天空的蓝色在渐渐变深。舱外隐约传来爆炸螺栓的啪啪声，助推器分离，发动机声由震耳的轰鸣变为蚊子似的嗡嗡声。天空变成深紫色，最后完全变黑，星星出现了，都不眨眼，十分明亮。嗡嗡声戛然而止，舱内变得很安静，座椅的震动消失了，接着后背对椅面的压力也消失了，失重出现。水娃他们是在一个巨大的水池中进行的失重训练，这时的感觉还真像是浮在水中。

但安全带还不能解开，发动机又嗡嗡地叫了起来，重力又把每个人按回椅子上，漫长的变轨飞行开始了。小小的舷窗中，星空和海洋交替出现，舱内不时充满了地球反射的蓝光和太阳白色的光芒。窗口中能看到的地平线的弧度一次比一次大，能看到的海洋和陆地的景色范围也一次比一次大。向同步轨道的变轨飞行整整进行了 6 个小时，舷窗中星空和地球的景色交替变化，也渐渐产生了催眠作用，水娃居然睡着了。但他很快被扩音器中指令长的声音惊醒，那声音说变轨飞行结束了。

舱内的伙伴们纷纷飘离座椅，紧贴着舷窗向外瞅。水娃也解开安全带，用游泳的动作笨拙地飘到离他最近的舷窗，他第一次亲眼看到了完整的地球。但大多数人都挤在另一侧的舷窗边，他也一蹬舱壁蹿了过去，因速度太快在对面的舱壁上碰了脑袋。从舷窗望出去，他这才发现“地平线”号已经来到中国太阳的正下方，反射镜已占据了星空的大部分面积，航天飞机如同飞行在一个巨大的银色穹顶下的一只小蚊子。“地平线”号继续靠近，水娃渐渐体会到镜面的巨大：它已占据了窗外的所有空间，一点儿都感觉不到它的弧度，他们仿佛飞行在一望无际的银色平原上。距离在继续缩短，镜面上出现了“地平线”号的倒影。可以看到银色大地上有一条条长长的接缝，这些接缝像地图上的经纬线一样织成了方格，成了能使人感觉到相对速度的唯一参照物。渐渐地，银色大地上的经线不再平行，而是向一个点汇聚，这趋势急剧加快，好像“地平线”号正在驶向这巨大地图上的一个极点。极点很快出现了，所有经线接缝都汇聚在一个小黑点上，航天飞机向着这个小黑点下降。水娃震惊地发现，这个黑点竟是这银色大地上的一座大楼，这座大楼是一个全密封的圆柱体，水娃知道，这就是中国太阳的控制站，是他们以后 3 个月在这冷寂太空中唯一的家。

太空蜘蛛人的生活就这样开始了。每天（中国太阳绕地球一周的时间也是 24 小时），镜面清洁工们驾驶着一台台手扶拖拉机大小的机器擦光镜面，他们开着这些机器在广阔的镜面上来回行驶，很像在银色的大地上耕种着什么，于是西方媒体给他们起了一个更有诗意的名字：“镜面农夫”。这些“农夫”的世界是奇特的，他们脚下是银色的平原，由于镜面的弧度，这平原在远方的各个方向缓缓升起，但由于面积巨大，周围看上去却如水面般平坦。上方，地球和太阳总是同时出现，后者比地球小得多，倒像是它的一颗光芒四射的卫星。在占据天空大部分的地球上，总能看到一个缓缓移动的圆形光斑，在地球黑夜的一面这光斑尤其醒目，这就是中国太阳在地球上照亮的区域。镜面可以调整形状以改变光斑的大小：当银色大地在远方上升的坡度较陡时，光斑就小而亮；当上升坡度较缓时，光斑就大而暗。

镜面清洁工的工作是十分艰辛的，他们很快发现，清洁镜面的枯燥和劳累，比在地球上擦高楼有过之而无不及，每天收工回到控制站后，往往累得连太空服都脱不下来。随着后续人员的到来，控制站里拥挤起来，人们像生活在一艘潜水艇中。但能够回到站里还算幸运，镜面上距站最远处近 100 千米，清洁到外缘时往往下班后回不来，只能在“野外”过“夜”，从太空服中吸食些流质食物，然后悬在半空中睡觉。工作的危险更不用说，镜面清洁工是人类航天史上进行太空行走最多的人，在“野外”，太空服的一个小故障就足以置人于死地，此外，还有微陨石、太空垃圾和太阳磁暴等。这样的生活和工作条件使控制站中的工程师们怨气冲天，但天生就能吃苦的“镜面农夫”们却默默地适应了这一切。

在进入太空后的第五天，水娃与家里通了话，这时水娃正在距控制站 50 多千米处干活儿，他的家乡正处于中国太阳的光斑之中。

水娃爹：“娃啊，你是在那个日头上吗？它在俺们头上照着呢，这夜跟白天一样啊！”

水娃：“是，爹，俺是在上面！”

水娃娘：“娃啊，那上面热吧？”

水娃：“说热也热，说冷也冷，俺在地上投了个影儿，影儿的外面有咱那儿十个夏天热，影儿的里面有咱那儿十个冬天冷。”

水娃娘对水娃爹：“我看到咱娃了，那日头上有个小黑点点！”

水娃知道那是不可能的，他的眼泪涌了出来，说：“爹、娘，俺也看到你们了，亚洲大陆的那个地方也有两个小黑点点！明天多穿点儿衣服，我看到一大股寒流从大陆北面向你们那里移过去了！”

…………

3 个月后，换班的第二分队到来，水娃他们返回地球去休 3 个月的假。他们着陆后的第一件事就是每人买了一架单筒高倍望远镜。3 个月后，他们回到中国太阳上，在工作的间隙，大家都用望远镜遥望地球，望得最多的当然还是家乡，但在 36000 千米的距离上是不可能看到他们的村庄的。他们中有人用粗笔在镜面上写下了一首稚拙的诗：

在银色的大地上我遥望家乡，
村边的妈妈仰望着中国太阳。
这轮太阳就是儿子的眼睛，
黄土地将在这目光中披上绿装。

“镜面农夫”们的工作是出色的，他们逐渐承担了更多的任务，范围超出了他们的清洁工作。首先是修复被陨石破坏的镜面，后来又承担了一项更高层次的工作——监视和加固应力超限点。

中国太阳在运行中姿态总是在不停地变化，这些变化是由分布在其背面的 3000 台发动机实现的。反射镜的镜面很薄，由背面的大量细梁连成一个整体，在进行姿态或形状改变时，有些位置可能发生应力超限，如果不及时对各发动机的出力给予纠正，或在那个位置进行加固，而是任其发展，超限应力就可能撕裂镜面。这项工作的技术要求很高，发现和加固应力超限点都需要熟练的技术和丰富的经验。

除进行姿态和形状调整外，最有可能发生应力超限的时间是在“轨道理发”时，这项操作的正式名称是“光压和太阳风所致轨道误差修正”。光压和太阳风对面积巨大的镜面产生作用力，这种力量在每平方千米的镜面上达 2 千克左右，使镜面轨道变扁上移。在地面控制中心的大屏幕上，变形的轨道与正常的轨道同时显示，很像是正常的轨道上长出了头发，这个离奇的操作名称由此而来。轨道理发时，镜面产生的加速度比姿态和形状调整时大得多，这时，“镜面农夫”们的工作十分重要，他们飞行在银色大地上空，仔细地观察着镜面的每一处异常变化，随时进行紧急加固，每次都出色地完成了任务。他们的收入因此增长很多，但这中间得利最多的，还是已成为中国太阳工程第一负责人的陆海，他连普通大学毕业生也不必雇了。

但“镜面农夫”们都明白，他们这批人是第一批也是最后一批只有小学文化程度的太空工人了，以后的太空工人最低也是大学毕业生。但他们完成了陆海所设想的使命：证明了太空开发中的底层工作最需要的是技巧和经验，是对艰苦环境的适应能力，而不是知识和创造力，普通人完全可以胜任。

但太空也在改变着“镜面农夫”们的思维方式，没有人能像他们这样，每天从 36000 千米的太空居高临下地看地球。世界在他们面前只是一个可以一眼望全的小沙盘，地球村对他们来说不是一个比喻，而是眼前实实在在的现实。

“镜面农夫”作为第一批太空工人，曾在全世界引起了轰动。但随着近地空间开发产业化的飞速发展，许多超级工程在太空中出现，其中包括用微波向地面传送电能的超大型太阳能电站、微重力产品加工厂等，可容纳 10 万人的太空城也开始建设。大批产业工人拥向太空，他们都是普通人，世界渐渐把“镜面农夫”们忘记了。

几年后，水娃在北京买了房子，建立了家庭，又有了孩子。每年他有一半时间在家里，一半时间在太空。他热爱这项工作，在 30000 多千米高空的银色大地上长时间巡行，使他的心中产生了一种超脱的宁静，他觉得自己已找到了理想的生活，未来就如同脚下的银色平原一样平滑地向前伸展。但后来的一件事打破了这种宁静，彻底改变了水娃的心路历程，这就是他与斯蒂芬·霍金的交往。

没有人想到霍金能活过 100 岁，这既是医学的奇迹，也是他个人精神力量的表现。当近地轨道的第一所太空低重力疗养院建立后，他成为第一位疗养者。但上太空过程中的超重差一点儿要了他的命，返回地面也要经受超重，所以在太空电梯或反重力舱之类的运载工具发明之前，他可能回不了地球了。事实上，医生建议他长住太空，因为失重环境对他的身体是最合适不过的。

霍金开始对中国太阳没什么兴趣，他从低轨道再次忍受加速重力（当然比从地面进入太空时小得多）来到位于同步轨道的中国太阳，是想看看在这里进行的一项关于背景辐射强度各向微小异性的宇宙学观测。观测站之所以设在中国太阳背面，是因为巨大的反射镜可以挡住来自太阳和地球的干扰。但在观测完成，观测站和工作小组都撤走后，霍金仍不想走，说他喜欢这里，想多待一阵儿。中国太阳的什么东西吸引了他，新闻界做出了各种猜测，但只有水娃知道实情。

在中国太阳生活的日子里，霍金最喜欢做的事就是在镜面上散步，让人不可理解的是，他只在反射镜的背面散步，每天散步的时间长达几个小时。空间行走经验最丰富的水娃被站里指定陪博士散步。这时的霍金已与爱因斯坦齐名，水娃当然听说过他，但在控制站内第一次见到他时还是很吃惊——水娃想象不出一位瘫痪到如此程度的人如何做出这么大的成就，尽管他对这位大科学家做了什么还一无所知。但在散步时，丝毫看不出霍金的瘫痪，也许是有了操纵电动轮椅的经验，他操纵太空服上的微型发动机与正常人一样灵活。

霍金与水娃的交流很困难，他虽然植入了由脑电波控制的电子发声系统，说话不像20世纪时那么困难了，但他的话要通过实时翻译器译成中文水娃才能听得懂。按领导的交代，为了不影响博士思考问题，水娃从不主动搭话，但博士却很愿意与他交谈。

博士最先是问水娃的身世，然后回忆起自己的早年：他向水娃讲述童年时在圣阿尔班斯住的那幢阴冷的大房子，冬天结了冰的高大客厅中响着瓦格纳的音乐；还有那辆放在奥斯明顿磨坊牧场的马戏车，他常和妹妹玛丽一起乘着它到海滩去；还有他常与父亲去的齐尔顿领地的爱文豪灯塔……水娃惊叹这位百岁老人的记忆力，更让他吃惊的是，他们之间居然有共同语言，水娃讲述家乡的一切，博士很爱听，当走到镜面边缘时还让水娃指给他看家乡的位置。

时间长了，谈话不可避免地转到科学方面，水娃本以为这会结束他们之间难得的交流，但并非如此，用最通俗的语言向普通人讲述艰深的物理学和宇宙学，对博士似乎是一种休息。他向水娃讲述了大爆炸、黑洞、量子引力……水娃回去后就啃博士在20世纪写的那本薄薄的小书，再向站里的工程师和科学家请教，居然明白了不少。

“知道我为什么喜欢这里吗？”一次散步到镜面边缘时，博士对着从边缘露出一角的地球对水娃说，“这个大镜面隔开了下面的地球，使我忘记了尘世的存在，能全身心地面对宇宙。”

水娃说：“下面的世界好复杂的，可从这里远远地看，宇宙又是那么简单，只是太空中撒着一些星星。”

“是的，孩子，真是这样。”博士点点头说。

反射镜的背面与正面一样，也是镜面，只是多了些如一座座小黑塔似的姿态和形状调整发动机。每天散步时，博士和水娃两人就紧贴着镜面缓缓地飘行，常常从中心一直飘到镜面的边缘。没有月亮时，反射镜的背面很黑，表面是星空的倒影。与正面相比，这里的地平线很近，且能看出弧形，星光下由支撑梁组成的黑色经纬线在他们脚下移动，他们仿佛飘行在一个宁静的小星球的表面。遇上姿态或形状调整，反射镜背面的发动机启动，这小星球的表面被一簇簇小火苗照亮，更使这里显出一种美丽的神秘。在这小小的世界之上，银河在灿烂地照耀着。就在这样的境界中，水娃第一次接触到宇宙最深层的奥秘，他明白了自己所看到的所有星空在大得无法想象的宇宙中也只是一粒灰尘，而这整个宇宙，只不过是百亿年前一次壮丽焰火的余烬。

许多年前，作为蜘蛛人踏上第一座高楼的楼顶时，水娃看到了整个北京；来到中国太阳时，他看到了整个地球；现在，水娃面对着他人生第三个壮丽的时刻，站到了宇宙的楼顶上，看到了他以前做梦都不会想到的东西，虽然这知识还很粗浅，但足以使那更遥远的世界对他产生一种难以抗拒的吸引力。

有一次水娃向站里的一位工程师说出了自己的一个困惑：“人类在 20 世纪 60 年代就登上了月球，为什么后来反而缩了回来，到现在还没登上火星，甚至连月球也不去了？”

工程师说：“人类是现实的动物，20 世纪中叶那些由理想主义和信仰驱动的东西是没有长久生命力的。”

“理想和信仰不好吗？”

“不是说不好，但经济利益更好。如果从那时开始人类就不惜代价，做飞向外太空的赔本买卖，地球现在可能还在贫困之中，你我这样的普通人反而不可能进入太空，虽然只是在近地空间。朋友，别中了霍金的毒，他那套东西一般人玩不了的！”

水娃从此变了，他仍然与以前一样努力工作，表面平静地生活，但显然在想着更多的事。

时光飞逝，20 年过去了。这 20 年中，水娃和他的伙伴们从 36000 千米的高度清楚地看到了祖国和世界的变化。他们看到，三北防护林形成了一条横贯中国东西的绿带，黄色的沙漠渐渐被绿色覆盖，家乡也不再缺少雨水和白雪，村前干枯的河床又盈满了清流……这一切也有中国太阳的一份功劳，它在改变大西北气候的宏大工程中起了很大作用。除此之外，这些年中国太阳还干了许多不寻常的事，比如融化乞力马扎罗山的积雪以缓解非洲干旱，使举行奥运会的城市成为真正的不夜城……

但对最新的技术来说，用这种方式影响天气显得过于笨拙，且有太多副作用，中国太阳已完成了它的使命。

国家太空产业部举行了一个隆重的仪式，为人类第一批太空产业工人授勋。这不仅仅是表彰他们 20 年来辛勤而出色的工作，更重要的是，这 60 位只有小学或初中文化程度的青年进入太空工作，标志着太空开发已对所有人敞开了大门，经济学家们一致认为，这是太空开发产业化的真正开端。

这个仪式引起了新闻媒体的极大关注，除了以上原因，在普通大众心中，“镜面农夫”们的经历具有传奇色彩；同时，在这个追逐与忘却的时代，有一个怀旧的机会也是很不错的。

当年那些憨厚朴实的小伙子现在都已人到中年，但他们看上去变化并不是太大，从全息电视中还能认出他们。他们中的大部分人已通过各种方式接受了高等教育，其中有一些人还获得了太空工程师的职称，但无论在自己还是公众的眼里，他们仍是那群来自乡村的打工者。

水娃代表伙伴们讲话，他说：“随着电磁输送系统的建成，现在进入近地空间的费用，只及乘飞机飞越太平洋费用的一半，太空旅行已变成了一件平常而平淡的事。但新一代人很难想象，在 20 年前进入太空对一个普通人来说意味着什么，很难想象那会是怎样令他激动和热血沸腾，我们就是那样一群幸运者。

“我们这些人很普通，没什么可说的，我们能有这样不寻常的经历是因为中国太阳。这 20 年来，它已成为我们的第二家园，在我们的心目中它很像一个微缩的地球。最初，我们把镜面上的接缝当作北半球的经纬线，说明自己的位置时总是说在北纬多少度、东经西经多少度。到后来，随着我们对镜面的熟悉，渐渐在上面划分出了大陆和海洋，我们会说自己是在北京或莫斯科。我们每个人的家乡在镜面上也都有对应的位置，对那一块我们擦得最勤……在这个银色的小地球上我们努力工作，尽了自己的责任。先后有 5 位镜面清洁工为中国太阳献出了生命，他们有的是在太阳磁暴爆发时没来得及隐蔽，有的是被陨石或太空垃圾击中。

“现在，这块我们生活和工作了 20 年的银色土地就要消失了，我们很难用语言表达自己的感受。”

水娃沉默了，已是太空产业部部长的陆海接过了话头说：“我完全理解你们的感受，但在这里可以欣慰地告诉大家：中国太阳不会消失！这我想你们也都知道了，对于这样一个巨大的物体，不可能采用 20 世纪的方式，让它坠入大气层烧掉，它将用另一种方式找到自己的归宿：其实很简单，只要停止轨道理发，并进行适当的姿态调整，太阳风和光压将最终使它超过第二宇宙速度，离开地球成为太阳的卫星。许多年后，行星际飞船会在遥远的地方找到它，那时我们也许会把它变成一个博物馆，我们这些人会再次回到那银色的平原上，一起回忆我们这段难忘的岁月。”

水娃突然激动起来，他大声问陆海：“部长先生，你真的认为会有这一天，你真的认为会有行星际飞船吗？”

陆海呆呆地看着水娃，一时说不出话来。

水娃接着说：“20 世纪中叶，当阿姆斯特朗在月球上印下第一个脚印时，几乎所有的人都相信人类将在 10 到 20 年之内登上火星。现在，86 年过去了，别说火星了，月球也再没人去过，理由很简单：那是赔本买卖。

“20 世纪‘冷战’结束后，经济准则一天天地统治世界，人类在这个准则下也取得了巨大的成就：现在，我们消灭了战争和贫困，恢复了生态，地球正在变成一个乐园。这就使我们更加坚信经济准则的正确性，它已变得至高无上，渗透到我们的每个细胞中，人类社会已变成了百分之百的经济社会，投入大于产出的事是再也不会做了。对月球的开发没有经济意义，对行星的大规模载人探测是经济犯罪，至于进行恒星际航行，那是地地道道的精神变态。现在，人类只知道投入、产出，并享受这些产出了！”

陆海点点头说：“21 世纪人类的太空开发仍局限于近地空间，这是事实，它有许多更深刻的原因，已超出了我们今天的话题。”

“没有超出，现在，我们有了一个机会，只需花很少的钱就能飞出近地空间进行远程宇宙航行。太阳光压可以把中国太阳推出地球轨道，同样能把它推到更远的地方。”

陆海笑着摇摇头：“呵，你是说把中国太阳作为一艘太阳帆船？从理论上说是没问题的，反射镜的主体薄而轻，面积巨大，经过长期的光压加速，理论上它会成为人类迄今发射过的速度最快的航天器。但这也只是从理论而言，实际情况是，一艘船只有帆并不能远航，它上面还要有人，一艘无人的帆船只能在海上来回打转，连港口都驶不出去，记得史蒂文森的《金银岛》里对此有生动的描述。要想借助于光压远航并返回，反射镜需要精确而复杂的姿态控制，而中国太阳是为在地球轨道上运行而设计的，离开了人的操作，它自己只能沿着无规则的航线瞎飘一气，而且飘不了太远。”

“不错，但它上面会有人的，我来驾驶它。”水娃平静地说。

这时，收视统计系统显示，这个频道的收视率急剧上升，全世界的目光正在被吸引过来。

“可你一个人同样控制不了中国太阳，它的姿态控制至少需要……”

“至少需要 12 人，考虑到星际航行的其他因素，至少需要 15 到 20 人，我相信会有这么多志愿者的。”

陆海不知所措地笑笑：“真没想到，我们今天的谈话会转移到这个方向。”

“陆部长，20 年前，你不止一次地改变了我的人生方向。”

“可我万万没有想到你沿着那个方向走了这么远，已远远超过我了。”陆海感慨地说，“好吧，很有意思，让我们继续讨论下去吧！嗯……很遗憾，这个想法是不可行的。中国太阳最合理的航行目标是火星，可你想过没有，中国太阳不可能在火星上登陆。如果要登陆，将又是一笔巨大的开支，会使这个计划失去经济上的可行性；如果不登陆，那和无人探测器没有区别，有什么意思呢？”

“中国太阳不去火星。”

陆海迷惑地看着水娃：“那去哪里？木星？”

“也不是木星，去更远的地方。”

“更远？去海王星？去冥王……”陆海突然顿住，呆呆地盯着水娃看了好一会儿，“天哪，你不会是说……”

水娃坚定地点点头：“是的，中国太阳将飞出太阳系，成为恒星际飞船！”

与陆海一样，全世界顿时目瞪口呆。

陆海两眼平视前方，机械地点点头：“好吧，就让我们不当你是在开玩笑，你让我大概估算一下……”说着他半闭起双眼开始心算。

“我已经算好了：借助太阳的光压，中国太阳最终将加速到光速的十分之一，考虑到加速所用的时间，大约需 45 年时间到达比邻星。”

“然后再借助比邻星的光压减速，完成对半人马座三星系统的探测后，再向相反的方向加速，再用几十年时间返回太阳系。听起来是个美妙的计划，但实际上只是一个根本不可能实现的梦想。”

“你又想错了，到达比邻星后中国太阳不减速，以每秒 30000 多千米的速度掠过它，并借助它的光压再次加速，飞向天狼星。如果有可能，我们还会继续蛙跳，飞向第三颗恒星、第四颗……”

“你到底要干什么？”陆海失态地大叫起来。

“我们向地球所要求的，只是一套高可靠性但规模较小的生态循环系统和……”

“用这套系统维持 20 个人上百年的生命？”

“听我说完，和一套生命低温冬眠系统。在航行的大部分时间我们处于冬眠状态，只在接近恒星时才启动生态循环系统，按目前的技术，这足以维持我们在宇宙中航行上千年。当然，这两套系统的价格也不低，但比起人类从头开始一次恒星际载人探测来，它们所需资金只有其千分之一。”

“就是一分钱不要，世界也不会允许 20 个人去自杀。”

“这不是自杀，只是探险，也许我们连近在眼前的小行星带都过不去，也许我们会到达天狼星甚至更远，不试试怎么知道？”

“但有一点与探险不同：你们肯定是回不来了。”

水娃点点头：“是的，回不来了。有人满足于老婆孩子热炕头，从不向与己无关的尘世之外扫一眼；有的人则用尽全部生命，只为看一眼人类从未见过的事物。这两种人我都做过，我们有权选择各种生活，包括在十几光年之遥的太空中飘荡的一面镜子上的生活。”

“最后一个问题：在上千年的时间里，以每秒几万甚至十几万千米的速度掠过一颗又一颗恒星，发回人类要经过几十年甚至几个世纪才能收到的微弱的电波，这有太大意义吗？”

水娃微笑着向全世界说：“飞出太阳系的中国太阳，将会使享乐中的人类重新仰望星空，唤回他们的宇宙远航之梦，重新燃起他们进行恒星际探险的愿望。”

人生第六个目标：
飞向星海，把人类的目光重新引向宇宙深处

陆海站在航天大厦的楼顶，凝视着天空中快速移动的中国太阳。在它的光芒下，首都的高楼投下了无数快速移动的影子，使得北京仿佛变成了一个随着中国太阳转动的大面孔。

这是中国太阳最后一次环绕地球运行，它已达到了第二宇宙速度，将飞出地球的引力场，进入绕太阳运行的轨道。这人类第一艘载人恒星际飞船上有 20 个人，除水娃外，其他人是从上百万名志愿者中挑选出来的，其中包括 3 名与水娃共事多年的“镜面农夫”。中国太阳还未启程就达到了它的目标：人类社会对太阳系外宇宙探险的热情再次高涨起来。

陆海的思绪回到了 23 年前那个闷热的夏夜，在那个西北城市，他和一个来自干旱土地的农村男孩登上了开往北京的夜行列车。

作为告别，中国太阳把它的光斑依次投向各大城市，让人们最后一次看到它的光芒。最后，中国太阳的光斑投向大西北，水娃出生的那个小村庄就在光斑之中。

村边的小路旁，水娃的爹娘同乡亲们一起注视着向东方飞行的中国太阳。

水娃爹喊道："娃啊，你要到老远的地方去吗？"

水娃从太空中回答："是啊爹，怕是回不了家了。"

水娃娘问："那地方很远？"

水娃回答："很远，娘。"

水娃爹问："比月亮还远吗？"

水娃沉默了几秒钟，用比刚才低许多的声音说："是的，爹，比月亮远些。"

水娃的爹娘并不觉得特别难受，娃是在那比月亮还远的地方干大事呢！再说，这可是个了不起的年头，即使是远在天涯海角的人，也随时都可以和他说话，还可以在小电视上看见他，这跟面对面没啥子区别。但他们不会想到，随着时间的流逝，那小屏幕上的儿子将变得越来越迟钝，对爹娘关切的问话，他要想好长时间才能回答。他想的时间开始只有几秒钟，以后越来越长。一年后，爹娘每问一句话，儿子将呆呆地想一个多小时才能回答。最后，儿子将消失，他们将被告之水娃睡觉了，这一觉要睡 40 多年。在这以后，水娃的爹娘将用尽余生，继续照顾那块曾经贫瘠现已肥沃起来的土地，过完他们那充满艰辛但已很满足的一生。他们最后的愿望将是：在遥远未来的一天，终于回家的儿子能看到一个更美好的家园。

中国太阳正在飞离地球轨道，它在东方的天空中渐渐暗下去，它周围的蓝天也慢慢缩为一点，最后，它将变为一颗星星融入群星之中，但早在这之前，恒星太阳的曙光就会把它完全淹没。

曙光也照亮了村前的这条小路，现在它的两旁已种上了两排白杨，不远处还有一条与它平行的小河。24 年前的那天，也是在这清晨时分，在同样的曙光下，一个西北农家的孩子怀着朦胧的希望在这条小路上渐渐远去。

这时，北京的天已经大亮，陆海仍站在航天大厦的楼顶，望着中国太阳最后消失的位置，它已踏上了漫长的不归路。中国太阳将首先进入金星轨道之内，尽可能地接近太阳，以获得更大的加速光压和更长的加速距离，这将通过一系列复杂的变轨飞行来实现，其行驶方式很像大航海时代逆风行驶的帆船。70 天后，它将通过火星轨道；160 天后，它将掠过木星；两年后，它将飞出冥王星轨道成为一艘恒星际飞船，飞船上的所有人将进入冬眠；45 年后它将掠过半人马座，宇航员们将短暂苏醒，中国太阳启程一个世纪后，地球才能收到他们发回的关于半人马座的探测信息；那时，中国太阳正在飞向天狼星的路上，由于半人马座三星的加速，它的速度将达到光速的 15%，它将于 60 年后，也就是从地球启程一个世纪后，到达天狼星，当中国太阳掠过这个由天狼星 A、B 构成的双星系统后，它的速度将增加到光速的十分之二，向星空的更深处飞去。按照飞船上生命低温冬眠系统能维持的时间极限，中国太阳有可能到达波江座 ε 星，甚至可能（虽然这种可能性很小很小）最后到达鲸鱼座 79 星，这些恒星被认为可能有行星存在。

谁也不知道中国太阳能飞多远，水娃他们将看到什么样的神奇世界。也许有一天，他们对地球发出一声呼唤，要等上千年才能得到回音。但水娃始终会牢记母亲行星上一个叫中国的国度，牢记那个国度西部干旱土地上的一个小村庄，牢记村前的那条小路，他就是从那里启程的。

地球大炮

随着各大陆资源的枯竭和环境的恶化，世界把目光投向南极洲。南美突然崛起的两大强国在世界政治格局中取得了与它们在足球场上同样的地位，使得《南极条约》成为一纸空文。但人类的理智在另一方面取得了胜利，全球彻底销毁核武器的最后进程开始了，随着全球无核化的实现，人类对南极大陆的争夺变得安全了一些。

新固态

走在这个巨洞中，沈华北如同置身于没有星光的夜空下的黑暗平原上。脚下，在核爆的高温中熔化的岩石已经冷却凝固，但仍有强劲的热力透过隔热靴底使脚板出汗。远处洞壁上还没有冷却的部分发着在黑暗中刚能看到的红光，如同这黑暗平原尽头的曚昽晨曦。沈华北的左边走着他的妻子赵文佳，前面是他们 8 岁的儿子沈渊，这孩子穿着笨重的防辐射密封服仍在蹦蹦跳跳。在他们周围，是联合国核查组的人员，他们密封服头盔上的头灯在黑暗中射出许多道长长的光柱。

全球核武器的最后销毁采用两种方式：拆卸和地下核爆炸。这是位于中国的地下爆炸销毁点之一。

核查组组长凯文斯基从后面赶上来，他的头灯在洞底投下前面三人晃动的长影子："沈博士，您怎么把一家子都带来了？这里可不是郊游的好去处。"

沈华北停下脚步，等着这位俄罗斯物理学家赶上来："我妻子是销毁行动指挥中心的地质工程师，至于儿子，我想他喜欢这种地方。"

"我们的儿子总是对怪异和极端的东西着迷。"赵文佳对丈夫说。透过防辐射面罩，沈华北看到了她脸上忧虑的表情。

小男孩儿在前面手舞足蹈地说："这个洞开始时只有菜窖那么大点儿呢，两次就给炸成这么大了！想想原子弹的火球像一个被埋在地下的娃娃，哭啊叫啊蹬啊踹啊，真的很有趣呢！"

沈华北和赵文佳交换了一下眼色，沈华北面露微笑，而赵文佳脸上的忧虑又加深了一些。

"孩子，这次是 8 个娃娃！"凯文斯基笑着对沈渊说，然后转向沈华北，"沈博士，这正是我现在想要同您谈的：这次销毁的是 8 颗巨浪型潜射导弹的弹头，每颗当量都有 10 万吨级，这 8 颗核弹放在一个架子上呈正立方体布置……"

"有什么问题吗？"

"起爆前我从监视器中清楚地看到，在这个由核弹头构成的立方体正中，还有一个白色的球体。"

沈华北再次停住脚步，看着凯文斯基说："博士，销毁条约虽然规定了向地下放的东西不能少于多少，但好像不禁止多放进去些什么。既然爆炸的当量用五种观测方式都核实无误，其他的事情应该是无所谓的。"

凯文斯基点点头："这正是我在爆炸后才提这个问题的原因——只是出于好奇。"

"我想您听说过'糖衣'吧。"

沈华北的话如同一句咒语，使这巨洞中的一切都僵滞不动了，所有的人都停下了脚步，指向各个方向的头灯光柱也都不再晃动了。由于谈话是通过密封服里的无线电对讲系统进行的，远处的人也都能清楚地听到沈华北的话。短暂的静止后，核查组的成员们从各个方向会聚过来，这些不同国籍的人大部分都是核武器研究领域的精英。

“那东西真的存在？”一个美国人盯着沈华北问。沈华北点点头。

裂变核弹的关键技术是向心压缩。核弹引爆时，裂变物质被包裹着它的常规炸药的爆炸力压缩成一个致密的球体，达到临界密度而引发剧烈的链式反应，产生核爆炸。这一切要在百万分之一秒的时间内发生，对裂变物质的向心压缩必须极其精确，向心压力极微小的不平衡都可能在裂变物质达到临界密度前将其炸散，那样的话所发生的只是一次普通的化学爆炸。自核武器诞生以来，研究者们用复杂的数学模型设计出各种形状的压缩炸药，近年来，又尝试用最新技术通过各种手段得到精确的向心压缩，“糖衣”就是这类技术设想中的一种。

“糖衣”是一种纳米材料，它用来在裂变弹中包裹核炸药，外面再包裹一层常规炸药。“糖衣”具有自动平衡分配周围压应力的功能，即使外层炸药爆炸时产生的压应力不均匀，经过“糖衣”的应力平衡分配，它包裹的核炸药仍能得到精确的向心压缩。

沈华北说：“你们看到的由 8 颗核弹头围绕的那个白色球体，是用‘糖衣’包裹的一种合金材料，它将在核爆中受到巨大的向心压力。这是我们计划在整个销毁过程中进行的一项研究，这毕竟是一个难得的机会——当核弹全部消失后，短时期内地球上很难再产生这么大的瞬间压应力了。在如此巨大的向心压力下，实验材料会变成什么，会发生些什么，将是一件很有意思的事，我们希望通过这项研究，为‘糖衣’技术在民用领域找到一个光明的前景。”

一位联合国官员说：“你们应该把石墨包在‘糖衣’中放进去，那样每次爆炸我们都能得到一大块钻石，耗资巨大的核销毁工程说不定会变得有利可图呢。”

耳机里传来几声笑，没有技术背景的官员在这种场合总是受到轻蔑的。“80 万吨级核爆炸产生的压力，不知比将石墨转化为金刚石所需的压力大多少个数量级。”有人说。

沈渊清亮的童音突然在大家的耳机中响起：“这大爆炸产生的当然不是金刚石，我告诉你们是什么吧，是黑洞！一个小小的黑洞！它将把我们都吸进去，把整个地球都吸进去！通过它，我们将钻到一个更漂亮的宇宙中！”

“呵呵，孩子，那这次核爆炸的压力又太小了……沈博士，您儿子的小脑袋真的不同寻常！”凯文斯基说，“那么实验结果呢？那块合金变成了什么？我想你们多半找不到它了吧？”

“我也还不知道呢，我们去看看吧。”沈华北向前指指说。核爆炸使这个巨洞呈规则的球形，因而洞的底面是一个小盆地，在远方盆地的正中央，晃动着几盏头灯。“那是‘糖衣’实验项目组的人。”

大家向盆地中央走去，感觉像在走下一道长长的山坡。这时，凯文斯基突然站住了，接着蹲下来把双手贴着地面：“地下有震动！”

其他人也感觉到了：“不会是核爆炸诱发的地震吧？”

赵文佳摇摇头：“销毁点所在地区的地质结构是经过反复勘测的，绝对不会诱发地震。这震动不是地震，它在爆炸后就出现了，持续不断直到现在，邓伊文博士说它与‘糖衣’实验有关，具体的我也不清楚。”

随着他们接近盆地中心，由地层深处传来的震动渐渐增强，直到脚底都感觉发麻，仿佛大地深处有一个粗糙的巨轮在疯狂旋转。当他们来到盆地中心时，那一小群人中有一个站起身来，他就是赵文佳刚才提到的邓伊文——材料核爆压缩实验项目的负责人。

“你手里拿的是什么？”沈华北指着邓伊文手中一大团白色的东西问。

“钓鱼线。”邓博士说着，分开围成一圈蹲在地上的那群人。他们正盯着地上的一个小洞看，那个洞出现在熔化后又凝结的岩石表面，直径约 10 厘米，呈很规则的圆形，边缘十分光滑，像钻机打的孔，邓伊文手中的钓鱼线正源源不断地向洞中放下去。“瞧，已经放了 1 万多米了，还远没到底儿呢。经雷达探测，这洞已有 3 万多米深，并且还在不断延长。”

“它是怎么来的？”有人问。

“那块被压缩后的实验合金钻出来的。它沉到地层中去了，就像石块从海面上沉下去一样，这震动就是它穿过致密的地层时传上来的。”

“哦，天啊，这可真是奇迹！”凯文斯基惊叹说，“我还以为那块合金将被核爆的高温蒸发掉呢。”

邓伊文说：“如果没有包裹‘糖衣’的话，会是那样的结果，但这次它还没来得及被蒸发，就被‘糖衣’聚集的向心压力压缩成一种新的物质形态，叫‘超固态’比较合适，但物理学中已经有了这个名称，那么我们就叫它‘新固态’吧。”

“您是说，这东西的比重与地层的比重相比，就如同石块与水的比重相比？”

“比那要大得多，石块在水中下沉主要是因为水是液体，水结冰后比重变化不大，但放在上面的石块就沉不下去了。现在新固态物质竟然在固态的岩石中下沉，可见它的密度是多么惊人！”

“您是说它成了中子星物质？”

邓伊文摇摇头：“我们现在还没有精确测定，但可以肯定它的密度比中子星的简并态物质小得多，这从它的下沉速度就可以看出来。如果真是一块中子星物质，那么它在地层中的下沉将如同陨石坠入大气层一样快，那会引起火山爆发和大地震。它是介于普通固态和简并态之间的一种物质形态。”

“它会一直沉到地心吗？”沈渊问。

“也许会吧，孩子，因为在下沉到一定深度后，地层物质将变成液态，那将更有利于它的下沉！”

“真好玩儿，真好玩儿！”

在人们都把注意力集中到那个洞上的时候，沈华北一家三口悄悄地离开了人群，远远地走到黑暗之中。除了脚下地面的震动，这里很静，他们头灯的光柱照不了多远就融于黑暗中，仿佛他们只是无际虚空中三个抽象的存在。他们把对讲系统调到私人频道，在这里，小沈渊将做出一个影响一生的选择：是跟爸爸还是跟妈妈。

沈渊的父母面临着一个比离婚更糟的处境——爸爸现在已是血癌晚期。沈华北不知道他的病是否与所从事的核科学研究有关，但可以肯定自己已活不过半年了。幸运的是人体冬眠技术已经成熟，他将在冬眠中等待治愈血癌的技术出现。沈渊可以和父亲一起冬眠，然后再一同醒来，也可以同妈妈一起继续生活。从各方面考虑，显然后者是一个明智的选择，但孩子倾向于同爸爸一起到未来去，现在沈华北和赵文佳再次试图说服他。

“妈妈，我和你留下来，不同爸爸去睡觉了！”沈渊说。

“你改变主意了？”赵文佳惊喜地问。

“是的，我觉得不一定非要去未来，现在就很好玩儿，比如刚才那个沉到地心去的东西，多好玩儿！”

“你决定了？”沈华北问。赵文佳瞪了他一眼，显然怕孩子又改变主意。

“当然！我去看那个洞了……”小沈渊说着，向远处那头灯晃动的盆地中心跑去。

赵文佳看着孩子的背影，忧虑地说：“我不知道能不能带好他，这孩子太像你了，整日生活在自己的梦中，也许未来真的更适合他。”

沈华北扶着妻子的双肩说：“谁也不知道未来是什么样，再说像我有什么不好，总要有爱做梦的那一类人。”

“生活在梦中没什么可怕，我就是因为这个爱上你的，但你难道没有发现这孩子的另一面？他在学校竟然同时当上了两个班的班长！”

“这我也是刚知道，真不明白他是怎么做到的。”

“他的权力欲像刀子一样锋利，而且不乏实现它的能力和手段，这与你是完全不同的。”

“是啊，追求梦想和渴望权力，这两者怎么可能融为一体呢？”

“我更担心的是，不知道这种融合将来会导致什么发生。”

这时孩子的身影已完全融入远方那一群头灯中，他们将目光收回，都关掉头灯，将自己完全融入黑暗中。

沈华北说：“不管怎样，生活还得继续。我所等待的技术，也许明年就能出现，也许要等上一个世纪，也许……永远也不会出现。你再活 40 年没有问题，一定要答应我一个请求：如果 40 年后那项技术还没出现，也一定要让我苏醒一次，我想再看看你和孩子，千万不要让这一别成为永别。”

黑暗中赵文佳凄凉地笑笑：“到未来去见一个老太婆妻子和一个比你大 10 岁的儿子？不过，像你说的，生活还得继续。”

他们就在这核爆炸形成的巨洞中默默地度过了在一起的最后时光。明天，沈华北将进入无梦的长眠，赵文佳将和他们那个生活在梦中的孩子一起，继续沿着莫测的人生之路，走向不可知的未来。

苏　醒

他用了一整天时间才真正醒来。意识初萌时，世界在他的眼中只是一团白雾；10 个小时后，这白雾中出现了一些模糊的影子，也是白色的；又过了 10 个小时，他才辨认出那些影子是医生和护士。冬眠中的人是完全没有时间感的，所以沈华北认为自己的冬眠时间仅是这模糊的一天，他认定冬眠维持系统在自己刚失去知觉后就出了故障。视力进一步恢复后，他打量了一下这间病房，很普通的白色墙壁，安在侧壁上的灯发出柔和的光芒，形状看上去也很熟悉，这些似乎证实了他的感觉。但接下来他知道自己错了——病房白色的天花板突然发出明亮的蓝光，并浮现出醒目的白字：

> 您好！为您提供冬眠服务的大地生命冷藏公司已于 2089 年破产，您的冬眠服务已全部移交给绿云公司，您现在的冬眠编号是 WS368200402-118，并享有与大地公司所签订合同中的全部权利。您已经完成全部治疗程序，您的全部病症已在苏醒前被治愈，请接受绿云公司对您获得新生的祝贺。
>
> 您的冬眠时间为 74 年 5 个月 7 天零 13 小时，预付费用没有超支。
>
> 现在是 2125 年 4 月 16 日，欢迎您来到我们的时代。

又过了 3 个小时，他才渐渐恢复听力，并能够开口说话。在 74 年的沉睡后，他的第一句话是："我妻子和儿子呢？"

站在床边的那位瘦高的女医生递给他一张折叠的白纸："沈先生，这是您妻子给您的信。"

我们那时已经很少有人用纸写信了……沈华北没把这话说出来，只是用奇怪的目光看了医生一眼，但当他用还有些麻木的双手展开那张纸后，得到了自己跨越时间的第二个证据：纸面一片空白，接着发出了蓝莹莹的光，字迹自上而下显现出来，很快铺满了纸面。他在进入冬眠前曾无数次想象过醒来后妻子对他说的第一句话，但这封信的内容超出了他最怪异的想象：

> 亲爱的，你正处于危险中！

当你看到这封信时，我已不在人世。给你这封信的是郭医生，她是一个你可以信赖的人——也许是这个世界上你唯一可以信赖的人。一切听她的安排。

请原谅我违背了诺言，没有在40年后唤醒你。我们的渊儿已成为一个你无法想象的人，干了你无法想象的事。作为他的母亲，我不知如何面对你。我伤透了心，已过去的一生对于我毫无意义。你保重吧。

“我儿子呢？沈渊呢？”沈华北吃力地支起上身问。

“他5年前就死了。”郭医生的回答极其冷酷，丝毫不顾及这消息带给这位父亲的刺痛，接着她似乎多少觉察到这一点，安慰说，“您儿子也活了78岁。”

郭医生掏出一张卡片递给沈华北：“这是您的新身份卡，里面存储的信息都在刚才那封信上。”

沈华北翻来覆去地看那张纸，上面除了赵文佳那封简短的信什么都没有。当他翻动纸张时，褶皱的部分会发出水样的波纹，很像用手指按压他那个时代的液晶显示器时发生的现象。郭医生伸手拿过那张纸，在右下角按了一下，纸上显示被翻过一页，出现了一个表格。

“对不起，真正意义上的纸张已经不存在了。”

沈华北抬头不解地看着她。

“因为森林已经不存在了。”她耸耸肩说，然后逐项指着表格上的内容，“你现在的名字叫王若，出生于2097年，父母双亡，也没有任何亲属。你的出生地在呼和浩特，但现在的居住地在这儿——宁夏一个很偏僻的山村，那里是我能找到的最理想的地方，不会引人注意……不过，你去那里之前需要整容……千万不要与人谈起你儿子，更不要表现出对他的兴趣。”

“可我出生在北京，是沈渊的父亲！”

郭医生直起身来，冷冷地说："如果你到外面去这样宣布，那你的冬眠和刚刚完成的治疗就全无意义了，你将活不过一个小时。"

"到底发生了什么？"

郭医生苦笑道："这个世界上大概只有你不知道……好了，我们要抓紧时间，你先下床练习行走吧，我们要尽快离开这里。"

沈华北还想问什么，突然响起了震耳的撞门声，门被撞开后，有六七个人冲了进来，围在他的床边。这些人年龄各异，衣着也不相同。他们的共同点是都有一顶奇怪的帽子，或戴在头上，或拿在手中，这种帽子有齐肩宽的圆檐，很像过去农民戴的草帽；他们的另一个共同之处就是都戴着一个透明的口罩，其中有些人进屋后已经把它从嘴上扯了下来。这些人齐盯着沈华北，脸色阴沉。

"这就是沈渊的父亲吗？"问话的人看上去是这些人中最老的一位，留着长长的白胡须，像是有 80 多岁了，不等郭医生回答，他就朝周围的人点点头，"很像他儿子。医生，您已经尽到了对这个病人的责任，现在他属于我们了。"

"你们是怎么知道他在这儿的？"郭医生冷静地问。

不等老者回答，病房一角的一位护士说："我，是我告诉他们的。"

"你出卖病人？"郭医生转身愤怒地盯着她。

"我很高兴这样做。"护士说，她那秀丽的脸庞被狞笑扭曲了。

一个年轻人揪住沈华北的衣服把他从床上拖了下来，冬眠带来的虚弱使他瘫在地上，一个姑娘一脚踹在他的小腹上，那尖尖的鞋头几乎扎进他的肚子里，剧痛使他在地板上像虾似的弓起身体。那个老者用有力的手抓住他的衣领把他拎了起来，像竖一根竹竿似的想让他站住，看到不行后一松手，他又仰面摔倒在地，后脑撞到地板上，眼前直冒金星，他听到有人说："真好，他儿子欠这个社会的，总算能够偿还一部分了。"

"你们是谁？"沈华北无力地问，他在那些人的脚中间仰视着他们，好像在看着一群凶恶的巨人。

“你至少应该知道我，”老者冷笑着说，从下面向上看去，他的脸十分怪异，让沈华北胆寒，“我是邓伊文的儿子，邓洋。”

这个熟悉的名字使沈华北心里一动，他翻身抓住老者的裤脚，激动地喊道：“我和你父亲是同事和最好的朋友，你和我儿子还是同班同学，你不记得了？天啊，你就是洋洋？真不敢相信，你那时……”

“放开你的脏爪子！”邓洋吼道。

那个拖他下床的人蹲下来，把凶悍的脸凑近沈华北说：“听着，小子，冬眠的年头儿是不算岁数的，他现在是你的长辈，你要表现出对长辈的尊敬。”

“要是沈渊活到现在，他就是你爸爸了！”邓洋大声说，引起了一阵哄笑，接着他挨个儿指着周围的人向沈华北介绍，“在这个小伙子 4 岁时，他的父母同时死于中部断裂灾难；这个姑娘的父母也同时在螺栓失落灾难中遇难，当时她还不到 2 岁；这几位，在得知用毕生的财富进行的投资化为乌有时，有的自杀未遂，有的患了精神分裂症……至于我，被那个东西诱骗，把自己的青春和才华都扔到那个该死的工程中，现在得到的只是世人的唾骂！”

躺在地板上的沈华北迷惑地摇着头，表示他听不懂。

“你面对的是一个法庭，一个由南极庭院工程的受害者组成的法庭！尽管这个国家的每个公民都是受害者，但我们要独享这种惩罚的快感。真正的法庭当然没有这么简单，事实上比你们那时还要复杂得多，所以我们才不会把你送到那里去——让他们和那些律师扯一年皮之后宣布你无罪，就像他们对你儿子那样。我们会让你得到真正的审判，当一个小时后这个审判执行时，你会发现，如果 70 多年前就死于白血病，是一件多么幸运的事。”

周围的人又齐声狞笑起来。接着，两个人架起沈华北的双臂把他向门外拖去，他的双腿无力地拖在地板上，连挣扎的力气都没有。

“沈先生，我已经尽力了。”在沈华北被拖出门前，郭医生在后面说。他想回头再看看她，看看这个被妻子称为他在这个冷酷时代唯一可以信赖的人，但这种被拖着的姿势使他无力回头，只听到她又说："其实，你不必太沮丧，在这个时代，活着也不是一件容易的事。"当他被拖出门后，听到郭医生在喊："快把门关上，把空气净化器开大，你要把我们呛死吗？"听她的口气，显然不再关心他的命运。

出门后，他才明白郭医生最后那句话的意思：空气中弥漫着一种刺鼻的味道，让人难以呼吸。他被拖着走过医院的走廊，出了大门后，那两个人不再拖他，把他的胳膊搭到肩上架着走。来到外面后，他如释重负地深深地吸了一口气，但吸入的不是他想象的新鲜空气，而是比医院大楼内更污浊、更呛人的气体。他的肺里火辣辣的，爆发出持续不断的剧烈咳嗽，就在他咳到要窒息时，听到旁边有人说："给他戴上呼吸膜吧，要不在执行前他就会完蛋。"接着有人给他的口鼻罩上了一个东西，虽然只是一种怪味代替了另一种，但他至少可以顺畅地呼吸了。又听到有人说："防护帽就不用给他了，反正在他能活的这段时间里，紫外线什么的不会导致第二次白血病的。"这话又引起了其他人的一阵怪笑。当他喘息稍定，因窒息而流泪的双眼视野逐渐清晰后，便抬起头来第一次打量未来世界。

他首先看到街道上的行人，他们都戴着被称为"呼吸膜"的透明口罩和叫作"防护帽"的大草帽。他还注意到，虽然天气很热，但人们穿得都很严实，没有人露出皮肤。接着他看到了周围的环境，这里仿佛处于一个深深的峡谷中，这峡谷是由高耸入云的摩天大楼构成的。说高耸入云一点儿都不夸张，这些高楼全都伸进半空中的灰云里，在高楼之间的狭缝中，他看到太阳呈一团模糊的光晕在灰云后出现，那光晕上浮动着黑色的烟纹，他这才知道遮盖天空的不是云，而是烟尘。

"一个伟大的时代，不是吗？"邓洋说。他的那些同伙又哈哈大笑起来，好像很久没有这么开心了。

沈华北被架着向不远处的一辆汽车走去，虽然汽车的形状有些变化，但他肯定那是汽车，大小同过去的小客车一样，能坐下这几个人。接着有两个人超过了他们，向另一个方向走去。他们戴着头盔，身上的装束与过去的警察有很大不同，但沈华北还是一眼就认出了他们的身份，并冲他们大喊起来："救命！我被绑架了！救命！"

那两个警察猛地回头，跑过来打量着沈华北，看了看他的病号服，又看了看他光着的双脚，其中一个问："您是刚苏醒的冬眠人吧？"

沈华北无力地点点头："他们绑架我……"

另一个警察对他点点头说："先生，这种事情是经常发生的。这一时期苏醒的冬眠人数量很多，为安置你们占用了大量的社会保障资源，因而你们经常受到仇视和攻击。"

"好像不是这么回事……"沈华北说，但那警察挥手打断了他。

"先生，您现在安全了。"然后那个警察转向邓洋一伙人，"这位先生显然还需要继续治疗，你们中的两个人送他回医院，这位警官将一同去了解情况。我同时通知你们，你们七个人已经因绑架罪被逮捕。"说完，他抬起手腕，对着上面的对讲机呼叫支援。

邓洋冲过去制止他："等一下警官，我们不是那些迫害冬眠人的暴徒，你们看看这个人，不面熟吗？"

两个警察仔细地盯着沈华北看，还短暂地摘下他的呼吸膜以便更好地辨认："他……好像是米西西！"

"不是米西西，他是沈渊的父亲！"

两个警察瞪大双眼，在邓洋和沈华北之间来回打量，像是见了鬼。中部断裂灾难留下的孤儿把他们拉到一边低声说着什么，其间两个警察不时抬头朝沈华北这边看看，每次的目光都有变化，在最后一次朝这边投来的目光中，沈华北绝望地读出这些人已是邓洋一伙的同谋了。

两个警察走过来，没有朝沈华北看一眼，其中一个警惕地环视四周做放哨状，另一个径直走到邓洋面前，压低声音说："我们就当没看见吧。千万不要让公众注意到他，否则会引起骚乱的。"

让沈华北恐惧的不仅仅是警察话中的内容，还有他说这话时的神态。他显然不在乎让沈华北听到这些，好像沈华北只是一件放在旁边的没有生命的物件。

那些人把沈华北塞进汽车，自己也都上了车。在车开的同时，车窗的玻璃都变得不透明了。车是自动驾驶的，没有司机，前面也看不到可以手动操纵的装置。一路上，车里没有人说话。仅仅是为了打破这令人窒息的沉默，沈华北随口问："谁是米西西？"

"一个电影明星。"坐在他旁边的螺栓失落灾难留下的孤女说，"因扮演你儿子而出名，沈渊和外星撒旦是目前影视媒体上出现得最多的两个大反派角色。"

沈华北不安地挪挪身体，与她拉开一条缝，这时他的手臂无意间触碰了车窗下的一个按钮，窗玻璃立刻变得透明了。他向外看去，发现这辆车正行驶在一座巨大而复杂的环状立交桥上，桥上挤满了汽车，车与车的间距只有不到两米的样子。这景象令人恐惧之处是：这时并不是处于塞车状态，就在这塞车时才有的间距下，所有的车辆都在高速行驶，速度可能超过了每小时100千米！这使得整个立交桥像一个由汽车构成的疯狂大转盘。他们所在的这辆车正在以令人目眩的速度冲向一个岔路口，在这辆车就要撞入另一条车流时，车流中正好有一个空当在迎接它，这种空当以令人难以觉察的速度在岔路口不断出现，使两条湍急的车流无缝地合为一体。沈华北早就注意到车是自动驾驶的，人工智能已把公路的利用率发挥到极限。

后面有人伸手又把玻璃调暗了。

"你们真想在我对这一切都一无所知的情况下杀死我吗？"沈华北问。

坐在前排的邓洋回头看了他一眼，懒洋洋地说："那我就简单地给你讲讲吧。"

南极庭院

“想象力丰富的人在现实中往往手无缚鸡之力，相反，那些把握历史走向的现实中的强者，大多只有一个想象力贫乏的大脑。而你儿子，是历史上少有的把这两者合为一体的人。在大多数时间，现实只是他幻想海洋中的一个小小的孤岛，但如果他愿意，可能随时把自己的世界翻转过来，使幻想成为小岛而现实成为海洋，在这两个海洋中他都是最出色的水手……”

“我了解自己的儿子，你不必在这上面浪费时间。”沈华北打断邓洋说。

“但你无论如何也不会想到沈渊在现实中爬到了多高的位置，拥有了多大的权力，这使他有能力把自己最变态的狂想变成现实。可惜，社会没有及早发现这个危险。也许历史上曾有过他这样的人，但都像擦过地球的小行星一样，没能在这个世界上释放自己的能量就消失在茫茫太空中。不幸的是，历史给了你儿子用变态狂想制造灾难的机会。

“在你进入冬眠后的第五年，世界对南极大陆的争夺有了一个初步结果：这块大陆被确定为全球共同开发的区域，但各个大国都为自己争得了大面积的专属经济区。尽早使自己在南极大陆的经济区繁荣起来，并尽快开发那里的资源，是各大国摆脱由环境问题和资源枯竭带来的经济衰退的唯一希望。‘未来在地球顶上’成为当时人尽皆知的口号。

“就在这时，你儿子提出了那个疯狂设想，声称这个设想的实现将使南极大陆变为这个国家的庭院，到那时，从北京去南极将比从北京去天津还方便。这不是比喻，是真的，旅行的时间要比去天津的短，消耗的能源和造成的污染都比去天津的少。那次著名的电视演讲开始时，全国观众都笑成一团，像在看滑稽剧，但他们很快安静下来，因为他们发现这个设想真的能行！这就是南极庭院设想，后来根据它开始了灾难性的南极庭院工程。”

说到这里，邓洋莫名其妙地陷入沉默。

“接着说呀，南极庭院的设想是什么？”沈华北催促道。

“你会知道的。”邓洋冷冷地说。

“那你至少可以告诉我，我与这一切有什么关系？”

“因为你是沈渊的父亲，这不是很简单吗？”

“现在又盛行血统论了？”

“当然没有，但你儿子的无数次表白使血统论适合你们。当他变得举世闻名时，就真诚地宣称他的思想和人格的绝大部分是在 8 岁前从父亲那里形成的，以后的岁月不过是进行一些知识细节方面的补充而已。他还声明，南极庭院设想的最初创造者也是父亲。”

“什么？我？南极……庭院？这简直是……”

“再听我说完最后一点：你还为南极庭院工程提供了技术基础。”

“你指的什么？”

“当然是新固态材料。没有它，南极庭院设想只是一个梦呓；而有了它，这个变态的狂想立刻变得现实了。”

沈华北困惑地摇摇头，他实在想象不出，那超高密度的新固态材料如何能把南极大陆变成这个国家的庭院。

这时，车停了。

地狱之门

下车后，沈华北迎面看到一座奇怪的小山，山体呈单一铁锈色，光秃秃的，看不到一棵草。邓洋向小山一偏头说：“这是一座铁山。”看到沈华北惊奇的目光，他又加上一句，“就是一大块铁。”沈华北举目四望，发现这样的铁山在附近还有几座，它们以怪异的色彩突兀地出现在这广阔的平原上，使这里呈现出一种异域般的景色。

沈华北这时已恢复到可以行走的状态，他步履蹒跚地随着这伙人走向远处一座高大的建筑物。那座建筑物呈完美的圆柱形，有上百米高，表面光滑一体，没有任何开口。他们走近后，看到一扇沉重的铁门轰隆隆地向一边滑开，露出一个入口，一行人走了进去，门在他们身后密实地关上了。

在暗弱的灯光下，沈华北看到他们身处一个像是密封舱的地方，光滑的白色墙壁上挂着一长排像太空服一样的密封服。人们各自从墙上取下一套密封服穿了起来，在两个人的帮助下他也开始穿其中的一套。在这过程中他四下打量，看到对面还有一扇紧闭的密封门，门上亮着一盏红灯，红灯旁边有一个发光的数码显示器，他看出显示的是大气压值。当他那沉重的头盔被旋紧后，在面罩的右上角出现了一块透明的液晶显示区，显示出飞快变化的数字和图形，他只看出那是这套密封服内部各个系统的自检情况。接着，他听到外面响起低沉的嗡嗡声，像是什么设备启动了，然后注意到对面那扇门上方显示的大气压值正迅速降低，在大约 3 分钟后降到零，旁边的红灯转换为绿灯，门开了，露出这座密封建筑物黑洞洞的内部。沈华北证实了自己的猜测：这是一个由大气区域进入真空区域的过渡舱。如此说来，这个巨大圆柱体的内部是真空的。

一行人走进了那个入口，门又在后面关上了。他们身处浓浓的黑暗之中，几个人密封服头盔上的灯亮了，黑暗中出现几道光柱，但照不了多远。一种熟悉的感觉出现了，沈华北不由得打了个寒战，心里有一种莫名的恐惧。

“向前走。”他的耳机中响起了邓洋的声音。头灯的光晕在前方照出了一座小桥，不到一米宽，桥的另一头伸进黑暗中，所以看不清有多长，桥下漆黑一片。沈华北迈着颤抖的双腿走上了小桥，密封服沉重的靴子踏在薄铁板桥面上发出空洞的声响。他走出几米，回过头去想看看后面的人是否跟上来了。这时所有人的头灯同时灭了，黑暗吞没了一切。但这只持续了几秒钟，小桥的下面突然出现了蓝色的亮光。沈华北回头一看，只有他上了桥，其他人都挤在桥边看着他。在从下向上照的蓝光中，他们就像一群幽灵。他扶着桥边的栏杆向下看去，几乎使血液凝固的恐惧攫住了他。

他站在一口深井上。

这口井的直径约 10 米，井壁上每隔一段距离就有一个环绕光圈，在黑暗中标示出深井的存在。他此时正站在横过井口的小桥的正中央，从这里看去，井深不见底，井壁上无数的光圈渐渐缩小，直至成为一点，他仿佛在俯视着一个发着蓝光的大靶标。

“现在开始执行审判，去偿还你儿子欠下的一切吧！”邓洋大声说，然后用手转动安装在桥头的一个转轮，嘴里念念有词，“为了我被滥用的青春和才华……”小桥倾斜了一个角度，沈华北抓住另一面的栏杆努力使自己站稳。

接着，邓洋把转轮让给了中部断裂灾难留下的孤儿，后者也用力转了一下：“为了我被熔化的爸爸妈妈……”小桥倾斜的角度又增加了一些。

转轮又传到螺栓失落灾难留下的孤女手中，姑娘怒视着沈华北用力转动着转轮：“为了我被蒸发的爸爸妈妈……”

因失去所有财富而自杀未遂者从螺栓失落灾难留下的孤女手中抢过转轮：“为了我的钱、我的劳斯莱斯和林肯车、我的海滨别墅和游泳池，为了我那被毁的生活，还有我那在寒冷的街头排队领救济的妻儿……”小桥已经倾斜了 90 度，沈华北此时只能用手抓着上面的栏杆坐在下面的栏杆上。

因失去所有财富而患精神分裂症的人也扑过来，同因失去所有财富而自杀未遂者一起转动转轮，他的病显然还没好利索，他没说什么，只是对着下面的深井笑。小桥完全倾覆了，沈华北双手抓着栏杆，吊在深井上方。

这时的他并没有多少恐惧，望着脚下深不见底的地狱之门，自己不算长的一生闪电般地掠过脑海：他的童年和少年时代是灰色的，在那些时光中记不起多少快乐和幸福；走入社会后，他在学术上取得了成功，发明了“糖衣”

技术，但这并没有使生活接纳他；他在人际关系的蛛网中挣扎，却被越缠越紧，他从未真正体验过爱情，婚姻只是不得已而为之；当他打定主意永远不要孩子时，孩子来到了人世……他是一个生活在自己的思想和梦想中的人、一个令大多数人讨厌的另类，从来不可能真正地融入人群。他的生活是永远地离群索居，永远地逆水行舟。他曾寄希望于未来，但这就是未来了——已去世的妻子、已成为人类公敌的儿子、被污染的城市、这些充满变态仇恨的人……这一切已使他对这个时代和自己的生活心灰意懒。本来他还打定主意，要在死前知道事情的真相，但现在也无关紧要了，他是一个累极了的行者，唯一渴望的就是解脱。

在井边那群人的欢呼声中，沈华北松开了双手，向那发着蓝光的命运的靶标坠下去。

他闭着眼睛沉浸在坠落的失重中，身体仿佛变得透明，一切生命不能承受之重已离他而去。在这生命的最后几秒钟，他的脑海中突然响起了一首歌。那是父亲教他的一首古老的苏联歌曲，在他冬眠前的时代已没有人会唱了。后来他作为访问学者到莫斯科去，希望在那里找到知音，但这首歌在俄罗斯也失传了，所以这成了他自己的歌。在到达井底之前，他也只能在心里吟唱一两个音符，但他相信，当自己的灵魂最后离开躯体时，这首歌会在另一个世界继续……不知不觉中，这首旋律缓慢的歌已在他的心中唱出了一半。时间过去了很久，他猛然警醒，睁开双眼，看到自己在不停地飞快穿过一个又一个蓝色光圈。

坠落仍在继续。

“哈哈哈哈……”他的耳机中响起了邓洋的狂笑声，“快死的人，感觉很不错吧？”

他向下看，看到一串扑面而来的发着蓝光的同心圆，他不停地穿过最大的一个圆，在圆心处不断有新的小圆环出现并很快扩大；向上看，也是一串同心圆，但其运动是前一个画面的反演。

“这井有多深？”他问。

“放心，你总会到底的。井底是一块坚硬平滑的钢板，吧唧一下，你摔成的那张肉饼会比纸还薄的！哈哈哈哈……”

这时，他注意到面罩右上角的那块液晶显示区又出现了，有一行发着红光的字：

您现在已到达100千米深度，速度1.4千米/秒，您已经穿过莫霍不连续面，由地壳进入地幔。

沈华北再次闭上双眼，这次他的脑海中不再有歌声，而是像一台冷静的计算机般飞快地思索着。当半分钟后他再次睁开眼睛时，已经明白了一切：这就是南极庭院工程，那块坚硬平滑的井底钢板并不存在，这口井没有底。

这是一条贯穿地球的隧道。

大隧道

“它是走切线，还是穿过地心？”沈华北问，只是思维以语言的形式冒了一下头。

“聪明的头脑，这么快就想到了！”邓洋惊叹道。

“很像他儿子。”有人跟着说，听上去可能是中部断裂灾难留下的孤儿。

“是穿过地心，由中国的漠河穿过地球到达南极大陆的西端——南极半岛。”邓洋回答沈华北说。

“刚才那座城市是漠河？”

“是的，它因作为地球隧道起点而繁荣起来。”

“据我所知，从那里贯穿地球应该到达阿根廷南部。”

“不错，但隧道有轻微的弯曲。”

“既然隧道是弯曲的，我会不会撞上井壁呢？”

“如果隧道笔直地直达阿根廷，你倒是肯定会撞上。那种笔直的地球隧道只有在贯穿两极之间的地轴上才能实现。这种与地轴成一定角度的隧道必须考虑地球自转的因素，它的弯曲正好能让你平滑地通过。”

“呵，伟大的工程！”沈华北由衷地赞叹道。

您现在已到达 300 千米深度，速度 2.4 千米 / 秒，已进入地幔黏性物质区。

他看到自己穿过光圈的频率正在加快，下面和上面那两个同心圆的密度增加了许多。

邓洋说：“关于建造穿过地球的隧道，不是什么新想法，18 世纪就有两个人提出了这个设想：一位是叫莫佩尔蒂的数学家，另一位则是举世闻名的伏尔泰。后来，法国天文学家弗拉马里翁又把这个计划重新提了出来，并且首先考虑了地球自转的因素……”

沈华北打断他问：“那你怎么说这想法是从我这里来的呢？”

“因为前面那些人不过是在做思想实验，而你的设想影响了一个人，这人后来用自己魔鬼般的才能促成了这个狂想的实现。”

“可……我不记得向沈渊提起过这些。”

“真是个健忘的人，你做了一个改变人类历史进程的设想，却忘了。”

“我真的想不起来。”

“那你总能想起那个叫贝加多的阿根廷人，还有他送给你儿子的生日礼物吧？”

您现在已到达 1500 千米深度，速度 5.1 千米 / 秒，已进入地幔刚性物质区。

沈华北终于想起来了。那是沈渊 6 岁的生日，沈华北请在北京的阿根廷物理学家贝加多博士到家里做客。当时南美两强已经崛起，阿根廷对南极大陆的大片陆地提出领土要求，并向南极大量移民，同时快速发展核武器，让全世界大惊失色。在后来的全球无核化进程中，阿根廷自然是以有核国家的身份加入联合国销毁委员会，沈华北和贝加多都是这个委员会中一个技术小组的专家。

那次，贝加多给沈渊带去的礼物是一个地球仪，它是用一种最新的玻璃材料制成的。那种玻璃是阿根廷飞速发展的技术水平的一个体现，它的折射率与空气相同，因而看不出玻璃球的存在，地球仪上的大陆仿佛是悬浮在两极之间。沈渊很喜欢这个礼物。

在晚饭后的聊天中，贝加多拿出了一张国内的大报，让沈华北看上面的一幅政治漫画，画上是一位阿根廷球星正在踢地球。

“我不喜欢这个，”贝加多说，“中国人对我的国家的了解好像只限于足球，并把这种了解引申到国际政治上，阿根廷在你们的眼中也成了一个充满攻击性的国家。”

“您要知道，阿根廷毕竟是在地球上与中国相距最远的一个国家，你们正在地球的对面。”赵文佳微笑着说，从沈渊的手中拿过那个全透明的地球仪。在上面，中国和阿根廷隔着那个超透明的球体重叠在一起。

“其实，我有个办法能够使两国更好地交流，”沈华北拿过地球仪说，“只需从中国挖一条通过地心贯穿地球的隧道就行了。”

贝加多说："那条隧道也有 12000 多千米长，并不比飞机航线短多少。"

"但旅行时间会短许多的，想想您带着旅行包从隧道的这一端跳进去……"

沈华北的本意是想把话题从政治上引开。他成功了，贝加多来了兴趣："沈，你的思维方式总是与众不同……让我们看看：我跳进去后会一直加速，虽然我的加速度会随坠落深度的增加而减小，但确实会一直加速到地心。通过地心时，我的速度达到最大值，加速度为零；然后开始减速上升，这种减速度的值会随着上升而不断增加，当到达地球的另一面阿根廷的地面时，我的速度正好为零。如果我想回中国，只需从那面再跳下去就行了。如果我愿意，可以在南北半球之间做永恒的简谐振动。嗯，妙极了，可是旅行时间……"

"让我们计算一下吧。"沈华北打开计算机。

计算结果很快出来了。以地球理想的平均密度，从中国跳进地球隧道，穿过直径 12000 多千米的地球，坠落到阿根廷，需 42 分钟 12 秒。

"快捷的旅行！"贝加多高兴地说。

…………

您现在已到达 2800 千米深度，速度 6.5 千米 / 秒，您正在穿过古登堡不连续面，进入地核。

坠落中的沈华北又听到邓洋说："在那个晚上，你一定没有注意到，你的儿子瞪圆了那双充满灵气的大眼睛，出神地听着你的话，你更不可能知道，他盯着床头的那个透明地球一夜没睡。当然，你对儿子的这种影响可能有过无数次。你在沈渊的心灵中播下了许多狂想的种子，这只是其中开出花朵的一颗。"

沈华北凝视着周围距自己四五米远处的那一圈飞速上升的井壁，高频掠过的环绕光圈使井壁的表面有些模糊。

“这是新固态材料吗？”他问。

“还能是其他什么？有什么别的材料具有建造这样的隧道所需的强度呢？”

“这样巨量的新固态物质是如何生产出来的？这种比重大得能沉入地层的材料怎样搬运和加工呢？”

“只能最简略地说说：新固态物质是通过连续不断的小型核爆炸生产出来的，核心技术当然是你的‘糖衣’，其生产线是庞大而复杂的。新固态材料有多种密度级别，较低密度的材料不会沉入地层，用它造出一个面积较大的基础，将高密度材料放置于其上，其压强被基础分散，就能够浮在地面上了。用类似的原理，也可以进行这种材料的运输。至于新固态材料的加工，技术更加复杂，以你的知识水平可能无法理解。总之，新固态材料已经是一个庞大的产业，其经济规模超过了钢铁，并不只是用于南极庭院工程。”

“那么这条隧道是如何建成的呢？”

“首先告诉你一点：建构隧道的基本构件是井圈，每段井圈长约 100 米，整条隧道是由大约 24 万个井圈连接而成。至于具体的施工过程，你是个聪明人，也许自己能想出来。”

您现在已到达 4100 千米深度，速度 7.5 千米 / 秒，正处于液态地核中部。

“沉井？”

“是的，是用沉井工艺。首先从中国和南极将井圈沉入地层，并拼接成贯穿地球的一条线。第二步是将拼接后的井圈中的地层物质掏出，隧道就形成了。你在隧道入口的外面看到的那些铁山，就是由从隧道的地核部分掏出的铁镍合金堆成的。具体的施工要由地下船来进行，这种能在地层中行驶的机器也是由新固态材料制造的，有的型号能在地核深度行驶，它们能在地层中使下沉的井圈定位。”

“这样算下来，只需 12 万个井圈。”

“新固态物质承受地球深处的压力和高温是没有问题的，但地下还有许多流动体，较浅处是流动的岩浆，更危险的是地核中的液态铁镍流，它们会对隧道产生巨大的剪切冲击。新固态材料的强度能够承受这种冲击，但井圈之间的连接处就不行了。所以隧道由内外两层井圈构成，内层井圈紧贴着外层井圈，两层井圈间相互交错，这样就使隧道形成了足够的抗剪切强度。”

您现在已到达 5400 千米深度，速度 7.7 千米 / 秒，正在接近固态地核。

“下面，我想你要告诉我南极庭院工程带来的灾难了。”

灾 难

“南极庭院工程的第一次灾难发生于 25 年前，那时工程已进入最后的勘探设计阶段，需要进行大量的地下航行。在一次勘探航行中，一艘名叫‘落日 6 号’的地下船在地幔中失事，并下沉到地核中。船上三名乘员中有两人遇难，只有一名年轻的女领航员幸存，她现在仍被封闭在地心中，并将在狭窄的地下船中度过余生。那艘船上的中微子通信设备已失去发射功能，但可能仍能接收。顺便说一句：她的名字叫沈静，是你的孙女。”

沈华北的心抽搐了一下。

在这疯狂的速度下，井壁上的光圈在沈华北眼中已连为一体，使这巨井的井壁发出刺目的蓝光。正在其中飞速坠落的沈华北仿佛在穿过时光隧道，进入那并不遥远但他不曾经历过的过去。

您现在已到达5800千米深度，速度7.8千米/秒，您已进入固态地核，正在接近地心！

“南极庭院工程进行到第六年，发生了惨烈的中部断裂灾难。前面说过，隧道是由内外两层相互交错的井圈构成，在装入内层井圈时，必须首先将已连接好的外层井圈中的地下物质掏空，以免两层井圈间混入杂质，影响它们之间贴合的紧密度。在施工中采用掏空一段外井圈放入一个内井圈的工艺，这就意味着，在地核段的施工中，在一段外井圈被掏空而内井圈还未到位的这段时间里，包括接合部在内的两个外井圈将单独承受地核铁镍流的冲击。本来，两段井圈间的接合部采用十分坚固的铆接技术，在设计中，应该能够在相当长的时间里承受铁镍流的冲击。但在进入地核490多千米处，两段刚刚掏空的井圈处遭遇了一股异常强大的铁镍流，其流速是以前的大量勘探中观测到的最高值的五倍。强大的冲击力使两个井圈错位，高温高压的地核物质瞬间涌入隧道，并沿着已建成的隧道飞速上升。在得知断裂发生后，作为工程总指挥的沈渊立刻下令关闭了位于古登堡不连续面（地幔与地核的分界面）处的安全闸门——古登堡闸。这时，在闸门下近500千米的隧道中，有2500多名工程人员在施工。在得知断裂发生后，他们同时乘坐隧道中的高速升降机撤离，共有130多部升降机，最后一部升降机与沿隧道上升的铁镍流保持着30千米左右的距离。最后只有61部升降机来得及通过古登堡闸，其余都在闸门关闭后被4000多摄氏度高温的地核激流吞没，1527人殒命地心。

“中部断裂灾难举世震惊，沈渊同时受到了两方面的强烈谴责。一方认为他完全可以等所有升降机都通过古登堡闸后再关闭闸门，这时铁镍流距闸门还有 30 千米，虽然时间很短，但还是来得及的。即使这道闸门没来得及关闭，在上面的莫霍不连续面（地表和地幔的分界面）处还有一道安全闸——莫霍闸。那些遇难者极端愤怒的家属控告沈渊故意杀人。对此，沈渊在媒体面前只有一句话：‘我怕出娄子啊！’这娄子确实出不得。有不止一部以南极庭院工程为题材的灾难片，其中最著名的是《铁泉》，在影片中有地核物质冲出地表的噩梦般的景象——一股铁镍液柱高高冲上同温层，散成一朵巨大的死亡之花，发出的刺目白光使北半球的黑夜变成白昼，大地上下起了灼热的铁水的暴雨，亚洲大陆成了一口炼钢炉，人类最终面临恐龙的命运……这描述并不夸张。正因为如此，沈渊又面临着另一方与上面完全相反的指控：他应该更早些关闭古登堡闸，根本没有必要等那 61 部升降机通过。更多的人支持这项指控，舆论给他安上了一项临时杜撰的罪名：因渎职而反人类罪。虽然两项指控最终都没有成立，但沈渊因此辞职，离开了南极庭院工程的指挥层。他拒绝了另外的任命，以后一直作为一名普通工程师在隧道中工作。”

这时，井壁发出的蓝光突然变成了红色。

您现在已到达 6300 千米深度，速度 8 千米 / 秒，正在穿过地心！

耳机里响起了邓洋的声音：“你现在已达到可以飞出地球的速度，却正处在这个星球的中心。地球正在围着你旋转，所有的海洋和大陆、所有的城市和所有的人，都在围着你旋转。”

沐浴在这庄严的红光中，沈华北的脑海中又响起了音乐，这次是一首宏伟的交响曲。他以第一宇宙速度穿过发着红光的地心隧道，仿佛漂行在地球的血管中，这使他热血沸腾。

邓洋又说：“虽然新固态材料有良好的绝热性能，但现在你周围的温度仍超过了 1500 摄氏度，你的密封服中的冷却系统正在全功率运行。”

井壁的红光只持续了 10 多秒钟，又变回宁静的蓝光。

您已通过地心，现在正在上升，并开始减速。您已经上升了 500 千米，速度 7.8 千米 / 秒，仍在固态地核中。

蓝光使沈华北冷静下来，他已适应了失重，现在缓缓地转动身体，使头部向着前进的方向，以找到上升的感觉。他问邓洋："好像还有第三次灾难？"

"螺栓失落灾难发生在 5 年前，那时南极庭院工程已经完工，地球隧道已投入了正式运营，每时每刻都有地心列车穿行于其中。地心列车的车厢是直径 8 米、长 50 米的圆柱体，每列地心列车最多可由 200 节车厢组成，可运载 2 万吨货物或近万名乘客，穿过地球的单程只需 42 分钟，运输过程只是自由坠落，不消耗任何能源。

"当时，在漠河起点站，一名维修工人不小心将一颗直径不到 10 厘米的螺栓掉进了隧道，这颗螺栓是用一种能够吸收电磁波的新材料制造的，因而没有被安全监测系统的雷达检测到。螺栓在隧道中一直坠落，穿过地球到达南极站，又从那里向回坠落，在到达地心时击中了一列正在向南极上升的地心列车。螺栓与列车的相对速度高达每秒 16 千米，这样的动能使它像一颗炸弹。它穿透了头两节车厢，把沿路的一切都汽化了，这两节车厢的爆炸使整列列车以每秒 8 千米的速度擦到井壁上，在一瞬间就被撕得粉碎。大量的碎片在隧道中来回运行，有的一次次穿过整个地球，大部分则因撞击失去了部分速度，只是在地核附近摆动。有关人员用了一个月时间才把隧道中的碎片完全清理干净，列车上 3000 名乘客的遗体一具都没有找到，地核段的高温已把他们彻底火化了。"

您现在已从地心上升了 2200 千米，速度 7.5 千米 / 秒，已重新进入地核的液态部分。

“但最大的灾难还是这个超级工程本身。南极庭院工程在技术上是人类史无前例的壮举，而在经济上的愚蠢也是空前绝后的。直到现在，人们对这样一个在经济规划上近乎白痴的工程竟得以实施仍百思不得其解。沈渊那魔鬼般的才能固然起了作用，但其根本原因可能还在于人们开发新大陆的狂热和对技术的盲目崇拜。在经济学上，南极庭院工程的完工之日，也就是它的死亡之时。虽然通过地球隧道的运输极其快捷，且几乎不消耗能量，用当时人们的话说，‘扔下去就到了’或‘跳下去就到了’，但由于工程巨大的投资，使得地心列车的运输费用极其昂贵，这抵消了它快捷的长处，使得地心列车在与传统运输方式的竞争中没什么明显优势。”

您现在已从地心上升了 3500 千米，速度 6.5 千米 / 秒，正在穿过古登堡不连续面，重新进入地幔。

“人类的南极梦很快破灭了，蜂拥而来的工业和过度的开发很快毁掉了这个地球上仅存的洁净世界，使南极大陆与其他大陆一样成了一个弥漫着烟尘的垃圾场。南极上空的臭氧层被完全破坏，其影响波及全球。即使在北半球，强烈的紫外线也使人们必须加以防护才能出门，南极冰盖的加速融化也使全球的海平面急剧升高。在经历了一个痛苦的过程后，人类的理智再次占了上风，联合国所有的成员国签署了新的《南极公约》，要求人类全面撤出南极大陆，再次把南极变成人迹罕至的地方，期望那里的环境能够慢慢恢复。随着向南极运输需求的骤减，在螺栓失落灾难后，地心列车完全停止了运营，地球隧道被封闭，到现在已有 5 年了。但南极庭院工程带来的经济灾难一直在持续，无数购买了南极庭院公司股票的人血本无归，引发了严重的社会动乱，投资黑洞使国家经济濒临崩溃。现在，我们还在这场灾难的余波中痛苦地挣扎……好了，这就是南极庭院工程的故事。”

随着速度的降低，井壁上原本稳定平滑的蓝光开始闪烁，渐渐地，周围的井壁上能够分辨出单个的环绕光圈在掠过，向两个方向看，那密密的同心圆靶标又开始呈现出来。

您现在已从地心上升了 4800 千米，速度 5.1 千米 / 秒，正在穿过地幔的刚性物质区。

沈渊之死

“我儿子后来怎么样了？”沈华北问。

“隧道封闭后，沈渊作为留守人员待在了漠河起点站。有一天，我给他打了个电话，他只说了一句话：‘我同女儿在一起。’后来我才知道，他在这几年中一直过着一种不可思议的生活：每天都穿着密封服在地球隧道中来回坠落，睡觉都在里面，只有在吃饭和为密封服补充能量时才回到起点站。他每天要穿过地球 30 次左右，就这样日复一日、年复一年，在漠河和南极半岛之间，做着周期为 84 分钟、振幅为 12600 千米的简谐振动。”

您现在已从地心上升了 6000 千米，速度 2.4 千米 / 秒，正在穿过地幔的黏性物质区。

“谁也不知道沈渊在这永恒的坠落中都干了些什么。但据他的同事说，每次通过地心时，他都会通过中微子通信设备与女儿打招呼，他更是常常在坠落中与女儿长谈，当然只是他一个人在说话，但生活在随着铁镍流在地核中运行的‘落日 6 号’中的沈静应该是能够听到的。

“他的身体长时间处于失重状态，但由于必须在起点站吃饭和给密封服充电，每天还要在地面经受两到三次的正常地球重力，这样的折腾使他年老的心脏变得很脆弱。他在一次坠落中死于心脏病，当时没人注意到，于是他的遗体又在地球隧道中运行了两天，直至密封服的能量耗尽，停止制冷，地球隧道成了他的火葬炉，遗体在最后一次通过地心时被烧成了灰。我相信，你儿子对于这个归宿是很满意的。”

您现在已从地心上升了 6200 千米，速度 1.4 千米 / 秒，已经穿过莫霍不连续面，进入地壳。注意，您正在接近地球隧道的南极顶点！

“这也是我的归宿，对吗？”沈华北平静地问。

“你也应该感到满足。临死，你已经看到了自己想看的东西。本来我们是想在不穿密封服的情况下把你扔进地球隧道的，但最后决定让你穿上它，完整地看看你儿子创造的东西。”

“是的，我很满足，此生足矣。我真诚地谢谢各位了！”

没有回答，耳机中的嗡嗡声骤然消失，地球另一端的那几个复仇者中断了通信。

沈华北看到上方的同心圆已经很稀疏了，他两三秒才能穿过一个光圈，而且这间隔还在急剧地拉长，这时耳机中响起了一声蜂鸣，面罩上显示：

您已经到达地球隧道的南极顶点！

他看到同心圆的圆心变空了，不再有新的光圈浮现，中间那个光圈越来越大。终于，他穿过了最后一个蓝色光圈，以不太快的速度升向一座与隧道另一端一模一样的横过井口的小桥。小桥上站着几个穿密封服的人，在他升出井口时，这些人一起伸手抓住了他，把他拉上了桥。

南极站的内部也处于黑暗之中，只有井壁上光圈的蓝光照上来。他抬起头，迎面看到上方悬着一个巨大的圆柱体，其直径比井口稍小。他走到小桥尽头的井边，再向上看，隐约看到上方有一排这样的圆柱体。他数出了四个，再后面的就隐没到高处的黑暗中了。他知道，这就是停运的地心列车。

南 极

半小时后，沈华北同那几名救他命的警察一起，走出地球隧道的南极站，站在已没有积雪的南极平原上，可以看到远处被废弃的城市。低垂在地平线上的太阳把软弱无力的光芒投在这广阔而没有生气的大陆上。这里的空气比地球的另一端要好些，不用戴呼吸膜。

一名警官告诉沈华北，他们是在南极空城中留守的少数警务人员，接到郭医生的报警后，立刻赶到了南极站。当时井口是被封闭的，他们紧急联系地球隧道管理部门打开井盖，正好看见沈华北在蓝光中升向井口，仿佛从深海中浮出来一般。如果晚几秒钟，沈华北必死无疑。密封的井盖将挡住他，使他开始向北半球再次坠落。而在他再次通过地心之前，密封服的能量就会耗尽，他将像他的儿子一样在地心熔炉中化为灰烬。

“以邓洋为首的那几个家伙已经被逮捕，他们将以杀人罪被起诉，不过，”警官冷冷地盯着沈华北说，“我理解他们的感情。”

沈华北仍然沉浸在失重带来的眩晕中，他看着天边的太阳，长出一口气，又说了一句："我此生足矣——"

"要是这样，您对自己今后的命运就比较容易接受了。"另一名警官说。

"命运？"沈华北清醒过来，扭头看着那名警官。

"您不能在这个时代生活，否则这样的事还会发生。好在政府有一个时间移民计划——为了减轻人口对环境的压力，强制一部分人进入冬眠，让他们到未来去生活。现在政府已经决定，您将作为时间移民的一员，重新进入冬眠。这一次要多长时间才能被唤醒，我可说不准。"

沈华北好一会儿才理解了这话的意思，他对警官深深地鞠躬："谢谢！谢谢！我怎么总是这样幸运？"

"幸运？"警官不解地看着他说，"即使是这个时代的冬眠移民，也不可能适应未来社会的生活，更别说您这样来自过去的人了！"

沈华北的脸上浮现出微笑："无所谓，关键是我将看到地球隧道再次成为人类的骄傲！"

警官们发出了几声冷笑："怎么可能呢？这个完全失败的超级工程，只能永远作为你们父子俩的耻辱柱。"

"哈哈哈哈……"沈华北大笑起来，失重的虚弱使他站立不稳，但在精神上他已亢奋到极点，"长城和金字塔都是完全失败的超级工程，长城没能挡住北方骑马民族的入侵，金字塔也没能使其中的法老木乃伊复活，但时间使这些都无关紧要，只有凝结于其上的人类精神永远光彩照人！"他指指身后高高耸立的地球隧道南极站，"与这条伟大的地心长城相比，你们这些哭哭啼啼的孟姜女是多么可怜！哈哈哈哈……"

沈华北张开双臂，让南极的寒风吹透自己的身体。"渊儿，我们此生足矣——"他幸福地说。

尾　声

沈华北再次苏醒是半个世纪以后了。他醒来后，几乎经历了与 50 年前那次苏醒时一样的事——被一群陌生人带上车，进入地球隧道的漠河站，穿上密封服（令他不可理解的是，这密封服竟然比 50 年前的那身笨重了许多），再次被扔进地球隧道，开始漫长的坠落。50 年之后的地球隧道看上去没有什么变化，仍是一条由无数蓝色光圈标示出的不见底的深井。

不过这次，有一个人陪着他下坠。这是一个美丽的姑娘，她自我介绍说是他的导游。

“导游？对了，我的预感对了，地球隧道真的成为长城和金字塔了！”坠落中的沈华北兴奋地说。

“不，地球隧道没有成为长城和金字塔，它成了——”导游姑娘在失重中拉着沈华北的手，小心地与他在坠落中保持着同步。

“成了什么？”

“地球大炮！”

“什么？”沈华北吃惊地打量着周围飞速掠过的井壁。

导游开始回忆：“在您冬眠后，全球的环境进一步恶化，污染和臭氧层破坏使各大陆最后的植被迅速消失，可呼吸的空气已成了商品……这时，要想拯救地球生态，只有关闭人类所有的重工业和能源工业。”

“那样也许能让地球生态恢复，却会使人类文明毁灭。”沈华北插嘴说。

“面对当时的惨状，有许多人愿意做出这种选择。不过更多的人在寻找另外的出路，最可行的办法，是把地球上的所有工业转移到太空中和月球上。”

“那么，你们建造了太空电梯？”

“没有，试了试才知道那比挖地球隧道还难。”

“那么，发明了反重力飞船？”

“更没有，倒是从理论上证明了它根本不可能。”

“核动力火箭？”

“这倒是有，但其运输成本与传统火箭不相上下。如果用这些手段向太空转移工业，就又会发生地球隧道式的经济灾难了。”

“那么你们什么也转移不了了。这么说，”沈华北咧嘴苦笑，“上面是后人类时代了？”

导游没有回答。两人在沉默中向那无底深渊继续坠下去，周围飞掠而过的光圈越来越密，最后井壁成为发出蓝光的平滑的一体。又过了 10 分钟，蓝光变成红光，他们默默地以每秒 8 千米的速度通过地心，井壁很快又发出蓝光，导游姑娘灵巧地使身体旋转 180 度，变为头向上的上升姿态，沈华北也笨拙地跟着这样做了。

“噢——”沈华北突然发出一声惊叫，从面罩右上角的显示中，他看到现在他们的速度是每秒 8.5 千米。

通过地心后，他们仍在加速！

让沈华北惊恐的另一件事是：他感觉到了重力，在穿过地球的坠落过程中，本应自始至终是失重的，可他真的感觉到了重力！科学家的直觉很快告诉他，这不是重力，是推力，正是这推力使他们克服了不断增长的地球引力，保持加速。

“您一定还记得凡尔纳的登月大炮吧？”导游突然问。

“小时候看过的最愚蠢的一本书。”沈华北一边心不在焉地回答着，一边四下张望，想搞清这突然出现的怪事。

“一点儿都不愚蠢，用大炮进行发射，是人类大规模进入太空最理想、最快捷的方式。”

“除非你想在炮弹中被压成肉酱。”

“被压成肉酱是因为加速度太大，加速度太大是因为炮管太短。如果有足够长的炮管，炮弹就能以温柔的加速度射出去，就像您现在感觉到的一样。”

“这么说，我们是在凡尔纳大炮里？”

“我说过，它叫地球大炮。”

沈华北仰望着发出蓝光的隧道，努力把它想象成一根炮管。由于速度太快，井壁看上去浑然一体，已没有任何运动感了，他们仿佛一动不动地悬浮在这发着蓝光的巨管中。

“在您冬眠后的第四年，我们又研制出一种新型的新固态材料，除了具有以前这类材料的性质，它还是优良的导体。现在，在这一半的地球隧道外表面，就缠绕着一圈用这种材料制成的粗导线，使这一半地球隧道变为一根长达 6300 千米的电磁线圈。”

“线圈中的电流从哪里来？”

“地核中有强大丰富的电流，正是这些电流产生了地球的磁场。我们用地核船拖着那种新固态导线，在地核中拉了上百个大回路，每个回路都有几千千米长，用这些回路来采集地核中的电流，并将它汇聚到隧道线圈上，使隧道中充满了强磁场。我们的密封服的肩部和腰部有两个超导线圈，线圈中的电流产生方向相反的磁场，推力就是这样产生的。”

由于继续加速，上升段很快要走完了，井壁再次发出红光。

“注意，现在我们的速度已达到每秒 15 千米，超过了第二宇宙速度，我们就要飞出炮口了！”

这时，在地球隧道的南极出口，停放地心列车的高大建筑早已拆除，地球隧道的圆形出口直接面对着天空，上面有一个密封盖板。扩音器中传出一个声音：“游客们请注意，地球大炮将进行今天的第 43 次发射，请您戴上护目镜和耳塞，否则将对您的视力和听力造成永久性损害。”

10 秒钟后，隧道口的密封盖板“哗”地滑向一边，露出了直径 10 米的圆形井口，空气涌入真空的井内，发出尖厉的呼啸声。一声巨响，井口喷出了一道长长的火舌，其亮度使南极天边低垂的太阳黯然失色。随即，密封盖板又迅速滑回原位盖住井口，井内的抽气机发出低沉的轰鸣，抽空刚才盖板打开的 3 秒钟进入井内的空气，以准备下一次发射。人们抬头仰望，只见两颗拖着火尾的流星正在急速上升，很快消失在南极深蓝色的苍穹中。

沈华北并没有像想象中那样看到隧道出口迎面扑来——速度太快，他不可能看清。他只看到，身处其中的那条发着红光、似乎通向无限高处的隧道在瞬间消失，代之以南极的蓝天，两者之间没有任何过渡，快得像屏幕上两幅图像的切换。

他猛地回头，看到脚下的大地正在急速退去。他认出了那座南极城市，那城市很快变成了一块篮球场大小的长方形。抬起头，他看到天空的颜色正在迅速地由蓝变黑，速度之快像一块屏幕正在被调暗。再低头，他看到了南极半岛狭长弯曲的形状，看到了围绕着半岛的大海。他的身后拖着一条长长的火尾，看看身上才发现密封服的表面在燃烧，他被裹在一层薄薄的火焰中。看看在距他十几米处与他一起上升的导游，也被裹在火焰中，像一个拖着长长火尾的小怪物。巨大的空气阻力像一只巨掌狠狠地压在他的头上和肩上，但随着天空的变黑，这巨掌像被另一种更加强大的力量征服了，它的压力渐渐变小。低头看，南极大陆已显示出了完整的形状，沈华北惊喜地发现这块大陆又恢复了原本的白色。向远处看，地球已显示出了弧形，太阳正从地球边缘移上来，在薄薄的大气层中散射出绚丽的曙光。再向上看，群星已在太空中出现，沈华北第一次见到如此晶莹灿烂的星星。身上的火光熄灭了，他们已冲出大气层，飘浮在寂静的太空中。

沈华北有身轻如燕的感觉，他发现自己身上的密封服——太空服——变薄了许多，表面的那层隔热物质已在与大气的剧烈摩擦中蒸发了。这时，高速通过大气层时的通信盲区已过，他的耳机中响起了导游的声音："穿过大气层时的阻力抵消了一部分速度，但我们现在的速度仍超过了逃逸值，我们正在飞离地球。您看那儿——"

导游指着下面已经变得很小的南极半岛。沈华北在地球隧道出口所在的位置看到了闪光，接着一颗拖着火尾的流星从半岛缓慢地飞升而上，在飞出大气层后火光熄灭了。

"那是地球大炮刚刚发射的一艘太空船，它将接我们回去。地球大炮的炮管中每时每刻都同时运行着五六颗'炮弹'，这样它每过 8 到 10 分钟就射出一艘太空船，所以现在进入太空就如乘地铁一样便捷。20 年前工业大迁移开始时，是发射最频繁的时期，炮管中往往同时有 20 多颗'炮弹'在加速，地球大炮以两三分钟一发的频率向太空急促地射击，一批批太空船组成了上升的流星雨，那是人类向命运的庄严挑战，无比壮观！"

这时，沈华北在群星中发现了许多快速移动的星星，它们的运动在静止的星空背景上很容易看出来，它们一定就在地球轨道上。再细看，它们中相当一部分可以看出形状，有环形的、圆柱形的，还有多个形状组合而成的不规则体，像漆黑太空中精美的小饰件。

"那是宝山钢铁公司。"导游指着一个发光的圆环说，然后又依次指点着其他几个亮点，"那几个是中国石化，当然它们现在不处理石油了；那几个圆柱形的是欧洲冶金联合体；那些是用微波向地球供电的太阳能电站，发光的只是它们的控制中心，太阳能电池组和传输电能的天线阵列是看不到的……"

沈华北被这情景陶醉了，再看看下面蔚蓝色的地球，他的眼泪涌了出来。他现在最大的愿望，就是让参加过南极庭院工程的每一个人——故去的和健在的——都看看这些。他特别想到了其中一个人，一个在所有人心目中永远年轻的女性。

“找到我的孙女了吗？”他问。

“没有，我们缺少在地核中进行远距离探测的技术。那是一个广阔的区域，谁也不知道铁镍流把她带到哪里去了。”

“能不能把我们看到的这些用中微子发向地心？”

“一直在这么做呢，相信她会看到的。”

时间移民

前不见古人，

后不见来者。

念天地之悠悠，

独怆然而涕下！

——题记（唐·陈子昂《登幽州台歌》）

移 民

告全民书

迫于无法承受的环境和人口压力，政府决定进行时间移民，首批移民人数为8000万，移民时间跨度为120年。

要走的只剩下大使一个人了，他脚下的大地是空的，那是一个巨大的冷库，里面冷冻着40万人。在这个世界的其他地方，还有200个这样的冷库，其实它们更像——大使打了一个寒战——坟墓。

桦不想同他一起走，她完全符合移民条件，并拿到了让人羡慕的移民卡。但与那些向往未来新生活的人不同，她认为现世和现实是最值得留恋的。她留下了，让大使一个人走向120年之后的未来。

一小时之后，大使走了，接近绝对零度的液氦淹没了他，凝固了他的生命。他率领着这个时代的8000万人，沿着时间踏上了逃荒之路。

跋　涉

不知不觉，时光流逝，太阳如流星般划过长空。出生、爱情、死亡，狂喜、悲伤、失落，追求、奋斗、失败，一切的一切，如迎面而来的列车，在外部世界中呼啸着掠过……

……10年……20年……40年……60年……80年……100年……120年。

第一站：黑色时代

绝对零度下的超睡中，意识随机体完全凝固，完全感觉不到时间的存在，以至于大使醒来时，以为是低温系统出现故障，出发后不久临时解冻的。但对面原子钟巨大的等离子显示屏告诉他，120年过去了，一个半人生过去了，他们已是时代的流放者。

100人的先遣队在一星期前醒来，并与这个时代相联系。队长这时站在大使旁边，大使的体力还没有恢复到能说话的程度。在他充满探询的目光下，先遣队长摇摇头，苦笑了一下。

国家元首在冷冻室的大厅里迎接他们。他看上去像一个饱经风霜的人，同他一起来的人也一样。在120年之后，这很奇怪。大使把自己时代政府的信交给他，并转达自己时代的人民对未来的问候。元首没说太多的话，只是紧紧握住大使的手。元首的手同他的脸一样粗糙，使大使感到一切的变化并不像他想象的那么大，他有一种温暖的感觉。

但这种感觉在他走出冷冻室后立刻消失了。外面是黑色的：黑色的大地、黑色的树林、黑色的河流、黑色的流云。他们乘坐的悬浮车扬起了黑色的尘土。路上相向行驶的坦克纵队像一排移动的黑块，空中低低掠过的直升机像一群黑色的幽灵。特别可怕的是，现在的直升机让人听不到一点儿声音。一切像被天火遍烧了一样。他们驶过了一个大坑，那坑太大了，像大使时代的露天煤矿。

“弹坑。”元首说。

“……弹坑？”大使没说出那个骇人的字。

“是的，这颗当量大约 15000 吨级。”元首淡淡地说，苦难对他来说已是淡淡的了。

在两个时代的会面中，空气凝固了。

“战争是什么时候开始的？”

“这次是两年前。”

“这次？”

“你们走后还有过几次。”元首避开了这个话题。他不像是 120 年后的晚辈，倒像大使时代的长辈，这样的长辈会出现在那个时代的工地和农场里，用宽阔的胸怀包容一切苦难。“我们将接收所有的移民，并且保证他们在和平环境中生活。”

“这可能吗，在现在这种情况下？”大使的一个随员问道，他本人则沉默着。

“这届政府和全体人民将不惜一切代价做到这点，这是责任。”元首说，“当然，移民还要努力适应这个时代。这有些困难，120 年来变化很大。”

“有什么变化？”大使说，“一样的没有理智，一样的战争，一样的屠杀……”

“您只看到了表面。”一位穿迷彩服的将军说，“以战争为例，现在两个国家这样交战：首先公布自己各类战术和战略武器的数量及型号，然后根据双方各种武器的对毁率，计算机可以给出战争的结果。武器是纯威慑性质的，从来不会动用。战争就是计算机中数学模型的演算，以结果决定战争的胜负。”

“如何知道对毁率呢？”

“有一个国际武器试验组织，他们就像你们时代的……国际贸易组织。”

“战争已经像经济一样正规和有序了？”

“战争就是经济。”

大使看了一眼车窗外的黑色世界：“但现在，世界好像不仅仅在演算。”

元首用深沉的目光看着大使：“算过了，但我们不相信结果真能决定胜败。”

“所以我们发起了像你们那样的战争——流血的战争、‘真’的战争。”将军说。

“我们现在去首都，研究一下移民解冻的问题。”元首再次避开了这个话题。

“返回。”大使说。

“什么？”

“返回。你们已无力承受更多的负担了，这个时代不适合移民，我们再向前走一段吧。”

悬浮车返回了一号冷冻室。告别前，元首递给了大使一本精装的书，他说：“这 120 年的编年史。”

这时，一名政府官员带来一位 123 岁的老人，他是现在能找到的唯一一位与移民同时代生活过的人，他坚持要见见大使。“好多的事，你们走后，好多的事啊！”老人拿出两个碗——大使时代的碗，又给碗里满上了酒，“我的父母是移民，这酒是我 3 岁时他们走前留给我的，让我存到他们解冻时喝。我见不到他们了，我也是你们见到的最后一个同时代的人了。”

喝了酒后，大使望着老人平静干涸的双眼，觉得这个时代的人似乎已不会流泪了，而老人的眼泪却流了下来。他跪下来，抓住大使的双手。

“前辈保重，西出阳关无故人啊！”

在被超低温的液氦凝固之前，桦突然出现在大使那残存的意识中，他看到她站在洒满秋日的落叶上，后来落叶变黑，出现了一块墓碑。那是她的墓碑吗？

跋　涉

不知不觉，太阳如流星般划过长空，时光在外部世界中飞速掠过……

……120 年……130 年……150 年……180 年……200 年……250 年……300 年……350 年……400 年……500 年……620 年。

第二站：大厅时代

“怎么这么久才叫醒我？”大使吃惊地看着原子钟。

“先遣队已以百年为间隔醒来并出动了五次，最长的一次，我们曾在一个时代生活了 10 年，但每次都无法实现移民，所以没有唤醒您，这个原则是您自己确定的。”先遣队长说。大使这才发现他比上次见面时老了许多。

“又遇到战争了？”

“没有，战争永远消失了。前三个时代的生态环境继续恶化，直到 200 年前才开始好转，但后两个时代拒绝接收移民。这个时代是否同意接收，最后需要您和委员会来决定。”

冷冻室的大厅里没有人。在巨大的密封门隆隆开启时，先遣队长低声对大使说：“变化远远超出您的想象，您要有心理准备呀。”

大使刚一踏进这个时代，脚下就响起了一阵乐声，梦幻般的，像过去时代的风铃声。他低头，看到自己踏在水晶状的地面上，水晶的深处有彩色的光影在变幻。水晶看上去十分坚硬，踏上去却像地毯般柔软。踏到的位置响起那风铃般的乐声，同时有一圈圈同心的彩色光环以踏点为中心扩散开来，如同踏在平静的水面上激起的涟漪。大使抬头望去，发现目力所及之处，整个平原都呈水晶状。

“全球所有的陆地都铺上了这种材料，以至于整个世界都像人造的一样。”先遣队长说。看着大使惊愕的目光，他笑了，好像在说：“还有更令人吃惊的呢！”大使又注意到自己在水晶地面上的影子有好几个，以他为中心向四面延伸。他抬起头来……

六个太阳。

“现在是深夜，但200年前就没有夜晚了。您看到的是同步轨道上的六个反射镜，它们把阳光反射到地球夜晚的一面，每个镜面有几百平方千米的面积。”

“山呢？”大使发现，地平线上连绵的群山不见了，大地与蓝天的相接处如用尺子画出的一般平直。

“没有山了，全被平掉了，全球各大洲都是这样的平原。”

“为什么？”

“不知道。”

大使觉得那六个太阳如大厅里的六盏灯。大厅！对了，他产生了一种朦胧的感觉。他进一步发现，这是一个干净得出奇的时代，整个世界没有尘土，令人难以置信，一点儿都没有。大地如同一个巨大的桌面一样干净。天空同样一尘不染，呈干净的纯蓝色，但由于六个太阳的存在，天空已失去了过去时代的那种广阔和深邃，变得像大厅的拱顶。大厅！他的感觉更确定了，整个世界变成了一个大厅！铺着柔软的、能发出风铃声的水晶地毯，悬着六盏吊灯的大厅！这是个精致的、干净的时代，同上次的黑色时代形成鲜明对比。以后的移民编年史中，它被叫作“大厅时代”。

“他们不来迎接我们吗？”大使看着眼前空旷的平原问道。

“我们得自己到首都去见他们。这个时代虽然有精致的外表，却是个没有礼仪的时代，甚至连好奇心也没有了。”

“他们对移民是什么态度？”

“同意接收，但移民只能在与社会隔绝的保留区生活。至于保留区的位置在地球还是其他行星上，或在太空专建一个城市，由我们决定。”

“这绝对不能接受！”大使愤怒地说，“全体移民必须融入现在的社会，融入现在的生活。移民不是二等公民，这是时间移民最基本的原则！”

“这不可能。”先遣队长摇摇头。

“这是他们的看法？”

“也是我的。哦，请听我把话说完。您刚解冻，而在此前，我已在这个时代生活了半年多。请相信我，现实远比您看到的更离奇，就是发挥最疯狂的想象力，您也无法想象出这个时代十分之一的现状。与此相比，旧石器时代的原始人理解我们的时代倒容易多了。”

“移民开始时已经考虑了适应的问题，所以移民的年龄都在 25 岁以下。我们会努力学习，努力适应这一切的。”大使说。

“学习？”先遣队长笑着摇摇头，“您有书吗？”他指着大使的手提箱问，“什么书都行。”大使不解地拿出一本伊凡·亚历山大罗维奇·冈察洛夫在 19 世纪末写的《环球航海游记》，这是他出发前看了一半的书。先遣队长看了一眼书名说：“随便翻到一页，告诉我页数。”大使照办了，翻到 239 页。先遣队长流利地背诵起航海家在非洲的见闻，令人难以置信的是，一字不差。

“看到了吗？根本不需要学习，他们就像我们往磁盘上拷贝数据一样向大脑中输入知识，人的大脑能达到记忆的极限。如果这还不够，看这个，”先遣队长从耳后取下一个助听器大小的东西，“这是量子级的存储器，人类有史以来所有的书籍都可以存在里面，愿意的话，可以连一个账本都不放过。大脑可以像计算机访问内存一样提取它的信息，比大脑本身的记忆还快。看到了吗？我自己就是人类全部知识的载体，如果愿意，您在不到一小时的时间内也能做到。对他们来说，学习是一种古老的不可理解的神秘仪式。”

“他们的孩子一出生就马上得到一切知识？”

“孩子？”先遣队长又笑了，“他们没有孩子。”

“那孩子呢？”

“我说过没有。家庭在更早的时候就没有了。”

“就是说，他们是最后一代人了？”

“也没有代，代的概念已经不存在了。”

大使的惊奇变成了茫然。但他还是努力去理解，并多少理解了一些。“你是说，他们永远活着？”

“身体的一个器官失效，就更换一个新的，大脑失效，就把其中的信息拷贝出来，再拷贝到一个新培植的大脑中去。当这种更换进行了几百年后，每个人唯一留下的就是自己的记忆。您能说清他们是孩子还是老人吗？也许他们倾向于把自己当成老人，所以不来接我们。当然，愿意的话，也会有孩子的，通过克隆或是更传统的方法，但不多了。这一代长生者现在已生存了300多年，而且会继续生存下去。这一切会产生出一个什么样的社会形态，您能想象得出吗？我们所梦想的东西——博学、美貌、长生，在这个时代都是轻而易举就能得到的东西。”

“那么这是理想社会了？他们还有想要而得不到的东西吗？”

“没有，但正因为他们能得到一切，同时也就失去了一切。对我们来说这很难理解，对他们来说却是真实的感受。现在远不是理想社会。”

大使的茫然又变成了沉思。天空中的六个太阳已斜向西方，很快落到地平线下。当西天只剩下两个太阳时，启明星出现了，接着，真正的太阳在东方映出霞光。那柔和的霞光使大使感到了一丝慰藉，宇宙间总有永恒不变的东西。

“500年，时间不算长，怎么会有这么大的变化呢？”大使像在问先遣队长，又像在问整个世界。

“人类的发展是一个加速的过程：我们时代的50年，可与过去500年相比；而现在的500年，也许与过去的50000年相当了。您还认为移民能适应这一切吗？”

“加速到最后会是什么？”大使半闭起双眼。

“不知道。”

“你所拥有的全人类的知识也不能回答这个问题吗？”

“我游历这几个时代最深的感受是：知识能解释一切的时代过去了。”

…………

“我们继续朝前走。”大使做出了决定，“带上那块芯片，还有他们向人脑输入知识的机器。”

在进入超睡前的蒙眬中，大使又见到了桦，桦越过620年的漫漫长夜向他看了一眼，那让人心醉又心碎的眼神，使大使在孤独的时间流浪中有了家园的感觉。大使梦见水晶大地上出现了一阵缥缈的飞尘，那是桦的骨骼变成的吗？

跋涉

不知不觉，太阳如流星般划过长空，时光在外部世界中飞速掠过……

……620年……650年……700年……750年……800年……850年……

900年……950年……1000年。

第三站：无形时代

冷冻室巨大的密封门隆隆开启，大使第三次站在未知时代的门槛前，这次他做好了看一个全新时代的心理准备，但出门后才发现，变化没有他想象的那么大。

水晶地毯仍然存在，铺满大地，六个太阳也在天空中发着光。但这个世界给人的感觉与大厅时代全然不同。首先，水晶地毯似乎已经“死”了，深处的光影还有，但暗了许多，在上面走动时不再发出风铃声，也没有美丽的波纹出现。其次，太空中的六个太阳，有四个已暗淡，它们发出的暗红色光只能标明自己的位置，而不能照亮下面的世界。最引人注意的变化是：这世界有尘土了！尘土在水晶地面上薄薄地落了一层。天空不再纯净，有灰色的流云。地平线也不是那么清晰笔直了。所有的一切给人这样一种感觉：大厅时代的大厅已人去楼空，外部的大自然慢慢渗透进来了。

“两个世界都拒绝接收移民。”先遣队长说。

“两个世界？”

“有形世界和无形世界。有形世界就是我们熟知的世界，尽管已很不相同。虽然还有同我们一样的人，但对很大一部分人来说，有机物已不是他们的主要组成部分了。”

“同上次一样，平原上还是看不到一个人。”大使极目远望。

“有几百年，人们都不用那么费力地在地面上行走了。您看——”先遣队长指指空中的某个位置，大使透过尘土和流云，隐约看到一些飞行物，距离很远，仿佛只是一群小黑点。“那个黑点，也许是一架飞机，也许是一个人。任何机器都可能是一个人的身体，比如海上的一艘巨轮，操纵巨轮的计算机就是这个人大脑的拷贝。一般来说，每个人有几个身体，这些身体中总有一个是同我们一样的有机体，这是人们最重视的一个身体，虽然也是最脆弱的，这也许是由于来自过去的情感吧。”

“我们是在做梦吗？”大使喃喃地问。

“与有形世界相比，无形世界更像一个梦。”

“我已经能想象出那是什么，人们连机器的身体也不要了。”

“是的。无形世界就是一台超级计算机的内存，每个人是内存中的一个软件。”

先遣队长指了指前方，地平线上有一座山峰，孤独地立在那里，在阳光下闪着蓝色的金属光泽。“那就是无形世界中的一个大陆。您还记得上次我们带回的那些小小的量子芯片吧，而您看到的是量子芯片堆成的高山。由此可以想象或根本无法想象，这台超级计算机的容量。”

“在它里面，是一种什么样的生活呢？在内存里，人们什么都不是，只是一些量子脉冲的组合罢了。”大使说。

“正因为如此，您可以真正随心所欲，创造您想要的一切。您可以创造一个有千亿人口的帝国，在那里，您是国王，您可以经历 1000 次各不相同的浪漫史，在 10000 次战争中死 10 万次；那里每个人都是一个世界的主宰，比神更有力量。您甚至可以为自己创造一个宇宙，那宇宙里有上亿个星系，每个星系有上亿颗星球，每颗星球都是您渴望或不敢渴望的各不相同的世界。不要担心没有时间享受这些，超级计算机的速度使那里的一秒有外面的几个世纪的时间那么长。在那里，唯一的限制就是想象力。在无形世界中，想象与现实是一个东西，在您的想象出现的同时，想象也就变为现实了。当然，是量子芯片内的现实，用您的说法，就是脉冲的组合。这个时代的人们正在渐渐转向无形世界，现在生活在无形世界中的人数已超过了生活在有形世界中的。虽然可以在两个世界都有一份大脑的拷贝，但无形世界中的生活如同毒品一样，一旦经历过那种生活，谁也不想再回到有形世界里了——我们充满烦恼的世界对他们来说如同地狱一般。现在，无形世界已掌握了立法权，正在渐渐控制整个世界。”

跨过 1000 年的两个人，梦游似的看着那座由量子芯片堆成的高山，他们忘记了时间，直到真正的太阳像过去亿万年的每一天那样点亮了东方，他们才回到了现实。

“再以后会是什么呢？”大使问。

“无形世界中，作为一个软件，您可以轻而易举地拷贝多个自我。如果对自己性格的某些方面不喜欢，比如您认为在受着感情和责任心的折磨，您也可以把这两方面都去掉，或把它们拷贝一份，需要时再连接到您的自我上。您也可以把一个自我分裂成多个，分别代表您个性的某个方面。进一步，您可以和别人合为一体，形成一个由两者精神和记忆组合而成的新自我。再进一步，还可以组合几个、几十个或几百个人……够了，我不想让您发疯，但这一切在无形世界中随时都在发生。”

“再以后呢？”

“只能猜测，现在最明显的迹象是，无形世界中的个体可能会消失，最终所有人合为一个软件。”

“再以后呢？”

“不知道。这已经是个哲学问题了，经过了这几次解冻，我已经害怕哲学了。”

“我则相反，已经是个哲学家了。你说得对，这是个哲学问题，必须从哲学的深度来思考。对这次移民，我们早就该这样思考，但现在也不晚。哲学是一层纸，现在至少对于我，这层纸被捅破了，突然间——几乎突然间，我知道我们以后的路了。”

“我们必须在这个时代结束移民，再走下去，移民将更难适应目的地时代的环境。”先遣队长说，“我们应该起义，争得自己的权利。”

“这不可能，也没必要。”

“我们难道还有别的选择？”

“当然有，而且这个选择就像前面正在升起的太阳一样清晰和光明。请把总工程师叫来。”

总工程师同大使一起解冻，现在正在冷冻室中检查和维护设备。由于被频繁解冻，他已由出发时的青年变成老人了。当茫然的先遣队长把他叫来后，大使问：“冷冻还能维持多长时间？”

“现在绝热层良好，聚变堆的工作情况也正常。在大厅时代，我们按当时的技术更换了全部的制冷设备，并补充了聚变燃料，现在看来，所有 200 个冷冻室，即使以后不更换任何设备，不进行任何维护，也可维持 12000 年。”

“好极了。立刻在原子钟上设定最终目的地，全体人员进入超睡，在到达最终目的地之前，不再有任何人解冻。”

“最终目的地定在哪里？”

“11000 年。”

…………

桦又进入了大使超睡前的残存意识中，这一次最真实：她的长发在寒风中飘动，大眼睛含着泪，在呼唤他。

在进入无知觉的冥冥中之前，大使对她喊：“桦，我们要回家了！我们要回家了！”

跋 涉

不知不觉，太阳如流星般划过长空，时光在外部世界中飞速掠过……

……1000 年……2000 年……3500 年……5500 年……7000 年……9000

年……10000年……11000年。

第四站：回家

这一次，甚至在超睡中也能感觉到时光的漫长了。在10000年的漫漫长夜中，在100个世纪的超长等待中，连忠实地控制着全球200个超级冷冻室的计算机都要睡着了。在最后的1000年中，它的部件开始损坏，无数只由传感器构成的眼睛一只只地闭上，集成块构成的神经一根根瘫痪，聚变堆的能量相继耗尽，在最后的几十年中，冷冻室仅靠绝热层维持着绝对零度。后来，温度开始上升，很快到了危险的程度，液氦开始蒸发，超睡容器内的压力急剧增高，11000年的跋涉似乎将在一声爆破中无知觉地完结。

但就在这时，计算机唯一还睁着的那双眼看到了原子钟的时间，这最后一秒钟的流逝唤醒了它古老的记忆，它发出了一个微弱的信号，苏醒系统启动了。在核磁脉冲的作用下，先遣队长和100名先遣队员的身体中接近绝对零度的细胞液在不到1%秒的时间内融化，然后升到正常体温。一天后，他们走出了冷冻室。一个星期后，大使和移民委员会的全体委员都苏醒了。

当冷冻室的巨门刚刚开启一条缝时，一股风从外面吹了进来。大使闻到了外面的气息，这气息同前三个时代不同，它带着嫩芽的芳香，这是春天的气息、家的气息。大使现在已经几乎肯定，他在10000年前的决定是正确的。

大使同委员会的所有人一起跨进了他们最后到达的时代。

大地是土质的，但土是看不见的，因为上面长满了一望无际的绿草。冷冻室的门前有一条小河，河水清澈，可以看到河底美丽的花石和几条悠闲的小鱼。几个年轻的先遣队员在小河边洗脸，他们光着脚，脚上有泥，轻风隐隐送来了他们的笑声。只有一个太阳，蓝天上有雪白的云朵，一只鹰在懒洋洋地盘旋，周围还有小鸟的叫声。远远望去，10000年前大厅时代消失了的山脉又出现在天边，山上盖满了森林……

对经历过前三个时代的大使来说，眼前的世界太平淡了，他为这种平淡流下热泪。经过 11000 年流浪的他和所有人都需要这平淡的一切，这平淡的世界是一张温暖而柔软的天鹅绒，他们把自己疲惫破碎的心轻轻放上去。

平原上没有人类活动的迹象。

先遣队长走过来，大使和委员们的目光集中在他脸上，那是最后审判日里人类的目光。

“都结束了。”先遣队长说。

谁都明白这话的含义。在神圣的蓝天绿草之间，人类沉默着，平静地接受了这个现实。

“知道原因吗？”大使问。

先遣队长摇摇头。

“由于环境？”

“不，不是由于环境，也不是战争，不是我们能想到的任何原因。”

“有遗迹吗？”大使问。

“没有，什么都没留下。”

委员们围过来，开始急促地发问：

“有星际移民的迹象吗？”

“没有，近地行星都恢复到未开发状态，也没有恒星际移民的迹象。”

“什么都没留下？一点点，一点点都没有？”

“是的，什么都没有。以前的山脉都被恢复了，是从海洋中获取的岩石和土壤。植被等生态也恢复得很好，但都看不到人工的痕迹。古迹只保留到公元前 1 世纪，以后的时代痕迹全无。生态系统自行运转有 5000 多年了，现在的自然环境类似于新石器时代，但物种不如那时丰富。”

“什么都没留下，怎么可能？”

“他们没什么话要说了。”

最后这句话使大家再次陷入沉默。

“这一切您都预料到了，是吗？”先遣队长问大使，“那么，您应该想到原因了？”

“我们能想到，但永远无法理解。原因要在哲学的深度上找。在对存在思考到终极时，他们认为不存在是最合理的，并选择了它。”

“我说过，我怕哲学。”

“那好，我们暂时离开哲学吧。”大使走远几步，面向委员们。

“移民到达，全体解冻。”

200个聚变堆发出最后的强大能量，核磁脉冲在融化着8000万人。一天后，人类从冷冻室中走出来，并在沉寂了几千年的各个大陆上扩散开来。在一号冷冻室所在的平原上，聚集了几十万人，大使站在冷冻室门前巨大的台阶上面对他们，只有很少一部分人能听到他的讲话，但他们把听到的话像水波一样传开去。

“公民们，本来计划走120年的我们，走了11000年，最后到达这里。现在的一切你们都看到了，他们消失了，我们是仅存的人类。他们什么都没有留下，但又留下了一切。这几天，所有的人一直在努力寻找，渴望找到他们留下的只言片语，但没有，什么都没有。他们真没什么可说的吗？不！他们有，而且说了！看这蓝天、这草地、这山脉、这森林、这整个重新创造的大自然，就是他们要说的话！看看这绿色的大地，这是我们的母亲！是我们力量的源泉！是我们存在的依据和永恒的归宿！以后人类还会犯错误，还会在苦难和失望的荒漠中跋涉，但只要我们的根不离开我们的大地母亲，我们就不会像他们那样消失。不管多么艰难，人类和生活将永远延续！公民们，现在这世界是我们的了，我们开始了人类新的轮回。虽然我们现在一无所有，但又拥有人类有过的一切！”

大使把那个来自大厅时代的量子芯片高高举起，把全人类的知识高高举起。突然，他像石像一样凝固了，他的眼睛盯着人海中一个飞快移动的小黑点，近了，他看清了那束在梦中无数次出现的长发、那双他认为在 100 个世纪前已化为尘土的眼睛。桦没留在 11000 年前，她最后还是跟着他来了，跟着他跨越了这漫长的时间沙漠。当他们拥抱在一起时，天、地、人融为一体了。

“新生活万岁！”有人高呼。

“新生活万岁！”这呼声响彻了整个平原，群鸟欢唱着从人海上空飞过。

在一切都结束之后，一切都开始了。

全频带阻塞干扰

以深深的敬意献给俄罗斯人民，他们的文学影响了我的一生。

在战场电磁干扰形式的选择上，本手册主张采用对某一特定频率或信道进行的瞄准式干扰，而不主张采用同时干扰一个较宽频带的阻塞式干扰，因为后者对己方的电磁通信和电子支援措施也会产生影响。

——摘自 1993 年美国陆军《电子战手册》

1 月 5 日，斯摩棱斯克前线

失陷的城市已经看不见了，战线在一夜之间后退了 40 千米。

在凌晨的寒光下，雪原呈现出寒冷的暗蓝色。在远处的各个方向上，被击中的目标冒出一道道黑色的烟柱，笔直地升向高空，好像是连接天地的一条条细长的黑纱。顺着烟柱向上看，卡琳娜吃了一惊：刚刚显现晨光的大空被一团团巨大的白色线条充塞着，纷乱的线条仿佛是一个精神错乱的巨人疯狂地画在天幕上的。那是歼击机的混乱尾迹，是俄罗斯空军和北约空军为争夺制空权所进行的一夜激战留下的。

来自空中和远方的精确打击也持续了一夜。在非专业人士看来，打击似乎并不密集，爆炸声每隔几秒钟甚至几分钟才响一次。但卡琳娜知道，每一次爆炸都意味着一个重要目标被击中，几乎不会打空。这一声声爆炸，仿佛是昨夜这篇黑色文章中的一个个闪光的标点符号。当凌晨到来时，卡琳娜不知道防线还剩下多少兵力，甚至不知道防线是否还存在，似乎整个世界只有她一个人在抵抗。

卡琳娜少校所在的电子对抗排是在半夜被摧毁的，当时这个排所在的位置落下了六颗激光制导炸弹。卡琳娜侥幸从中逃生的那辆装载干扰机的BMP-2装甲车还在燃烧，这个排的其他装甲车都变成了散落在周围雪地上的一堆堆黑色金属块。卡琳娜所在的弹坑中的余热正在散去，她感到了寒冷。她用手撑着坐直，右手触到了一团黏糊糊的冰冷绵软的东西，看上去像一块沾满了黑色弹灰的泥团。她突然意识到那是一块残肉，她不知道那属于身体的哪一部分，更不知道属于哪个人。在昨夜的那次致命打击中，阵亡了一名中尉、两名少尉和八名士兵。卡琳娜呕吐起来，但除了酸水什么也没吐出来。她拼命把双手放在雪里擦，想把手上的血迹擦掉，但黑红色的血在寒冷中很快凝固，怎么也擦不掉。

令人窒息的死寂已持续了半个小时，这意味着新一轮的地面进攻就要开始了。卡琳娜调大了别在左肩上的对讲机的音量，但传出的只有沙沙的噪声。突然，几句模糊的话语传了出来，仿佛是大雾中掠过的几只鸟儿：

“……06观察站报告：1437阵地正面，M1A2坦克37辆，平均间隔60米；‘布莱德雷’运兵车41辆，距M1A2攻击前锋500米；M1A2坦克24辆，‘勒克莱尔’坦克8辆，正在向1633阵地侧翼迂回，已越过同1437的接合部。1437，1633，1752，准备接敌！”

卡琳娜克制住由寒冷和恐惧引起的颤抖，使地平线在望远镜中稳定下来。她看到天边出现的一团团模糊的雪雾，给地平线镶上了一道毛茸茸的边儿。

这时，卡琳娜听到身后传来发动机的轰鸣声，一排T-90式坦克越过她的位置冲向敌人，在后面，更多的俄罗斯坦克正在越过高速公路的路基。卡琳娜又听到了另一种轰鸣声，敌人的攻击直升机群在前方的天空中出现，它们队形整齐，在黎明惨白的天空中形成一片黑色的点阵。卡琳娜周围坦克的发烟管启动了，随着一阵低沉的爆破声，阵地笼罩在一团白色的烟雾中。透过白雾的缝隙，她看到俄罗斯的直升机群正从头顶掠过。

坦克上的 125 毫米口径炮疾风骤雨般地响了起来，白雾变成了疯狂闪烁的粉红色光幕。几乎与此同时，敌人的第一批炮弹落了下来，白雾中，粉红色的光芒被爆炸产生的刺眼蓝白色闪电所代替。卡琳娜伏在弹坑底部，她感到身下的大地在密集的巨响中像一张振动的鼓皮，身边的泥土和小石块被震得飞起好高，落满了她的后背。在这爆炸声中，还可隐约听到反坦克导弹发射时的嘶鸣声。卡琳娜感到整个宇宙都在这撕心裂肺的巨响中化为碎片，并向无限深渊坠落……就在她的神经几乎崩溃时，这场坦克战结束了，它只持续了约 30 秒钟。

当白雾和浓烟散去时，卡琳娜看到面前的雪地上散布着被击中的俄罗斯坦克，燃起一堆堆裹着黑烟的熊熊大火。她举目望去，远方同样有一大片被击毁的北约坦克，看上去只是雪原上一个个冒出浓烟的黑点。但更多的敌军坦克正越过那一片残骸冲过来，它们裹在由履带搅起的一团团雪雾中。“艾布拉姆斯”那凶猛的扁宽前部不时从雪雾中露出来，仿佛是一只只从海浪中冲出的恶龟，滑膛炮炮口的闪光不时亮起，好像恶龟闪亮的眼睛……低空中，直升机的混战仍在继续，卡琳娜看到一架“阿帕奇”在不远处的半空爆炸，一架米-28 拖着漏出的燃料，摇晃着掠过她的头顶，在几十米之外坠地，炸成了一团火球。近距空空导弹的尾迹，在低空拉出了无数条平行的白线……

卡琳娜听到“咣”的一声响，转身一看，不远处一辆被击中后冒出浓烟的 T-90 后部的底门打开了，没有人出来，只见门下方垂下一只手。卡琳娜从弹坑中跃出，冲到那辆坦克后面，抓住那只手向外拉。车内响起一声沉闷的爆炸声，一股灼热的气浪把卡琳娜向后冲了几步远。她的手中抓住了一团黏软的很烫的东西，那是从坦克手的手上拉脱的一团烧熟的皮肤。卡琳娜抬头看到一股火焰从底门中喷出，车内已成了一座小型的炼狱，在那暗红色的透明火焰中，阵亡坦克手的身影清晰可见，像在水中一样波动着。

卡琳娜又听到两声尖啸，这是她左前方的一个导弹班把最后两枚反坦克导弹发射了出去，其中一枚有线制导的“赛格”导弹成功地击毁了一辆“艾布拉姆斯”，另一枚无线制导的导弹则被干扰，向斜上方冲去，失去了目标。这时，那个导弹班的六个人撤出掩体，向卡琳娜所在的弹坑跑来。一架“科曼奇”直升机向他们俯冲下来，那棱角分明的机体看上去像一只凶猛的鳄鱼。一长排机枪子弹打在雪地上，击起的雪和土如同一道突然立起又很快倒下的栅栏。这栅栏从那支小小的队伍中穿过，击倒了其中四个人，只有一名中尉和一名士兵到达了弹坑。这时，卡琳娜才注意到那名中尉戴着坦克防震帽，可能来自一辆已被击毁的坦克。他们每人手中都拿着一管反坦克火箭筒。跳进弹坑后，中尉首先向距他们最近的一辆敌军坦克射击，击中了那辆 M1A2 的正面，诱发了它的反应装甲，火箭弹和反应装甲的爆炸声混在一起，听起来很怪异。坦克冲出了爆炸的烟雾，反应装甲的残片挂在它前面，像一件破烂的衣衫。那名年轻的士兵继续对着它瞄准，手中的火箭筒随着坦克的起伏而抖动，一直没有射击。当距他们只有四五十米的坦克冲进一处低洼地时，那名士兵只能站到弹坑边缘向斜下方瞄准。他手中的火箭筒与那辆 M1A2 的 120 毫米口径炮同时响了，坦克的炮手情急之中发射的是一发不会爆炸的贫铀穿甲弹，初速每秒 800 米的炮弹击中了那名士兵，把他上半身打成了一团飞溅的血花！卡琳娜感觉到细碎的血肉有力地打在她的钢盔上，噼啪作响。她睁开眼睛，看到就在眼前的弹坑边缘，那名士兵的两条腿如同两根黑色的树桩，无声地滚落到弹坑底部她的脚下。他身体被粉碎的其他部分，在雪地上溅出了一大片放射状的红色斑点。火箭弹击中了 M1A2，聚能爆炸的热流切穿了它的装甲，车体冒出了浓烟。但那个钢铁怪兽仍拖着浓烟向他们冲来，直冲到距他们 20 米左右才在车体内的一声爆炸声中停了下来，那声爆炸把它炮塔的顶盖高高地掀了上去。

紧接着，北约的坦克阵线从他们周围通过，地皮在履带沉重的撞击下微微颤抖。但这些坦克对他们俩所在的弹坑未加理会。当第一拨坦克冲过去后，中尉一把拉住卡琳娜的手，拽着她跃出弹坑，来到一辆已布满弹痕的吉普车旁。在 200 多米远处，第二道装甲攻击波正快速冲过来。

"躺下装死！"中尉说。于是卡琳娜躺到了吉普车的轮子边，闭上双眼。"睁开眼更像！"中尉又说，并在她脸上抹了一把不知谁的血。他也躺下，与卡琳娜成直角，头紧挨着卡琳娜的头，他的钢盔滚到了一边，粗硬的头发扎着卡琳娜的太阳穴。卡琳娜大睁着双眼，看着几乎被浓烟吞没的天空。

两三分钟后，一辆半履带式"布莱德雷"运兵车在距他们十几米处停下来，从车上跳下几名身穿蓝白相间雪地迷彩服的美军士兵，他们中的大部分平端着枪呈散兵线向前去了，只有一个朝这辆吉普车走来。卡琳娜看到两只沾满雪尘的伞兵靴踏到了紧靠她脸的地方，插在伞兵靴上的匕首刀柄上第 82 空降师的标志清晰可辨——一匹帕加索斯飞马。那个美国人俯身看她，他们的目光相遇了。卡琳娜尽最大努力使自己的目光呆滞无神，对着那双透出惊愕的蓝色眼睛。

"Oh，God！（噢，上帝！）"

卡琳娜听到了一声惊叹，不知是惊叹这名肩上有一颗校星的姑娘的美丽，还是她那满脸血污的惨相，也许两者都有。接着他伸手解她领口的衣扣，卡琳娜浑身起了鸡皮疙瘩，把手向腰间的手枪移动了几厘米，但这个美国人只是扯下了她脖子上的标志牌。

他们等的时间比预想的长。敌人的坦克和装甲车源源不断地从他们两旁轰鸣着通过，卡琳娜感到自己的身体在雪地上都快冻僵了。她这时竟想起了一首军旅诗歌中的两句，那首诗是她在一本记述马特洛索夫事迹的旧书上读到的："士兵躺在雪地上，就像躺在天鹅绒上一样。"她得到博士学位的那天，曾把这两句诗写到日记上。那也是一个雪夜，她站在莫斯科大学科学之宫顶层的窗前，那夜的雪也真像天鹅绒，雪雾中，首都的万家灯火时隐时现。第二天她就报名参军了。

这时，有一辆吉普车在距他们不远处停了下来，三名北约军官在车上抽着雪茄聊天。卡琳娜和中尉的周围空旷起来，他们跳上己方吉普车，中尉把车发动，沿着早已看好的路飞快驶去。他们身后响起了冲锋枪的射击声，子弹从头顶飞过，其中一颗打碎了一个后视镜。吉普车急拐进了一个燃烧着的居民点，敌人没有追过来。

"少校，你是博士，是吗？"中尉开着车问。

"你在哪儿认识的我？"

"我见过你和列夫森科元帅的儿子在一起。"

沉默了一会儿，中尉又说："现在，他的儿子可是世界上离战争最远的人了。"

"你这话什么意思，你要知道……"

"没什么意思，说说而已。"中尉淡淡地说。他们的心思都不在这个话题上，他们都在想着还抱有的那一线希望。

但愿整个战线只有这一处被突破。

1 月 5 日，近日轨道，"万年风雪"号

米沙感到了一个人独居一座城市的孤独。

“万年风雪”号太空组合体确实有一座小城市那么大，它的体积相当于两艘巨型航空母舰，能容纳 5000 人同时在太空中生活。当组合体处于旋转重力状态时，里面甚至有一个游泳池和一条小河流，这在当今的太空工作环境中，可以说是绝无仅有的奢侈。但事实是，“万年风雪”号是自“和平”号以来俄罗斯航天界一贯的节俭思维的结果。它的设计思想是：在一个构造中组合太阳系内太空探索的所有功能，这样虽一次性投资巨大，但从长远看还是十分经济的。“万年风雪”号被西方戏称为“太空的瑞士军刀”，它可作为空间站在地球各个高度的轨道上运行，也可以方便地移动到绕月球轨道或做行星际探索飞行。“万年风雪”号已去过金星和火星，还探测过小行星带。以它那巨大的体积，等于把一个研究院搬到了太空中。就太空科学研究而言，它比西方那些数量众多但小巧玲珑的飞船具有更大的优势。

当“万年风雪”号准备开始前往木星为期 3 年的航行时，战争爆发了。它上面的 100 多名乘员几乎全都返回了地面，他们大部分是空军军官，只留下了米沙一个人。这时，“万年风雪”号暴露出它的一个缺陷：在军事上，它目标太大且没有任何防御能力。没有预见到后来太空军事化的进程，是设计者的一个失误。战争爆发后，“万年风雪”号只能进行躲避飞行。去外太空是不行的。在木星轨道之内，有大量的北约无人航行器，它们体积都不大，武装或非武装，每一个对“万年风雪”号都是致命的威胁。于是，它只有航向近日空间。“万年风雪”号引以为傲的主动制冷式热屏蔽系统，使它可以比目前人类的任何太空航行器都更接近太阳。现在“万年风雪”号已到达水星轨道，距太阳 5000 万千米，距地球 1 亿千米。

虽然“万年风雪”号上的大部分舱室已经关闭，但留给米沙的空间仍大得惊人。透过广阔的透明穹顶，比从地球上看去大三倍的太阳在照耀着，可以清楚地看到太阳表面的耀斑和紫色日冕中奇丽的日珥，有时甚至还可以看到光球表面因对流而产生的米粒组织。这里的宁静是虚假的，外面，太阳抛出的粒子流和射电波的狂风巨浪在呼啸，“万年风雪”号就是这动荡海洋中漂浮的一粒小小的种子。

一束如游丝般的电波把米沙同地球连接起来，也把那遥远世界的忧虑带给了他。他刚刚得知，莫斯科近郊的控制中心已被巡航导弹摧毁，对“万年风雪”号的控制转由设在古比雪夫的第二控制中心执行。他每隔 5 个小时接收一份从地球传来的战争新闻，每到这时，他就想起了父亲。

1 月 5 日，俄罗斯军队总参谋部

米哈伊尔·谢米扬诺维奇·列夫森科元帅觉得自己面对着一堵墙，他面前实际上是一幅平放的莫斯科战区全息战场地图。而以前当他面对挂在墙上的宽大的纸制地图时，却能看到广阔而深邃的空间。不管怎样，他还是喜欢传统的地图。记不清有多少次，要找的位置在地图的最下方，他和参谋们只好趴在地上看，现在想起来，他不禁微微一笑。他又想起多次演习前，在野战帐篷中用透明胶带把刚发下来的作战地图拼贴起来，他总贴不好，倒是第一次随他看演习的儿子一上手就比他贴得好……发现自己又想起儿子，他警觉地打住了思绪。

作战室中只有他和西部集群司令两人，后者一根接一根地抽着烟，他们凝神盯着全息地图上方变幻的烟团，仿佛那就是严峻的战局。

西部集群司令说：“北约在斯摩棱斯克一线的兵力已达 75 个师，攻击正面有 100 千米宽，已多处突破。”

“东线呢？”列夫森科元帅问。

“第 11 集团军的大部也倒向右翼，这您是知道的。右翼军队的兵力已达

24 个师，但他们对雅罗斯拉夫尔的攻击仍然是试探性的。”

地面的一次爆炸把微微的震动传了下来，作战室里充满了随着顶板上的挂灯晃动而轻轻摇晃的影子。

“现在，已有人谈论退守莫斯科，凭借城市外围建筑和工事进行巷战了，像 70 多年前一样。”

“胡说八道！我们一旦从西线收缩，北约就可能从北部迂回，在加里宁同右翼军队会合，莫斯科将不战自乱。下一步作战方针，第一是反击，第二是反击，第三还是反击。”

西部集群司令叹了一口气，无言地看着地图。

列夫森科元帅接着说：“我知道西线力量不够，准备从东线抽调一个集团军加强西线。”

“什么？现在雅罗斯拉夫尔的防守已经很难了。”

列夫森科元帅笑了笑：“现在相当多的指挥官只从军事角度考虑问题，严峻的形势让我们钻进去出不来了。从目前的态势看，你认为右翼军队没有力量攻下雅罗斯拉夫尔吗？”

“我认为不是，像第 14 集团军这样的精锐部队，集中了如此密集的装甲和低空攻击力量，在没有遭受太大损失的情况下，一天的推进还不到 15 千米，显然是有意放慢的。”

“这就对了。他们在观望，在观望西线战局！如果我们在西线夺回战场主动权，他们就会继续观望下去，甚至有可能在东线单方面停火。”

西部集群司令把刚拿出的一根烟夹在手上，忘了点火。

“东线的几个集团军的叛变确实是在我们背后捅了一刀，但一些指挥官在心理上把这当作借口，使我们的作战方针趋向消极。这种心态必须转变！当然，应当承认，要从根本上扭转战局，莫斯科战区的力量不够，我们的最终希望寄托在增援的高加索集群和乌拉尔集群上。”

“较近的高加索集群要完成集结并进入出击位置，最少也需要一周。考虑到争夺制空权的因素，时间可能还要更长。”

1月5日，莫斯科

卡琳娜和中尉的吉普车开进城时已是下午3点多，空袭警报刚刚响过，街上空荡荡的。

中尉长叹一口气说：“少校，我真想念我那辆T-90啊！4年前从装甲学院毕业的时候，也正是我失恋的时候，可刚到部队的我一看到那辆坦克，心情一下子由阴转晴了。我摸着它的装甲，光溜溜、温乎乎的，像摸着女孩子的手。嘿，女孩子算什么，这才是男人真正的伴侣！可今天早上，它中了一颗‘西北风’。唉，可能现在火还没灭呢……”

这时，城市西北方向传来密集的爆炸声。这是现代空袭中很少见的野蛮的地毯式轰炸。

中尉仍沉浸在早上的战斗中：“唉，不到30秒钟，整整一个坦克营就完了。”

“敌人的伤亡也很大，”卡琳娜说，“我注意观察了战果，双方被击毁的装甲的数量相差并不大。”

“敌我双方坦克的对毁率大约是1∶1.2吧，直升机差一些，但也不会超过1∶1.4。”

“要是这样的话，战场的主动权应该在我们一边，我们在数量上占很大优势，仗怎么会打成这样呢？”

中尉扭头看了卡琳娜一眼：“你是搞电子战的，还不明白为什么？你们的那套玩意儿，什么第五代C3I，什么三维战场显示，还有动态态势模拟、攻击方案优化之类的，在演习中很像回事，可一到实战中，我面前的液晶屏上显示最多的就两句——COMMUNICATION ERROR（通信错误）和 COULD NOT LOG IN（无法登录）。就说今天早上吧，我对正面和两翼的情况全不清楚，只接到一个命令——接敌。唉……假如再投入一半的增援兵力，敌人就不会在我们的位置突破。整个战线的情况，大概都如此。”

卡琳娜知道，在刚刚过去的战斗中，双方在整个战线上投入的坦克总数可能超过 1 万辆，还有数目相当于坦克一半的武装直升机。

他们的车驶入了阿尔巴特街，昔日的步行街现在空空荡荡，古玩店和艺术品商店的门前堆着做工事的沙袋。

“我的那辆钢铁情人不亏本儿，”中尉仍沉浸在早上的战斗中不可自拔，“我肯定打中了一辆‘挑战者’，但我最想打中的是一辆‘艾布拉姆斯’，知道吗？一辆‘艾布拉姆斯’……”

这时，卡琳娜指着一家古玩店的门口：“那儿，我爷爷就死在那儿。”

“可这儿好像没有遭到空袭。”

“我说的是 20 年前的事了，那时我才 4 岁。那个冬天真冷啊。暖气停了，房间里结了冰，我只好抱着电视机取暖，听着总统在我怀中向俄罗斯人许诺一个温暖的冬天。我哭着喊冷，喊饿，爷爷默默地看着我，终于下了决心，拿出他珍藏的勋章，带着我走了出去，来到这里。那时这儿是自由市场，从伏特加到政治观点，人们什么都卖。一个美国人看上了爷爷的勋章，但只肯出 40 美元。他说，红旗勋章和红星勋章都不值钱，但如果有赫梅利尼茨基勋章，他肯出 100 美元；光荣勋章，150 美元；纳希莫夫勋章，200 美元；乌沙科夫勋章，250 美元。最值钱的胜利勋章爷爷当然不可能有，那只授给元帅，但苏沃洛夫勋章也值钱，他可以出 450 美元……爷爷默默地走开了。我们沿着寒风中的阿尔巴特街走啊走，后来爷爷走不动了，天也快黑了，他无力地坐到那家古玩店的台阶上，让我先回家。第二天，人们发现他冻死在那里，一只手伸进怀中，握着他用鲜血换来的勋章，睁大双眼看着这个他在70多年前从古德里安的坦克群下拯救的城市……”

1月5日，俄罗斯军队总参谋部

一周以来，列夫森科元帅第一次走出了地下作战室，踏着厚厚的白雪散步，同时寻找着太阳。这时，太阳已在挂满雪的松林后面落下了一半。在元帅的想象中，有一个小黑点正在夕阳那橘红色的表面缓缓移动，那是“万年风雪”号。元帅的儿子就在上面，他是这个星球上离父亲最远的儿子。

这件事在国内引起了许多流言蜚语，国际上，敌人更是大肆炒作。《纽约时报》用大得吓人的黑体字登出了一个标题——“战争史上逃得最远的逃兵”，下面是米沙的照片。照片的注脚是：“在3亿俄罗斯人用鲜血淹没入侵者时，他们最高军事统帅的儿子却乘着这个国家唯一一艘巨型飞船，逃到了距战场1亿千米的地方，他目前是这个国家最安全的人了。”

但列夫森科元帅的心里很坦然。从中学到博士后，米沙周围几乎没有人知道他父亲是谁。航天控制中心做出这个决定，仅仅是因为米沙的研究专业是恒星的数学模型，“万年风雪”号这次接近太阳，对他的研究是一次难得的机会，而组合体不能完全遥控飞行，上面至少应有一个人。总指挥也是后来从西方的新闻中才得知米沙的身份的。

同时，不管列夫森科元帅是否承认，在他的内心深处，确实希望儿子远离战争。这并不仅仅出于血肉之情，列夫森科元帅总觉得自己的儿子不属于战争，是的，他是世界上最不属于战争的人了。但列夫森科元帅又知道自己这想法有问题：谁是属于战争的？

况且，米沙就属于恒星吗？他喜欢恒星，把全部生命都投入对它的研究。

但米沙自身却是恒星的反面，他更像冥王星，像那颗寂静、寒冷的矮行星，孤独地运行在尘世之光照不到的遥远空间。米沙的性格，加上他那白皙清秀的外表，使人很容易觉得他像个女孩子。但列夫森科元帅心里清楚，儿子从本质上一点儿都不像女孩子。女孩子大都怕孤独，但米沙喜欢孤独，孤独是他的营养、他的空气。

米沙是在东德出生的，儿子的生日对元帅来说是一生中最暗淡的一天。那天傍晚，还是少校的他，在西柏林蒂加尔登苏军烈士墓前，同部下一起为烈士们站 40 多年来的最后一班岗。他的前面，是一群满脸笑容的西方军官和几个牵着狼狗来换防的吊儿郎当的西德警察，还有那些高呼“红军滚出去”的光头新纳粹；他的身后，是大尉连长和士兵们含泪的眼睛。他控制不住自己，只好也让泪水模糊了这一切。天黑后，他回到了已搬空的营地。在这回国前的最后一夜，他得知米沙出生了，但妻子因难产而死……回国后日子也很艰难，同从欧洲撤回的 40 万军人和 12 万文职人员一样，他没有住房，同米沙住在一间冬冷夏热的临时铁皮屋里。他昔日的同志为了生活什么都干，有的向黑社会出售武器，有的到夜总会跳脱衣舞。但他一直像军人一样正直地生活着，米沙也在艰辛中默默地长大。和别的孩子不同，米沙似乎天生就会忍受，因为他有自己的世界。

早在上小学的时候，米沙每天都在自己的小房间里静悄悄地一人度过整个晚上。开始，列夫森科元帅以为他在看书，但有一次他无意中发现，儿子是站在窗前一动不动地看着星星。

“爸爸，我喜欢星星，我要看一辈子星星。”他这样对父亲说。

11 岁生日那天，米沙向父亲提出了迄今为止唯一的一个要求：想要一架天文望远镜。这之前，他一直用列夫森科元帅的军用望远镜观察星星。后来，那架天文望远镜就成了米沙唯一的伴侣，他在阳台上看星星可以一直看到东方发白。有时他们父子俩一起在阳台上看星星，列夫森科元帅总是把望远镜对准夜空中看起来最亮的一颗星，但儿子不以为然地摇摇头：“那颗没意思，爸爸。那是金星，金星是行星，我只喜欢恒星。”

其他男孩子喜欢的东西，米沙一点儿兴趣都没有。隔壁空降兵参谋长家的那个小胖子，偷拿父亲的手枪玩，结果走火把大腿打穿了；参谋部将军们的那些男孩子，如果能让爸爸领着到部队的靶场上打一次枪，就算是得到最高的奖赏了。但男孩子对武器这种天生的依恋，在米沙身上丝毫没有出现，从这点上来说，他确实不像男孩子。列夫森科元帅对此很不安，他几乎无法容忍自己的儿子对武器无动于衷，以至于后来做了一件至今想起来仍让他很不好意思的事：有一次，他把自己的那支马卡洛夫式手枪悄悄放到儿子的书桌上。放学回来后不久，米沙就拿着枪从他的小房间中出来，他拿枪像女人那样，小心地握着枪管，把枪轻轻地放到父亲面前，淡淡地说：“爸，以后别把这东西乱放。”

在对待米沙的前途问题上，列夫森科元帅是一个开明的人。他不像自己周围的那些将军们，一心想让儿子甚至女儿延续自己的军旅生涯，但米沙离父亲的事业确实太遥远。

列夫森科元帅不是一个脾气暴躁的人，但作为全军统帅，他不止一次在上万名官兵面前斥责一位将军。但对米沙，他却从来没有发过火。这固然因为米沙一直默默地沿着自己的轨道成长，很少让父亲操心，更重要的是，米沙身上似乎生来就有一种非同寻常的超脱气质，这气质有时甚至让列夫森科元帅感到有些敬畏。就如同他在花盆中随意埋下一颗种子，却长出了绝世珍稀的植物。他敬畏地看着这植物一天天成长，小心地呵护着它，等着它开花。他的期望没有落空，儿子现在已成为世界上最出色的天体物理学家了。

这时，太阳已在松林后面完全落下去，地上的雪由白色变成了浅蓝色。列夫森科元帅收回了思绪，回到地下作战室。开作战会的人都到齐了，包括西部集群和高加索集群的主要指挥官。

另外，还有更多的电子战指挥官，他们从少将到上尉都有，大部分是刚从前线回来的。作战室里正在进行着一场激烈的争论，争论的双方是西部集群的陆战部队和电子战部队的军官们。

“我们正确判明了敌人主攻方向的转变，”塔曼摩步师的费列托夫师长说，“我们的装甲力量和陆航低空攻击力量的机动性也并不差，但通信系统被干扰得一塌糊涂，C3I 指挥系统几乎瘫痪！集团军中的电子战单位，级别从营升到了团，从团又升到了师，这两年在这上面的资金投入比常规装备的投入都多，就这么个结果？”

负责指挥战区电子战的一位中将看了身边的卡琳娜一眼，同其他刚从前线归来的军官一样，她的迷彩服上满是污迹和焦痕，脸上还残留着血迹。中将说：“卡琳娜少校在电子战研究方面很有造诣，同时也是总参谋派往前线的电子战观察员，她的看法可能更有说服力一些。”像卡琳娜这样的年轻博士军官大多心直口快，无所顾忌，往往被人当枪使，这次也不例外。

卡琳娜站起来说：“大校，话不能这么说！比起北约，我们这些年对 C3I 的投入微不足道。”

“那电子反制呢？”师长问，“敌人能干扰我们，你们就不能干扰他们？我们的 C3I 瘫痪了，北约的却转得很好，像上了润滑油似的，今天早上我对面的陆战一师能那么快速地转变攻击方向就是证明。”

卡琳娜苦笑了一下，说：“提起对敌干扰，费列托夫大校不要忘了，就是在你们师的阵地上，你的人用枪顶着操作员的脑袋，逼停了集团军电子对抗部队的干扰机！”

“怎么回事？”列夫森科元帅问。这时人们才发现他进来了，纷纷起身敬礼。

“是这样，”师长对元帅解释说，“对我们的通信指挥系统来说，他们的干扰比北约的更厉害。在北约的干扰中，我们还能维持一定的无线通信，可他们的干扰机一开，就把我们全盖住了。”

卡琳娜说：“可同时敌人也全被盖住了。这是我军目前实施电子反制唯一可选择的战略。北约目前在战场通信中，已广泛采用诸如跳频、直接序列扩频、零可控自适应天线、猝发、单频转发和频率捷变等技术，我们用频率瞄准方式进行干扰根本不起作用，只能采用全频带段阻塞式干扰。”

第 5 集团军的一位上校质问：“少校，北约采用的可全是频率瞄准式干扰，频带还相当窄，而我们的 C3I 系统也普遍采用了你提到的那些通信技术，为什么他们对我们的干扰那样有效呢？”

“原因很简单，我们的 C3I 系统是建立在什么样的软硬件平台上？UNIX、LINUX，甚至 WINDOWS2010，CPU 是 INTEL 和 AMD！这是用人家养的狗给自己看门！在这种情况下，敌人可以很快掌握诸如跳频规律之类的电子战情报，同时用更多更有效的纯软件攻击，加强其干扰效果。总参谋部曾经大力推广过国产操作系统，但到了下面阻力重重，你们集团军就是一个最顽固的堡垒……”

“好了，你们所说的问题和矛盾正是今天会议要解决的。开会！”列夫森科元帅打断了这场争论。

当大家在电子沙盘前坐好后，列夫森科元帅叫过来一位少校参谋，这个身材细高的年轻人双眼眯缝着，好像不适应作战室里的光线。“介绍一下，这位是邦达连科少校，他的最大特点就是高度近视。他的眼镜与众不同，别人的眼镜镜片在镜框里面，他的镜片在镜框外面，哈，就像茶杯底那么厚啊！但我们现在看不到它了，早上少校的吉普车遇到空袭时给砸了，好像隐形眼镜也弄丢了。”

“报告首长，那是 5 天前在明斯克弄丢的，我的眼睛是在半年内变成这样的。这变化早点儿的话，我进不了伏龙芝军事学院。”少校立正说。

虽然谁也不知道列夫森科元帅为什么介绍这位少校，人群中还是响起了几声低低的笑声。

“战争爆发以来的事实说明，虽然有白俄罗斯战场的失利，但在空中和陆上常规武器方面，我们并不比敌人差多少，而在电子战方面，我们的差距之大出乎意料。造成这样的局面有很深远的历史原因，这不是我们今天要讨论的。我们要明确的是以下内容：目前，电子战是我军夺回战争主动权的关键！我们首先必须承认敌人在电子战方面的优势，甚至是压倒性优势。然后我们必须以我军现有的电子战软硬件条件为基础，制定出一套行之有效的战略战术。这套战略战术的目的，是要在短时间内，使我军和北约在电子战方面形成某种力量上的平衡。也许大家认为这不可能：我军 20 世纪末以来的战争理论，主要是基于局部有限战争的，对目前在军事上如此强大的敌人的全面进攻，确实研究得不够。在这样严峻的形势下，我们必须形成一种全新的思维方式。下面我要介绍的统帅部新的电子战战略，就可以看作这种思维的结果。”

灯灭了，计算机屏幕和电子沙盘都关闭了，重重的防辐射门也紧紧关闭了，作战室淹没于伸手不见五指的黑暗之中。

“是我让关的灯。”黑暗中传来列夫森科元帅的声音。

时间在黑暗和沉默中慢慢流逝，这样过了有一分钟。

“大家现在有什么感觉？”列夫森科元帅问。

没有人问答。浓重的黑暗使军官们仿佛沉没在夜之海的海底，他们觉得呼吸都有些困难。

“安德烈将军，你说说看。”

“这几天在战场上的感觉。”第 5 集团军军长说。黑暗中又响起了一阵低低的笑声。

“其他人呢？大概都与他有同感吧？”列夫森科元帅说。

“当然。您想想，耳机里除了沙沙声什么也没有，屏幕上一片空白，对作战命令和周围的战场态势一无所知，可不就是这种感觉嘛！这黑暗，压得人喘不过气来啊！”

“但并非所有人都是这种感觉。邦达连科少校，你呢？”列夫森科元帅问。

邦达连科少校的声音从作战室的一角传来：“我的感觉不像他们这么糟糕，在亮着灯的时候，我看周围也是模模糊糊的。”

“你甚至还有一种优越感吧？”列夫森科元帅问。

“是的，元帅，您可能听说过，在那次纽约大停电时，是一些瞎子带领人们走出摩天大楼的。”

“但安德烈将军的感觉也是可以理解的。他有一双鹰眼，还是个神枪手，喝酒时常用手枪在十几米外开酒瓶盖。想想他和邦达连科少校在这里用手枪决斗，可是一件很有意思的事。”

黑暗中的作战室又陷入了沉默，指挥官们都在思考。

灯亮了，人们都眯起了双眼，与其说是不能适应突然出现的亮光，不如说是对元帅刚刚暗示的思想感到震惊。

列夫森科元帅站起来说：“我想，刚才我已把我军下一步的电子战新战略表达清楚了：全频带大功率的阻塞干扰，在电磁通信上，制造一个双方‘共享’的全黑暗战场！”

“这样将使我军的战场指挥系统全面瘫痪！”有人惊恐地说。

“北约也一样！瞎，大家一起瞎，聋，大家一起聋，在这样的条件下同敌人达到电子战的力量平衡。这就是新战略的核心思想。”

“那总不至于让我们用通信员骑摩托车去传达作战命令吧？”

“要是路不好，他们还得骑马。”列夫森科元帅说，“我们粗略估计了一下，这样的全频带阻塞干扰，至少可覆盖北约 70% 的战场通信系统，意味着他们的 C3I 系统将全面瘫痪。同时，还可使敌人 50% 至 60% 的远程打击武器失去作用，尤其是‘战斧’巡航导弹：现在这种导弹的制导系统同 20 世纪相比有了很大的改变，那时的‘战斧’主要使用地形匹配和小型测高雷达来导航，现在这种导航方式只用作末端制导，而其射程的大部分依靠全球卫星定位系统。通用动力公司和麦克唐纳·道格拉斯公司认为，他们所做的这种改进是一大进步。美国人太相信来自太空中的导航电波了，但 GPS 系统的电波传输一旦被干扰，‘战斧’就成了瞎子。这种对 GPS 的依赖在北约大部分远程打击武器中都存在。在我们所设想的战场电磁条件出现时，敌人就会被迫同我们打常规战，咱们的优势就会充分发挥出来。”

“我还是心里没底，”被从东线调往西线的第 12 集团军军长忧心忡忡地说，“在这样的战场通信条件下，我甚至怀疑我的集团军能不能从东线顺利地调到西线。”

“你肯定能的！”列夫森科元帅说，“这段距离，对库图佐夫来说都很短，我不信今天的俄罗斯军队离了无线电就走不过去了！被现代化装备惯坏的应该是美国人，而不是我们！我知道，当整个战场都处于电磁黑暗中时，你们心中肯定感到恐惧，但要记住，敌人比你们恐惧 10 倍！”

看着卡琳娜的身影混在穿迷彩服的军官中，消失在作战室的出口时，列夫森科元帅的心悬了起来。她将重返前线，而她所在的电子战部队将是敌人火力打击最集中的地方。昨天，在同 1 亿千米远的儿子那来回延时达 5 分钟的通话中，列夫森科元帅曾告诉他卡琳娜很好，但在今早的战斗中，她就险些回不来了。

米沙和卡琳娜是在一次演习中认识的。

那天，列夫森科元帅和儿子一起吃晚饭。同往常一样，他们默默地吃着，米沙早逝的母亲在远处的镜框中默默地看着他们。米沙突然说：“爸爸，我想起明天就是您 51 岁的生日了，我应该送您一件生日礼物。我是看见那架天文望远镜才想起来的，那件礼物真好。”

“送我几天时间吧。”

儿子抬头静静地看着父亲。

“你有你的事业，我很高兴。但做父亲的想让儿子了解自己的事业，这总不算过分吧！明天你和我一起去看军事演习怎么样？”

米沙笑着点点头，他很少笑的。

这是21世纪国内规模最大的一场演习。米沙对公路上那滚滚而过的钢铁洪流没什么兴趣，一下直升机，他就钻进野战帐篷，用透明胶带替父亲粘贴刚发下来的作战地图。在第二天演习的整个过程中，米沙也没表现出丝毫的兴趣。这早在列夫森科元帅的预料之中，但有一件事使他感到莫大的安慰。

上午进行的演习项目是装甲师进攻高地，米沙同一群地方官员一起坐在观摩台的北侧。这次观摩台的位置虽在安全距离上，但应那些猎奇的地方官员的要求，比过去大大靠前了。图-22轰炸机群掠过高地上空，重磅航空炸弹雨点般地落下，使那座山头变成一个喷发的火山口。这时，那群地方官员才明白真实战场同电影里的区别，在那地动山摇的巨响中，他们全都用双臂抱住脑袋伏在桌子上，有几位女士甚至尖叫着往桌子下钻。但列夫森科元帅看到，只有米沙一个人直直地坐着，仍是那副冷漠的表情，静静地无动于衷地看着那座可怕的火山，任爆炸的火光在他的墨镜中狂闪。一股暖流冲击着列夫森科元帅的心田：儿子，你的身上到底流着军人的血啊！

这天晚上，父子俩在白天的演习现场散步。远处，各种装甲车辆的前灯如繁星撒满山谷和平原，空气中还残留着淡淡的硝烟味。

“这场演习要花多少钱？”米沙问。

“直接费用大约3亿卢布。”

米沙叹了口气：“我们的课题组想搞第三代恒星演化模型，申请了35万的经费都批不下来。”

列夫森科元帅把他早就想对儿子说的话说了出来：“我们两个的世界相差

太远了，你的恒星，最近的也有 4 光年吧，它同地球上的军队与战争毫不相干。我对你的事业知之不多，但很为之感到骄傲。作为军人，我们是最想让儿子了解自己事业的人，哪一个父亲不把对儿子讲述自己的戎马生涯当作最大的幸福？而你对我的事业却总抱着冷漠的态度。事实上，我的事业是你的事业的基础和保障。一个国家，如果没有足够数量和质量的武装力量保障它的和平的话，像你从事的这种纯基础研究根本不可能进行。”

“爸爸，您说反了。如果人们都像我们这样，用全部的生命去探索宇宙的话，就能领略到宇宙的美和宏大。而一个对宇宙和自然的内在美有深刻感觉的人，是不会去发动战争的。”

“你这种想法真是太幼稚了，如果战争是因为人们缺乏美感造成的，那和平可真是太容易了！”

“您以为让人类感受这种美就那么容易吗？”米沙指指夜空中灿烂的星海，“您看这些恒星，人们都知道它们是美的，但有多少人能够真正体会到这种美的最深层呢？这无数的天体，它们从星云到黑洞的演化是那么壮丽，它们喷发的能量是那么巨大！但您知道吗？只用数目不多的几个优美的方程式就能精确地描述这一切，用这些方程式建立的数学模型就能极其精确地预言恒星的一切行为。甚至我们对自己星球上的大气层建立的数学模型，精确度都要比它低几个数量级。”

列夫森科元帅点点头：“这是可能的，据说人类对月球的了解比对地球海底的了解还要多。但你所说的对宇宙和自然深层次美的感受还是阻止不了战争，没有人比爱因斯坦更能感受这种美了，原子弹不还是在他的建议下造出来的吗？”

“爱因斯坦在他的后期研究中没什么建树，很大程度上是由于他过多地介入了政治。我不会走他的老路的。但是，爸爸，到了需要的时候，我也会尽自己的责任的。”

米沙在演习区待了 5 天。列夫森科元帅不知儿子是什么时候认识卡琳娜的，第一次看到他们在一起的时候，他们已经谈得很融洽了。他们谈恒星，而卡琳娜对此知道得很多。看着还是一个天真烂漫的女孩儿的卡琳娜，因为拥有博士学位，早早就扛上了一颗校星，列夫森科元帅的心里多少有些别扭。不过除此之外，他对卡琳娜的印象还是很好的。第二次见到米沙和卡琳娜在一起时，列夫森科元帅看到他们的关系已更加亲密。他们谈话的内容让他很意外：他们在谈电子战。当时，他们俩在距列夫森科元帅的吉普车不远的一辆坦克边，由于谈话内容，他们并没有避开别人的意思。

列夫森科元帅听到米沙说："你们现在只关注于一些纯软件的、高层次的东西，比如 C3I、病毒攻击、数字战场等，可你想过没有，你们可能握着一把木头做的剑。"看着卡琳娜惊奇的目光，米沙继续说："你想过这些东西的基础吗，也就是位于网络七层协议最下面的物理层？对于民用网络，可以使用像光纤和定向激光这样一些东西作为通信媒介；但对用于战场的 C3I 系统，它的各个终端是快速移动且位置不定的，所以只能主要依赖电磁波进行信息联结，而电磁波这东西，你知道，在干扰下就像薄冰一样脆弱……"

列夫森科元帅十分吃惊，他从未与儿子交流过这些，米沙更不可能偷看他的机密文件，但米沙却把自己在电子战上多年来形成的思想简明准确地表达出来了！米沙的这番话对卡琳娜的影响更大，居然使她偏离了自己的研究方向，研制出了一种代号为"洪水"的电磁干扰装置。"洪水"的大小可以装入一辆装甲车，它能同时发出 3kHz 到 30GHz 的强烈电磁干扰波，覆盖了除毫米波之外的所有电磁通信波段。这种武器在西伯利亚某基地进行的第一次试验中就给军队惹了一屁股官司："洪水"使附近那座城市的电磁波通信全部中断，手机不通了，传呼机不响了，电视机和收音机都收不到信号。对银行和股市的影响更是灾难性的，地方上把造成的损失说成了天文数字。"洪水"的灵感来自一种电磁炸弹，这种武器是通过高爆炸药在一次性线圈中产生强烈的电磁脉冲。所以，“洪水”工作起来如同火箭发动机一样，产生的音响能震破附近的玻璃窗，这决定了它只能遥控操作，而距它两三千米处的操作人员还得穿上防微波辐射的防护服。“洪水”在总装备部和总参谋部的电子战指挥机构中引起了很大的争论，很多人认为它没什么实战价值，在有限战场上使用它，就如同在巷战中使用核武器，对敌我的杀伤力都一样大。但在列夫森科元帅的坚持下，“洪水”还是批量生产了 200 多台。现在，在统帅部新的电子战战略中，它将担当主要角色。

儿子爱上了一个军中的姑娘，列夫森科元帅深感意外。他的结论是，米沙对卡琳娜的感情同她的职业无关。后来，米沙带卡琳娜到家里来过几次，第一次卡琳娜穿着一件亮丽的连衣裙，走时列夫森科元帅听到米沙对卡琳娜说：“下次穿军装来。”这使列夫森科元帅否定了自己先前的结论，他现在知道，米沙爱上了卡琳娜，与她是一名少校军官并非一点儿关系也没有。与演习第一天上午感到的别扭不同，他现在也觉得卡琳娜肩上的那颗校星无比美丽了。

1 月 6 日，莫斯科战区

强烈的电磁波在战区上空很快聚集，最后形成了巨大的电磁台风。据战后人们回忆：当时在远离前线的山村里，人们看到动物骚动不安；在灯火管制的城市中，人们能看到电视天线上感应出的微小火花……

从东线调往西线的第 12 集团军的一个装甲团正在急速行军，团长站在停靠在路边的吉普车旁，满意地看着漫天雪尘中急速行进的部队。敌人的空袭远没有预料的那么强，所以部队可以在白天赶路了。这时，三枚“战斧”导弹低低地从他们头顶掠过，冲压发动机低沉的嗡嗡声清晰可闻。不一会儿，远处响起了三声爆炸声。团长身边的通信员拿着只听得到沙沙声的耳机无事可做，转头看看爆炸的方向，然后惊叫起来让团长看。团长让通信员不要大惊小怪，但旁边的一位少校营长也让他看，他就看了，然后困惑地摇了摇头。“战斧”不是每枚都能命中目标，但像这样三枚相距上千米落到空无一物的田野上，真是少见。

两架苏-27孤独地飞行在战区5000米上空。他们本来属于一支歼击机中队，但这支中队刚刚在海上同一支北约的F-22中队发生了遭遇战，在空中混战中，他们和中队失散了。在以前，重新会合是轻而易举的事，但现在无线电联络不通了，原来对于高速歼击机来说很狭小的空域，现在变得如宇宙一般广阔，要想会合，如同大海捞针。这对长僚机只能紧贴着飞行，距离之近像在飞特技，只有这样，他们才能听到对方的无线电呼叫声。

“左上方发现可疑目标，方位220，仰角30！”僚机报告。长机飞行员沿那个方位看去，冬日雪后的晴空一碧如洗，能见度极好，两架飞机向斜上方靠近目标观察。那个目标与他们同一方向飞行，但速度慢了许多，所以他们很快便追上了它。

当他们看清目标后，觉得像白天见了鬼。那是一架北约的E-4A预警机，是歼击机最不可能遇到的敌方飞机，就像一个人不可能看到自己的后脑勺一样。E-4A预警机上的雷达监视面积可达100万平方千米，环视一圈只需5秒钟，它能发现远离防区2000千米处的目标，可以提供40分钟以上的预警时间。它能发现1000至2000千米范围里的800至1000个电磁信号，每次扫描可询问和识别2000个海陆空各类目标。预警机从不需护航，它强有力的千里眼可使自己远远地避开歼击机的威胁，所以长机飞行员理所当然地认为这可能是一个圈套。他和僚机向四周的空域仔细搜索了一遍，明净寒冷的空中看不到任何东西，长机决定冒一次险。

“雷球，雷球，我将发起攻击，你向 317 方位警戒，但注意不要超出目视距离！”

看着僚机向着他认为最可能有埋伏的方位飞去后，他打开加力，猛拉操纵杆，苏-27 拖着加速产生的黑烟，如一条仰起头的眼镜蛇向斜上方的预警机扑去。这时，E-4A 也发现了向自己逼近的威胁，急忙向东南方向做逃脱的机动飞行，干扰热寻导弹的镁热弹不断地从机尾蹦出，那一串小小的光球仿佛是它那被吓出壳的灵魂。一架预警机在歼击机面前就如同一辆自行车在摩托车面前一样，是无法逃脱的。这时长机飞行员才感到，他刚才给僚机的命令是多么自私。他在 E-4A 的后上方远远跟着它，欣赏着到手的猎物。E-4A 背上蓝白相间的雷达天线罩线条优美，像一件可人的圣诞玩具；它那粗大的白色机身，如同摆在盘子里的一只肥美的烤鸭，令人垂涎欲滴，又不忍下刀叉。但直觉使他不敢拖延，他首先用 20 毫米口径机炮做了一个点射，击碎了雷达天线罩。他看到，西屋公司制造的 AN/PY-3 型雷达的天线碎片飞散在空中，如同圣诞节银色的纸花；接着，他用机炮切断了 E-4A 的一个机翼；射速达每分钟 6000 发的双管机炮射出的死亡之鞭，将已经翻滚下坠的 E-4A 拦腰切过，把它击成了两截。苏-27 盘旋着跟随两块坠落的机体，飞行员看到人员和设备不停地从机舱中掉出来，就像从盒中掉出的糖果一样，有几朵伞花在空中绽开。他想起了在刚过去的空战中，一个战友被击落时的情景：一架 F-22 三次从战友的降落伞上方掠过，把伞冲翻了，他看着战友像一块石头一样渐渐消失在大地的白色背景中。他克制了这样做的冲动，同僚机会合后，双机编队以最快的速度脱离了这个空域。

他们仍觉得这可能是个圈套。

走散的飞机并不止那两架。在战线的上空，一架隶属于美国陆军骑一师的“科曼奇”漫无目的地飞着，驾驶员沃克中尉却备感兴奋。他刚从“阿帕奇”转飞“科曼奇”不久，对这种20世纪末才大量装备陆军的武装攻击直升机不太适应。他不适应“科曼奇”那没有脚踏的操纵系统，觉得它的双目头盔瞄准镜还不如“阿帕奇”的单目镜让人舒服，但他最不适应的还是坐在前面的攻击指挥员哈尼上尉。他们第一次见面时，哈尼说：“中尉，你要清楚自己的位置，我是这架直升机的大脑，而你只是它的电子和机械部件的一部分，你要尽一个部件的责任！”沃克最讨厌作为一个部件而存在。记得一位年近百岁的参加过“二战”的前海军飞行员参观他们的基地时，看了看“科曼奇”的座舱后，摇摇头说：“唉，孩子们，我当年那架野马式，座舱里的仪表还不如现在微波炉上的多，我最好的仪表是它！”他拍了拍沃克的屁股，“我们两代飞行员的区别，就是空中骑士和计算机操作员的区别。”沃克想当空中骑士，现在机会来了。在俄罗斯人那近乎变态的疯狂干扰下，这架直升机上的“作战任务设备一体化系统”“目标探测系统”“辅助目标探查分类系统”“真实视觉场面发生器”，还有“资料突发系统”，全休克了！只剩下那两台1200马力（1马力约合735瓦）的T800型引擎还在忠实地转动着。哈尼平时就是凭借那些电子玩意儿活着的，现在他那张喋喋不休的臭嘴也随着这些东西的休克沉默下来。这时，内部送话系统传来哈尼的话音：

“注意，发现目标，好像在左前方，好像在那个小山包旁边，好像有一支装甲部队，好像是敌人的，你……看着办吧。”

沃克差点儿笑出声来。哈，这小子，听他以前是怎么指挥的：“发现目标，方位133，90式坦克17辆，89式运兵车21辆，向391方位以平均时速43.5千米运动，平均间隔31.4米，按AJ041号优化攻击方案，从179方位以37度倾角进入……”现在呢，“好像”有装甲部队，“好像”在“山包旁边”。这还用你说？我早看见了！还让我看着办。哈尼，你是废物了！现在是我的天下，我要用屁股当仪表做一个骑士了！这架“科曼奇”在我的手中将不辜负它那英勇的印第安部落的名字。

“科曼奇”向着那显而易见的目标冲去，把机上的62枚27.5英寸[①]口径的“蜂巢”火箭全部发射出去。沃克陶醉地看着那群拖着火尾的“小蜜蜂”欢快地飞向目标，把敌人的车队淹没于一片火海之中。但当他迂回飞行观察战果时却发现事情不对，地面上敌人的士兵没有隐蔽，而是全部站在雪地上冲他指点着，像是在破口大骂；沃克飞近一些，清楚地看到了一辆被击毁的装甲车上的标志，那是个三环同心圆，中间是蓝色，然后是一个白圈儿和一个红圈儿。沃克眼前一黑，顿时感到世界变成了地狱，不禁破口大骂起来：“你眼瞎了？”

但他还是聪明地远远飞开，以防那些暴怒的法国人还击。“你个家伙，你现在大概在想到军事法庭上怎样把责任推给我吧。你推不掉的，你是负责目标甄别的，你要明白这一点！”

“也许……我们还有机会补救，”哈尼怯生生地说，“我又发现了一支部队，就在对面……”

“去你的吧！”沃克没好气地说。

“这次没错，他们正在同法国人交火！”

这下沃克又来了精神，他驾机向新目标冲去，看到对方主要是步兵，装甲力量不多，这倒证实了哈尼的判断。沃克把仅剩的四枚“地狱火”导弹发射出去，然后把加特林双管机枪的射速调到每分钟1500发并开始射击。他惬意地感受着机枪通过枪体传来的微微震动，看到地面敌人的散兵线被撒上了一层白色的“胡椒面”。但一名老练的武装直升机驾驶员的直觉告诉他有

① 英寸：英美制长度单位。1英寸＝2.54厘米。

危险，他扭头一看，只见一枚肩射导弹刚刚从左下方一名站在吉普车上的士兵肩上发射出来。沃克手忙脚乱地发射了诱饵镁热弹，又向后方做摆脱飞行，但还是晚了些，那枚导弹拖着蛛丝般的白烟击中了“科曼奇”的机头下方。沃克从爆炸带来的短暂眩晕中醒来时，发现直升机已坠落到雪地上。沃克拼命地爬出全是白烟的机舱，在雪地上抱住一棵刚被螺旋桨齐腰砍断的树，回头看见前舱中的哈尼上尉已被炸成肉酱。他又看到前方一群端着冲锋枪的士兵正在向他跑来。沃克颤抖着掏出手枪放到面前的雪地上，然后掏出俄语会话本读了起来：

“吾已方下无起，吾是战扶，日内瓦……”（“我已放下武器，我是战俘……”）

他后脑挨了一枪托，肚子上又挨了一脚。当他翻倒在雪地上时却大笑起来——他可能被揍个半死，但不会全死，因为他看到了那些士兵衣领上波兰军队的鹰形领章。

1月7日，明斯克，北约军队作战指挥中心

“把那个该死的军医叫来！”托尼·帕克上将烦躁地喊道。当那名瘦高的上校军医跑到他面前时，他恼怒地说：“怎么搞的？你折腾了两次，我的假牙还在嗡嗡响！”

“将军，这是我见过的最奇怪的事，也许是您的神经系统有问题，要不我给您打一针局部麻醉？”

这时，一位少校参谋走过来说：“将军，请把假牙给我，我有办法。”

帕克取下假牙，放到了少校递过来的纸巾上。

关于将军掉了两颗门牙，媒体的普遍说法是在波斯湾战争中他所在的坦

克被击中时造成的，只有将军自己知道这不是真的。那次是断了下颚，牙则是更早些时候掉的。那是在克拉克空军基地，当时的世界好像除火山灰外什么都没有：天是灰的，地是灰的，空气也是灰的，就连他和基地最后一批人员将要登上的那架“大力神”，机顶上也落了厚厚的一层。火山岩浆的暗红色火光在这灰色的深处时隐时现。那个菲律宾女职员还是找来了，说基地没了，她失业了，房子也压在火山灰下，这让她和肚子里的孩子怎么活啊？她拉着他求他一定带她到美国去，他告诉她这不可能，于是她脱下高跟鞋朝他脸上打，打掉了他的两颗门牙。看着灰色的海水，帕克默念：我的孩子，现在你在哪儿？你是和母亲在马尼拉的贫民窟中度日吗？你的父亲现在在某种程度上是为你而战……

修牙的少校回来了，打断了帕克的胡思乱想。帕克拿过那个纸巾上的假牙，装上感觉了几秒钟后，惊奇地看着少校：“嗯？你是怎么做到的？”

“将军，您的假牙响是因为它和电磁波产生了共振。”

帕克盯着少校，分明不相信他的话。

“将军，真是这样！也许您以前也曾暴露在强烈的电磁波下，比如在雷达的照射范围里，但那些电磁波的频率同您的假牙的固有频率不吻合。而现在，空中所有频带的电磁波都很强烈，于是导致了这种情况。我把假牙进行了一些加工，使它的共振频率提高了许多，它现在仍然共振，但您感觉不到了。”

少校离开后，帕克的目光落到了电子作战图旁的一个座钟上，钟座是骑着大象的汉尼拔塑像，上面刻着“战必胜”三个字。座钟原来摆放在白宫的蓝厅，当时总统发现他的目光总落在那玩意儿上，就亲自把在那儿放了100多年的座钟赠送给他。

“上帝保佑美国，将军，现在您就是上帝！”

帕克沉思了很久，缓缓地说：“命令全线停止进攻，用全部空中力量搜寻并摧毁俄罗斯人的干扰源。”

1月8日，俄罗斯军队总参谋部

“敌人停止进攻了，你好像并不高兴。”列夫森科元帅对刚从前线归来的西部集群司令说。

“是高兴不起来。北约的全部空中力量已集中打击我们的干扰部队，这种打击确实是很奏效的。”

“这在我们的预料之中。”列夫森科元帅平静地说，“我们的战术在开始时会使敌人手足无措，但他们总会想出应付办法的。用于阻塞式干扰的干扰机，由于其强烈的全频带发射，很容易被探测和摧毁。好在我们已争取了相当多的时间，现在全部希望都寄托在两个集群的快速集结上了。”

“情况可能比预想的要严峻。”西部集群司令说，“在我们失去电子战优势之前，可能没有给高加索集群进入出击位置留下足够的时间。”

西部集群司令走后，列夫森科元帅看着电子沙盘上的前线地形，想起了正处于敌人密集火力下的卡琳娜，由此又想起了米沙。那天，米沙回到家里，脸上青一块紫一块的。这之前他已听到传言，说他儿子是那所大学中唯一的一名反战分子，结果被学生们打了。

“我只是说不要轻言战争，我们真的不能同西方达成一种理智的和平吗？”米沙对父亲解释说。

列夫森科元帅用从未有过的严厉口吻对儿子说：“你知道自己的身份，你可以不说话，但以后绝不许出现类似的言论。”

米沙点点头。

晚上一进家门，列夫森科元帅就告诉米沙：“俄共上台了。”

米沙看了父亲一眼，淡淡地说："吃饭吧。"

再往后，西方宣布俄罗斯新政府是非法的，杜波列夫组织右翼联盟发动内战，列夫森科元帅都不需要告诉米沙了，父子俩每天晚上都像往常一样默默地吃饭。直到有一天，米沙接到航天基地的通知，收拾起行装走了。两天后，他乘航天飞机登上了在近地轨道运行的"万年风雪"号。

又过了一周，战争全面爆发了。这是一场由空前强大的敌人从意料不到的方向发起的、旨在彻底肢解俄罗斯的世界大战。

1月9日，近日轨道，"万年风雪"号掠过水星

由于"万年风雪"号的速度很快，它不可能成为水星的卫星，只能从这颗行星对着太阳的那一面高速掠过。这是人类第一次用肉眼直接对水星表面进行近距离观察。米沙看到，水星表面高达2千米的峭壁，蜿蜒数百千米，穿过布满巨大坑穴的平原。他还看到了被行星地质学家们称作"不可思议的地形"的名叫"卡洛里"的盆地，其直径至少有1300千米。它的不可思议之处在于，在水星的另一面，有一个面积相仿的盆地正对着它。人们猜测，这是一颗巨大的彗星撞击了水星，强烈的震波穿过了整个星体，在两个半球同时形成了极其相似的两个盆地。米沙还发现了许多新的令人激动的东西——水星表面有许多明亮的光斑。当他在屏幕上把那些光斑放大后，激动得屏住了呼吸。

那是水星上的水银湖泊，平均面积达上千平方千米。

米沙想象，在水星那漫长的白天，在那几百摄氏度的酷热下，站在水银湖岸边的情形。即使在狂风中，水银湖也会很平静，而水星没有大气和风，湖的表面如广阔的镜子平原，太阳和银河毫不失真地投射在上面。

“万年风雪”号掠过水星后，将继续靠近太阳，一直航行到它那由核聚变制冷装置支持的绝热层所能承受的极限距离。太阳的高温将是它最好的掩护，北约的任何太空航行器都不可能飞进这个酷热的地狱。

看看这广阔的宇宙，再想想那 1 亿千米之外的母亲星球上的战争，米沙再次哀叹人类目光的狭隘。

1 月 10 日，斯摩棱斯克前线

看着敌人渐渐靠近的散兵线，卡琳娜明白了为什么当周围的干扰点相继被摧毁后，只有她这儿幸存下来：敌人想夺取一台完整的“洪水”。

这个由三架“科曼奇”和四架“黑鹰”组成的直升机群轻而易举地发现了这台“洪水”的位置。由于“洪水”巨大的电磁发射，对它的遥控只能通过光缆进行。敌人顺着光缆的走向发现了卡琳娜所在的距“洪水”3000 米的遥控站，这是一间被废弃的孤立的小库房。

四架运载着 40 多名敌人步兵的“黑鹰”就在距库房不到 200 米处降落了。当时，遥控站中除卡琳娜外，还有一名上尉和一名上士。上士听到引擎声响，刚拉开库房的门，就被直升机上的狙击手射出的一颗子弹掀开了头盖骨。敌人随后的火力很谨慎，也很节制，显然怕伤了库房里他们想得到的设备，这使得卡琳娜和那名上尉多坚守了一段时间。

现在，在卡琳娜的左前方，上尉的冲锋枪声沉默了，这枪声是她唯一的安慰。她看到在作为掩体的树桩后面，上尉的身体一动不动，一圈殷红的鲜血正在他周围的雪地上扩散。卡琳娜处在库房前由几个沙袋堆成的简易掩体后，她的脚下散落着八个冲锋枪弹匣，滚烫的枪管在沙袋上的积雪中发出嗞嗞的声音。每当卡琳娜射击时，对面的敌人就卧倒，子弹在他们前面溅起一团团雪花，而半圆形包围圈里另一个方向的敌人则跃起快步推进一段距离。现在，卡琳娜只剩下三个弹匣了，她开始打单发，这没有经验的举动等于告诉敌人她子弹不多了，他们开始更快更大胆地推进。当卡琳娜再次换弹匣时，她听到沙袋顶上厚厚的积雪“吱”地响了一声，有什么东西从中飞快地钻了过来。她感到右肋被什么猛推了一下，没有疼痛，只有一阵很快扩散的麻木感，温热的血顺着右侧身体流下去。她坚持着，几乎是漫无目的地打完了这个弹匣。当她伸手拿起沙袋顶上最后一个弹匣时，一颗子弹打断了她的前臂，弹匣掉到雪地上，只剩下一条皮肤相连的手臂来回摆动。卡琳娜站起身，回头向库房门走去，身后的雪地上留下了一条细细的血迹。当她拉开门时，又一颗子弹穿透了她的左肩。

由瑞特·唐纳森上尉率领的美国海军陆战队“海豹”突击队的小分队谨慎地靠近库房。当唐纳森和两名陆战队员越过那名俄罗斯上士的尸体，踹开门冲进帐篷时，发现里面只有一名年轻的女军官。她坐在他们的目标——“洪水”遥控仪旁边，一只被打断的手臂无力地垂在控制台上。对着显示屏上映出的影子，她用另一只手整理着自己的头发，不断滴下的鲜血在她脚下积成了小小的血洼。她对着冲进来的美国人和那排枪口笑了一下，算是打了声招呼。唐纳森长出了一口气，但这口气却再也没有吸回去：他看到她整理头发的手从遥控仪上拿起了一个墨绿色的椭圆形东西，把它悬在半空中。唐纳森立刻认出了那是一枚气体炸弹，由于是装备武装直升机的，体积很小。那东西可由激光近炸引信引爆，在距地面半米处发生两次爆炸，第一次扩散气体炸药，第二次引爆炸药雾，他现在就是一支火箭也飞不出它的威力圈。

他朝她伸出一只手向下压着：“镇静，少校，镇静下来，不要激动！”他朝周围示意了一下，陆战队员们的枪口垂了下来，“您听我说，事情没您想的那么严重，您将得到最好的治疗，您将被送到德国最好的医院，然后，会作为第一批交换的战俘……”少校又对他笑了一下，这使他多少受到了一些鼓励，“您完全没必要采用这么野蛮的方式，这是一场文明的战争，它本来是会很顺利的，这一点在20天前越过波俄边境时我就感觉到了。当时，你们的大部分火力都被摧毁，只有零星的机枪声恰到好处地点缀着我们这场光荣而浪漫的远征。您看，一切都会很顺利的，没必要……”

“我还知道另一次更美妙的开始。”少校用纯正的英语说，她轻柔的声音如同来自天堂，能让火焰熄灭，钢铁变软，“美丽的沙滩，有棕榈树，树上挂着欢迎的横幅；到处是漂亮的姑娘，留着齐腰的长发，穿着沙沙作响的丝裤，在年轻的士兵群中移动，用红色和粉红色的花环装点着他们，羞怯地对着目瞪口呆的士兵们微笑……上尉，您知道这次登陆吗？”

唐纳森困惑地摇摇头。

“这就是1965年3月8日上午9点，在岘港，美国首批海军陆战队登上越南土地的情景，也是越战的开端。”

唐纳森觉得自己一下子掉进了冰窟窿，刚才的镇静瞬间消失了。他的呼吸急促起来，声音开始颤抖：“不，别这样，少校！您这样对待我们是不公平的！我们没有杀过多少人，杀人的是他们。”他指着窗外半空中悬停着的直升机说，“是那些飞行员，还有那些在很远的航空母舰上操作计算机指引巡航导弹的先生，但他们都是些体面的先生，他们所面对的目标都是屏幕上漂亮的彩色标记，他们按一下按钮或动一下鼠标，耐心地等一会儿，那些标记就消失了。他们都是文明的先生，他们没有恶意，真的没有恶意……您在听我说吗？”

少校笑着点点头。谁说死神是丑恶恐怖的？死神真美。

“我有一个女朋友，她在马里兰大学读博士，她像您一样美丽，真的，她还参加反战游行……”我真该听她的，唐纳森想，“您在听我说吗？您也说点儿什么吧，求求您说点儿什么……”

美丽的少校最后对敌人微笑了一次："上尉，我在尽责任。"

这时，赶来增援的俄军104摩步师的一支部队距那个"洪水"遥控站还有500米。他们首先听到了一声沉闷的爆炸，然后远远看到那间在宽阔田野中孤零零的小库房隐没于一团白雾之中；紧接着是一声比刚才响百倍的巨响，地动山摇，一团巨大的火球在库房的位置出现，火焰裹在黑色的浓烟中高高升起，化作一团高耸的蘑菇云，如同绽放在天地之间的一朵美丽的生命之花。

1月11日，俄罗斯军队总参谋部

"我知道你想要什么，别废话，要吧！"列夫森科元帅对高加索集群司令说。

"我想让前两天的战场电磁条件再持续4天。"

"你清楚，我们的战场干扰部队现在有70%已被摧毁，我现在连4个小时都无法给你了！"

"那我的集群将无法按时到达出击位置，北约的空中打击大大延迟了部队的集结速度。"

"要是那样的话，您就把一颗子弹打进自己脑袋里去吧！现在敌人已逼近莫斯科，已到了70年前古德里安到过的位置。"

在走出地下作战室的途中，高加索集群司令在心里默念：莫斯科，坚持啊！

1 月 12 日，莫斯科防线

塔曼摩步师师长费列托夫大校清楚，他们的阵地最多只能再承受一次进攻了。

敌人的空中打击和远程打击渐渐猛烈起来，而俄军的空中掩护却越来越弱了。这个师的装甲力量和武装直升机都所剩无几，最后的坚守几乎全靠血肉之躯了。

师长拖着被弹片削断的腿，拄着一支步枪走出掩体。他看到战壕挖得不深，这也难怪，现在阵地上大部分都是伤员了。但他惊奇地发现，在战壕的前面构起了一道整齐的高约半米的胸墙。师长很奇怪这胸墙是用什么材料这么快筑起的，他看到被雪覆盖的胸墙上伸出几条树枝一样的东西，走近一看，那是一只只惨白僵硬的手臂……他勃然大怒，一把抓住一位上校团长的衣领。

"可恶！谁让你们用士兵的尸体筑掩体的？"

"是我命令这样干的。"师参谋长的声音从师长身后平静地响起，"昨天晚上进入新阵地太快，这里又是一片农田，实在没有什么别的材料了。"

他们沉默相视着。参谋长额头上的绷带中流出的血在脸上一道道地冻结了。这样过了一会儿，他们两人沿战壕慢慢地走去，沿着这堵用青春和生命筑成的胸墙走去。师长的左手拄着用作拐杖的步枪，右手扶正了钢盔，向着胸墙行军礼，仿佛在最后一次检阅自己的部队……他们路过了一个被炸断双腿的小士兵，从断腿中流出的血把下面的雪和土混成了红黑色的泥，这泥的表面现在又冻住了。小士兵正躺着把一颗反坦克手雷往自己怀里放，他抬起没有血色的脸，朝师长笑了笑："我要把这玩意儿塞进'艾布拉姆斯'的履带里。"

寒风卷起道道雪雾，发出凄厉的啸声，仿佛在奏着一首上古时代的战歌。

"如果我比你先阵亡，请你也把我砌进这道墙里。这确实是一个好归宿。"

师长说。

“我们两个不会相差太长时间的。”参谋长用他那特有的平静语调说。

1 月 12 日，俄罗斯军队总参谋部

一个参谋告诉列夫森科元帅，航天部部长急着要见他，事情很紧急，是有关米沙和电子战的事。

听到儿子的名字，列夫森科元帅心里一震。他已知道了卡琳娜阵亡的消息，同时也无法想象 1 亿千米之外的米沙同电子战有什么关系，他甚至想象不出米沙现在和地球有什么关系。

部长一行人走了进来，他们没有多说话，部长把一张 3 英寸的光盘递给了列夫森科元帅：“元帅，这是我们一个小时前收到的米沙从‘万年风雪’号上发回的信息。后面他又补充说，这不是私人信息，希望您能当着所有相关人员的面播放它。”

作战室中的所有人听着来自 1 亿千米以外的声音：“我从收到的战争新闻中得知，如果电磁干扰不能再持续三四天的话，我们可能输掉这场战争。如果这是真的，爸爸，我能给您这段时间。

“以前，您总认为我所研究的恒星与现实相距太远，我自己也是这么认为，但现在看来我们都错了。我记得曾对您提起过，恒星产生的能量虽然巨大，但它本身却是一个相对单纯和简单的系统。比如太阳，组成它的只是两种最简单的元素：氢和氦。它的运行也只是由核聚变和引力平衡两种机制构成的。这样，同我们的地球相比，它的运行状态在数学模型上就比较容易把握了。现在，我们对太阳的研究已经建立了十分精确的数学模型，其中也有我做的工作。通过这个数学模型，我们可以对太阳的行为做出十分精确的预

测。这就使我们可以利用一个微小的扰动，在短时间内局部打破太阳运行的某种平衡。方法很简单：用‘万年风雪’号精确撞击太阳表面的某点。

“也许您认为，这不过是把一块小石头投入海洋，但事实不是这样。爸爸，这是一粒沙子掉进了眼睛！

“根据数学模型我们得知，太阳是一个极其精细而敏感的能量平衡系统，如果计算得当，一个微小的扰动就能在太阳表面和内部产生连锁反应，这种反应扩散开来，其局部平衡就会被打破。历史上有过这样的先例：最近的记载是在 1972 年 8 月初，在太阳表面一个很小的区域发生了一次剧烈的电磁爆发，对地球产生了巨大的影响——飞机和轮船上的罗盘指针胡乱跳动，远距离无线电通信中断；在北极地区，夜空中闪动着炫目的红光；在乡村，电灯时亮时灭，如同处于雷暴的中心。这种效应持续了一周多。现在比较可信的解释是：当时一颗比‘万年风雪’号还小的天体撞击了太阳表面。这样的太阳表面平衡扰动在历史上一定多次发生，但大部分发生在人类发明无线电接收装置以前，所以没被察觉。这些对太阳表面的撞击都是随机的、偶然的，因而它们所能产生的平衡扰动在强度和范围上都是有限的。

“但‘万年风雪’号对太阳的撞击点是经过精确计算的，它所产生的扰动比前面提到的自然产生的扰动要大几个数量级。这次扰动将使太阳向空间喷发出强烈的电磁辐射，这种辐射包括从极低频到极高频的所有频带的电磁波。同时，太阳射出的强烈的 X 射线将猛烈撞击对短波通信十分重要的电离层，从而改变电离层的性质，使通信中断。在扰动发生时，地球表面除毫米波外的绝大部分无线电通信将中断。这种效应在晚上可能相对弱一些，但在白天甚至会超过你们前两天进行的电磁干扰。据计算，这种扰动大约可持续一周。

“爸爸，以前我们两个人一直生活在相距遥远的两个世界中，互相交流很少。但现在，我们这两个世界已融为一体，我们在为一个共同的目标而战，我为此而自豪。爸爸，像您的每一个士兵一样，我在等着您的命令。”

航天部部长说："米哈伊尔博士所说的都是事实。去年，我们向太阳发射过一个探测器，它依据数学模型的计算对太阳表面进行了一次小型的撞击实验，证实了模型所预言的扰动。米哈伊尔博士和他的研究小组还提出了一个设想：将来也许可以用这种方法适当改变地球的气候。"

列夫森科元帅走进一个小隔间，拿起一部直通总统的红色电话。过了不一会儿，他就从隔间走了出来。历史对这一时刻的记载是不同的，有人说他马上说出了那句话，也有人说他沉默了一分钟之久，但那句话的内容是一致的——

"告诉米沙，照他说的去做吧。"

1 月 12 日，近日轨道，"万年风雪"号冲向太阳

"万年风雪"号的 10 台核聚变发动机全部打开，每台发动机的喷口都喷出了长达上百千米的等离子体射流，它在做最后的轨道和姿态修正。

在"万年风雪"号的正前方，有一道巨大且美丽的日珥，那是从太阳表面盘旋而上的灼热的氢气气流，像一条长长的轻纱，飘浮在太阳火的海洋上空，梦幻般地变幻着形状和姿态。它的两端都连着太阳表面，形成了一座巨大的拱门。"万年风雪"号从这高达 40 万千米的凯旋门正中缓缓地、庄严地通过。前方又出现了几道日珥，它们只有一头同太阳相连，另一头则伸进了太空深处。发动机闪着蓝光的"万年风雪"号像穿行在几棵大火树中的一只小小的萤火虫。后来，那蓝光渐渐熄灭，发动机停止了，"万年风雪"号的轨道已精确设定，剩下的一切都将由万有引力定律来完成了。

当飞船进入了太阳的上层大气日冕时，上方太空黑色的背景变成了紫红色，这紫红色的光弥漫了这里的所有空间。在下方，可以清楚地看到太阳色

球中的景象。在那里，成千上万的针状体在闪闪发光。那些东西在 19 世纪就被天文学家观察到了，它们是从太阳表面射向高空的发光的气体射流，这些射流使得太阳大气看上去像一片燃烧的大草原，每株草都有上千千米长。在这燃烧的大草原下面就是太阳的光球，那是无边无际的火海。

从“万年风雪”号发回的最后图像中，人们看到米沙从巨大的监视屏前起身，打开了透明穹顶外面的防护罩，壮丽的火的大洋展现在他面前，他想亲眼看看自己童年梦幻中的世界。火之海在抖动变形，那是半米厚的绝热玻璃在熔化。很快，那上百米高的玻璃壁化作一片透明的液体滚落下来。像一个初见海洋的人陶醉地面对海风，米沙伸开双臂迎接那向他呼啸而来的 6000 摄氏度的飓风。在摄像机和发射设备被烧熔之前发回的最后几秒钟图像中，可以看到米沙的身体燃烧起来，最后变成了一支跳动的火炬，和太阳的火海融为一体……

接下来的景象只能猜想了：“万年风雪”号的太阳能电池板和凸出结构首先熔化，由于其表面张力，飞船的表面形成了一个个银色的小球。当“万年风雪”号越过色球和日冕的交界处时，它的主体开始熔化。当它深入色球 2000 千米后，整个飞船完全熔化了。一个个分开的金属液珠合并成一个巨大的银色液球，精确地沿着那已化为液体的计算机所设定的目标高速飞去。太阳大气的作用开始显示，液球的周围出现了一圈淡蓝色的火焰，这火焰向后拖了几百千米长，颜色由淡蓝色渐变为黄色，在尾部变成美丽的橘红色。

最后，这美丽的火凤凰消失在浩渺的火海之中。

1 月 13 日，地球

人类回到了马可尼之前的世界。

夜晚，即使在赤道地区，夜空也充满了涌动的极光。

面对一片雪花的电视屏幕，大多数人只能猜测和想象那块激战中的广阔土地上的情形。

1 月 13 日，莫斯科前线

帕克推开了企图把他拉上直升机的第 82 空降师师长和几名前线指挥官，举起望远镜继续看着远方。那里，俄罗斯人的坦克阵线滚滚而来。

“定标 4000 米，9 号弹药装填，缓发引信，放！”

从来自后方的射击声帕克知道，还有不到 30 门 105 毫米口径的榴弹炮可以射击，这是他目前唯一可用于防守的重武器了。

一个小时前，这个阵地上唯一一支装甲力量——德军的一个坦克营，以令人钦佩的勇气发起反冲锋，并取得了显著的战果：在距此 8000 米处击毁了相当于他们坦克数目 1.5 倍的俄罗斯坦克。但由于数量上的绝对劣势，他们在俄罗斯人的钢铁洪流面前如正午太阳下的露珠一样消失了。

“定标 3500 米，放！”

炮弹飞行的嘶鸣声过后，俄罗斯人的坦克阵前面掀起了一道由泥土和火焰构成的高墙。但就如同塌方的泥土只能暂时挡住洪水，洪水最终还是漫了过来。爆炸激起的泥土落下后，俄罗斯人的装甲前锋又在浓烟中显现。帕克看到他们的编队十分密集，如同在接受检阅。若在前几天，用这种队形进攻是自取灭亡，但现在，在北约的空中和远程打击火力几乎全部瘫痪的情况下，这却是一种可以采用的队形，可以最大限度地集中装甲攻击力量，以确保在战线一点上的突破。

防线配置的失误是在帕克预料之中的，因为在这样的战场电磁条件下，要想准确快速地判明敌人的主攻方向几乎是不可能的。对下一步的防守他心中一片茫然，在C3I系统全面瘫痪的情况下，快速调整防御布局是十分困难的。

“定标3000米，放！”

“将军，您在找我？”法军司令若斯凯尔中将走了过来。他身边只跟着一名法军中校和一名直升机驾驶员。他没有穿迷彩服，胸前的勋章和肩上的将星擦得闪亮，却戴着钢盔，提着一支步枪，显得不伦不类。

“听说在我们的左翼，幼鹿师正在撤出阵地？”

“是的，将军。”

“若斯凯尔将军，在我们的身后，70万北约部队正在撤退，他们的成功突围取决于我们的坚固防守！”

“是取决于你们的坚固防守。”

“我能得到更明白的说明吗？”

“您什么都明白！你们对我们隐瞒了真实战局，你们早就知道右翼联盟的军队要在东线单方面停火！”

“作为北约军队的最高指挥官，我有权这样做。将军，我想您也明白，您和您的部队有接受指挥的职责。”

…………

“定标2500米，放！”

…………

“我只遵守法兰西共和国总统的命令。”

“我不相信现在您能收到这样的命令。”

“几个月前就收到了，在爱丽舍宫的国庆招待会上，总统亲自向我说明了在这种情况下法国军队的行为准则。”

“你们这些人几十年来就一直没变！”帕克终于失去控制。

“话别说得这么难听，将军。如果您不走，我也会一个人留下来，我们一起光荣地战死在这广阔的雪原上。拿破仑在这儿也失败过，我们不丢人。”若斯凯尔向帕克挥动着那支 FAMS 法军制式步枪说。

…………

“定标 2000 米，放！”

…………

帕克慢慢地转过身来，面对着他面前的一群前线指挥官说：“请你们向坚守阵地的美军部队传达我下面的话：我们并非生来就是一支只能靠计算机才能打仗的军队，我们是一支来自庄稼汉的军队。几十年前，在瓜达尔卡纳尔岛，我们在热带丛林中一个地洞一个地洞地同日本人争夺；在溪山，我们用圆锹挡开北越士兵的手榴弹；更远一些的时候，在那个寒冷的冬夜，伟大的华盛顿领着那些没有鞋穿的士兵渡过冰封的特拉华河，创造了历史……”

“定标 1500 米，放！”

“我命令，销毁文件和非战斗辎重……”

“定标 1200 米，放！”

帕克戴上钢盔，穿上防弹衣，并把那支 9 毫米口径的手枪别在左腋下。这时榴弹炮的射击声沉默了，炮手正把手榴弹填进炮膛中，接着响起了一阵杂乱的爆炸声。

“全体士兵，”帕克看着已像死亡屏障一样在他们面前展开的俄罗斯坦克群，说，“上刺刀！”

战场的浓烟后面，太阳时隐时现，给血战中的雪野投下变幻的光影。

赡养上帝

一

上帝又惹秋生一家不高兴了。

这本来是一个很美好的早晨：西岑村周围的田野上，在一人多高处悬着薄薄的一层白雾，像是一张刚刚变空白的画纸，这宁静的田野就是从那张纸上掉出来的画儿；第一缕朝阳照过来，今年的头道露珠们那短暂的生命进入了最辉煌的时期……但这个好早晨全让上帝给搅了。

上帝今天起得很早，自个儿到厨房去热牛奶。赡养时代开始后，牛奶市场兴旺起来，秋生家就花了一万出头儿买了一头奶牛，学着人家的样儿把奶兑上水卖，而没有兑水的奶也成了本家上帝的主要食品之一。上帝热好奶后，就端着去堂屋看电视了，液化气也不关。刚清完牛圈和猪圈的秋生媳妇玉莲回来了，闻到满屋的液化气味儿，赶紧用毛巾捂着鼻子到厨房关了气，打开窗和换气扇。

“你要把这一家子害死啊！”玉莲回到堂屋大嚷着。用上液化气是领到赡养费以后的事，秋生爹一直反对，说这玩意儿不如蜂窝煤好，这次他又落着理了。

像往常一样，上帝低头站在那里，那扫把似的雪白长胡须一直拖到膝盖以下，脸上堆着胆怯的笑，像一个做错了事的孩子。“我……我把奶锅拿下来了啊，它怎么不关呢？”

“你以为这是在你们飞船上啊？”正在下楼的秋生大声说，“这里的什么东西都是傻的，我们不像你们，什么都有机器伺候着，我们得用傻工具劳动才有饭吃！”

“我们也劳动过，要不怎么会有你们？”上帝小心翼翼地回应道。

“又说这个，又说这个，你就不觉得没意思？有本事走，再造些个孝子贤孙养活你。”玉莲一摔毛巾说。

“算了算了，快弄弄吃吧。”像每次一样，又是秋生打圆场。

兵兵也起床了，他下楼时打着哈欠说：“爸、妈，这上帝，又半夜咳嗽，闹得我睡不着。”

“你知足吧，小祖宗，我俩就在他隔壁还没发怨呢。”玉莲说。

上帝像是被提醒了，又咳嗽起来，咳得那么专心致志，像在做一项心爱的运动。

“唉，真是倒了八辈子的霉了。”玉莲看了上帝几秒钟，气鼓鼓地说，转身进厨房做饭去了。

上帝再也没有吱声，默默地在桌边儿和一家人一块儿就着酱菜喝了一碗粥，吃了半个馒头。这期间一直承受着玉莲的白眼儿，不知是因为液化气的事，还是又嫌他吃得太多了。

饭后，上帝像往常一样，很勤快地收拾碗筷，到厨房去洗了起来。玉莲在外面冲他喊：“不带油的不要用洗洁精！那都是要花钱买的，就你那点儿赡养费，哼！”上帝在厨房中连续“唉唉”地表示知道了。

小两口下地去了，兵兵也去上学了，这个时候秋生爹才睡起来，迷迷糊糊地下了楼，呼噜噜喝了两大碗粥后，点上一袋烟，才想起上帝的存在。

“老家伙，别洗了，出来杀一盘！”他冲厨房里喊道。

上帝用围裙擦着手出来，殷勤地笑着点点头。

同秋生爹下棋对上帝来说也是个苦差事，输赢都不愉快。如果上帝赢了，秋生爹肯定暴跳如雷："你是个什么东西？赢了我就显出你了，是不是？屁！你是上帝，赢我算什么本事！你说说你，进这个门儿这么长时间了，怎么连个庄户人家的礼数都不懂？"如果上帝输了，这老头儿照样暴跳如雷："你是个什么东西？我的棋术，方圆百里内没的比，赢你还不跟捏死个臭虫似的，用得着你让我？你这是——用句文点儿的话说吧——对我的侮辱！"反正最后的结果都一样，老头儿把棋盘一掀，棋子儿满天飞。秋生爹的臭脾气是远近闻名的，这下子可算找着了一个出气筒。不过这老头儿不记仇，每次上帝悄悄把棋子儿收拾回来再悄悄摆好后，他就又会坐下同上帝下起来，并重复上面的过程。当几盘下来两人都累了时，就已近中午了。

这时，上帝就要起来去洗菜。玉莲不让他做饭，嫌他做得不好吃，但菜是必须洗的。一会儿小两口下地回来，如果发现菜啊什么的没弄好，玉莲又是一通尖酸刻薄的数落。他洗菜时，秋生爹一般都踱到邻家串门儿去了，这是上帝一天中最清净的时候。中午的阳光充满了院子里的每一个砖缝，也照亮了他那幽深的记忆之谷。这时，他往往开始发呆，忘记了手中的活儿，直到村头传来从田间归来的人声才使他猛然醒过来，加紧干手中的活儿，同时总是长叹一声。

唉，日子怎么过成这个样子呢——

这不仅是上帝的叹息，也是秋生、玉莲和秋生爹的叹息，是地球上 50 多亿人和 20 亿个上帝的叹息。

二

这一切都是从 3 年前那个秋日的黄昏开始的。

"快看啊，天上都是玩具！"兵兵在院子里大喊。秋生和玉莲从屋里跑出来，抬头看到天上真的布满了玩具，或者说，天空中出现的那无数物体，其形状只有玩具才具有。这些物体在黄昏的苍穹中均匀地分布着，反射着已落到地平线下的夕阳的光芒，每个都有满月那么亮。这些光合在一起，使地面如正午般通明。而这光亮很诡异，它来自天空所有的方向，不会给任何物体投下影子，整个世界仿佛处于一台巨大的手术无影灯下。

开始，人们以为这些物体的高度都很低，位于大气层内，这样想是因为它们都清晰地显示出形状来，后来才知道这只是因为其体积的巨大，实际上它们都处于 3 万多千米高的地球同步轨道上。

到来的外星飞船共有 21513 艘，均匀地停泊在同步轨道上，形成了一层地球的外壳。这种停泊是以一种令人类观察者迷惑的极其复杂的队形和轨道完成的，所有的飞船同时停泊到位，这样可以避免飞船质量引力在地球海洋上产生致命的潮汐。这让人类多少安心了一些，因为它或多或少地表明了外星人对地球没有恶意。

以后的几天，人类世界与外星飞船的沟通尝试均告失败，后者对地球发出的询问信息保持着完全的沉默。与此同时，地球变成了一个没有夜晚的世界：太空中那上万艘巨大飞船反射的光，使地球背对太阳的一面亮如白昼；而在面向太阳的这一面，大地则周期性地笼罩在飞船巨大的阴影下。天空中的恐怖景象使人类的精神承受力达到了极限，因而也忽视了地球上正在发生的一件奇怪的事情，更不会想到这事与太空中外星飞船群的联系。

在世界各大城市中，陆续出现了一些流浪的老者，他们都有一些共同的特征：年纪都很老，留着长长的白胡须和白头发，身着一样的白色长袍。在开始的那些天，在这些白胡须、白头发和白长袍还没有弄脏时，远远看去他们就像一个个雪人儿似的。这些老流浪者的长相介于各色人种之间，好像都是混血人种。他们没有任何能证明自己国籍和身份的东西，也说不清自己的来历，只是用生硬的各国语言温和地向路人乞讨，都说着同样的一句话：“我们是上帝，看在创造了这个世界的分儿上，给点儿吃的吧——”

如果只有一个或几个老流浪者这么说，那把他们送进收容所或养老院，与那些无家可归的老年妄想症患者放到一起就是了，但要是有上百万个流落街头的老头儿、老太太都这么说，那就是另一回事了。这种老流浪者在不到半个月的时间里增长到了 3000 多万人，纽约、北京、伦敦和莫斯科的街头，到处是这种步履蹒跚的老家伙。他们成群结队地堵塞了交通，看上去比城市的原住居民还多，最恐怖的是，他们都说着同一句话：“我们是上帝，看在创造了这个世界的分儿上，给点儿吃的吧——”

直到这时，人们才把注意力从太空中的外星飞船转移到地球上的这些不速之客上来。最近，各大洲上空都多次出现了原因不明的大规模流星雨，每次壮观的流星雨过后，相应地区老流浪者的数量就急剧增加。经过仔细观察，人们发现了这个令人难以置信的事实：老流浪者是自天而降的，他们来自那些外星飞船。他们都像跳水似的孤身跃入大气层，每人身上都穿着一件名叫“再入膜”的密封服，当这种绝热的服装在大气层中摩擦燃烧时，会产生经过精确调节的减速推力，在漫长的坠落过程中，这种推力产生的过载始终不超过 4 个 g，在这些老家伙的承受范围内。当老流浪者接触地面时，他们的下落速度已接近于零，就和从板凳上跳下差不多。即使这样，还是有很多人在着陆时崴了脚。而在他们接触地面的同时，身上穿的再入膜也正好蒸发干净，不留下一点儿残余。

天空中的流星雨绵绵不断，老流浪者以越来越大的流量降临地球，他们的人数已接近 1 亿。

各国政府都试图在他们中找出一个或一些代表，但他们声称，所有的“上帝”都是绝对平等的，他们中的任何一个人都能代表全体。于是，在为此召开的紧急特别联合国大会上，从时代广场上随意找来的一个英语已讲得比较好的老流浪者进入了会场。他显然是最早降临地球的那一批，长袍脏兮兮的，破了好几个洞，大白胡子落满了灰，像一把墩布，他的头上没有神圣的光环，倒是盘旋着几只忠实追随的苍蝇。他拄着那根当作拐杖的顶端已开裂的竹竿，颤巍巍地走到大圆会议桌旁，在各国首脑的注视下慢慢坐下。他抬头看着秘书长，露出了特有的那种孩子般的笑容：

“我，呵，还没吃早饭呢。”

于是，有人给他端上来一份早餐。全世界的人都在电视中看着他狼吞虎咽，好几次被噎住。面包、香肠和一大盘沙拉很快被风卷残云般吃光，他又喝下一大杯牛奶。然后，他又对秘书长露出了天真的笑：

“呵呵，有没有酒？一小杯就行。”

于是，有人给他端上来一杯葡萄酒。他小口地抿着，满意地点点头：“昨天夜里，暖和的地铁出风口让新下来的一帮老家伙占了，我只好睡在广场上，现在喝点儿，关节就灵活些，呵呵……你，能给我捶捶背吗？稍捶几下就行。”在秘书长开始捶背时，他摇摇头长叹一声：“唉，给你们添麻烦了——”

“你们从哪里来？”美国总统问。

老流浪者又摇摇头：“一个文明，只有在它是个幼儿时才有固定的位置，行星会变化，恒星也会变化，文明不久就得迁移，到青年时代它已迁移过多次，这时肯定发现，任何行星的环境都不如密封的飞船稳定，于是他们就以飞船为家，行星反而成为临时住所。所以，任何长大成人的文明都是星舰文明，在太空进行着永恒的流浪，飞船就是它的家。从哪里来？我们从飞船上来。”他说着，用一根脏乎乎的指头向上指指。

“你们总共有多少人？”

“20 亿。”

“你们到底是谁？”秘书长的这个问题问得有道理，他们看上去与人类没有任何不同。

“说过多少次了，我们是上帝。”老流浪者不耐烦地摆了一下手说。

“能解释一下吗？”

“我们的文明，呵，就叫它上帝文明吧，在地球诞生前就已存在很久了。在上帝文明步入它的衰落的暮年时，我们就在刚形成不久的地球上培育了最初的生命。然后，上帝文明在接近光速的航行中跨越时间，在地球生命世界进化到适当的程度时，按照我们远祖的基因引入了一个物种，并消灭了它的天敌，细心地引导它进化。最后，地球上形成了与我们一模一样的文明种族。”

“如何让我们相信您所说的呢？”

“这很容易。”

于是，开始了历时半年的证实行动。人们震惊地看到了从飞船上传输来的地球生命的原始设计蓝图，看到了地球远古的图像；按照老流浪者的指点，人们在各大陆和各大洋底深深的岩层中挖出了那些令人惊恐的大机器，那是在过去漫长的岁月中一直监测和调节着地球生命世界的仪表……

人们终于不得不相信，至少对地球生命而言，他们确实是上帝。

三

在第三次紧急特别联大会议上，秘书长终于代表全人类，向上帝提出了那个关键的问题：他们到地球来的目的。

“在我回答这个问题之前，你们首先要对文明有一个正确的认识。”上帝代表抚摸着胡子说，他还是半年前光临第一次紧急特别联大的那一位，“你们认为，随着时间的延续，文明会怎样演化？”

“地球文明正处于快速发展时期，如果没有来自大自然的不可抗拒的灾难和意外，我们想，它会一直发展下去。”秘书长回答说。

“错了，你想想，每个人都会经历童年、青年、中年和老年，最终走向死亡。恒星也一样，宇宙中的任何事物都一样，甚至宇宙本身，也有终结的那一天，为什么独有文明能够一直成长呢？不，文明也有老去的那一天，当然也有死亡的那一天。”

“这个过程具体是怎么发生的呢？”

“不同的文明有着不同的衰老和死亡方式，像不同的人死于不同的疾病或无疾而终一样。具体到上帝文明，个体寿命的延长是文明步入老年的第一个标志。那时，上帝文明中的个体寿命已延长至近 4000 个地球年，而他们的思想在 2000 岁左右时就已完全僵化，创造性消失殆尽。这样的个体掌握了社会的绝大部分权力，而新的生命很难出生和成长，文明就老了。”

“以后呢？”

“文明衰老的第二个标志是机器摇篮时代。”

“嗯？”

“那时，我们的机器已经完全不依赖于它们的创造者，而是独立运行，能够自我维护、更新和扩展。这样的智能机器能够提供一切我们所需要的东西，这不只是物质需要，也包括精神需要，我们不需要为生存付出任何努力，完全靠机器养活了，就像躺在一个舒适的摇篮中。想一想，假如当初地球的丛林中充满了采摘不尽的果实，到处是伸手就能抓到的小猎物，猿还能进化成人吗？机器摇篮就是这样一个富庶的丛林，渐渐地，我们忘却了技术和科学，文化变得懒散而空虚，失去了创新能力和进取心，文明加速老去。你们所看到的，就是这样一个进入了风烛残年的上帝文明。”

“那么，您现在是否可以告诉我们上帝文明来到地球的目的？”

“我们无家可归了。”

“可——”秘书长向上指指。

“那都是些老飞船，虽然，飞船上的生态系统比包括地球在内的任何自然形成的生态系统都强健稳定，但飞船都太老了，老得让你们无法想象——机器的部件老化失效，漫长时间内积聚的量子效应产生出越来越多的软件错误，系统的自我维护和修复功能遇到了越来越多的障碍。飞船中的生态环境在渐渐恶化，每个人能够得到的生活必需品配给日益减少，现在只够勉强维持生存，在飞船中的 2 万多个城市中，弥漫着污浊的空气和绝望的情绪。”

“没有补救的办法吗？比如更新飞船的硬件和软件？”

上帝摇摇头：“上帝文明已到垂暮之年，我们是 20 亿个 3000 多岁的老朽之人。其实，早在我们之前，已有上百代人生活在舒适的机器摇篮之中，技术早就被遗忘干净了。现在，我们不会维修那已经运行了几千万年的飞船，在技术和学习能力上我们连你们都不如，我们连点亮一盏灯的电路都不会接，连一元二次方程都不会解……终于有一天，飞船说它们已经到了报废的边缘，航行动力系统已没有能力将飞船推进到接近光速，上帝文明只能进行不到光速十分之一的低速航行，飞船上的生态循环系统已接近崩溃，它们无法继续养活 20 亿人了，请我们自寻生路。”

“以前，你们没有想到过会有这一天吗？”

“当然想到过，在 2000 年前，飞船就开始对我们发出警告。于是，我们采取了措施，在地球上播种生命，为养老做准备。”

“您是说，在 2000 年前？”

“是的，当然，那是我们的航行时间，从你们的时间坐标来看，那是在 35 亿年前，那时地球刚刚冷却。”

“这就有个问题：你们已经失去了技术能力，但播种生命不需要技术吗？”

“哦，在一个星球上启动生命进程其实只是个很小的工程，播下种子，生命就自己繁衍起来，这种软件在机器摇篮时代之前就有了，只要运行软件，机器就能完成一切。创造一个行星规模的生命世界，进而产生文明，最基本的需要只是时间，几十亿年漫长的时间。接近光速的航行能使我们几乎无限地拥有另一个世界的时间，但现在，上帝文明的飞船发动机已经老化，再也不可能接近光速，否则我们还可以创造更多的生命和文明世界，这时也就拥有更多的选择。此时，我们已被禁锢在低速，这些都无法实现了。”

“这么说，你们是想到地球上来养老。”

“哦，是的，希望你们尽到对自己创造者的责任，收留我们。”上帝拄着拐杖颤巍巍地向各国首脑鞠躬，差点儿向前跌倒。

“那么，你们打算如何在地球上生活呢？”

“如果我们在地球上仍然集中生活，那还不如在太空中了却残生呢。我们想融入你们的社会，进入你们的家庭。在上帝文明的童年时代，我们也曾有过家庭，你知道，童年是最值得珍惜的。你们现在正好处于文明的童年时代，如果我们能够回到这个时代，在家庭的温暖中度过余生，那真是最大的幸福。”

“你们有 20 亿，地球社会中的每个家庭都要收留你们中的一至两人。”秘书长说完，会场陷入了长时间的沉默。

“是啊，给你们添麻烦了……”上帝连连鞠躬，同时偷偷地看秘书长和各国首脑的表情，“当然，我们会给你们一定补偿的。”他挥了一下拐杖，又有两个白胡子上帝走进了会场，吃力地抬着一个银色的金属箱子，“你们看，这是大量的高密度信息存贮体，系统地存贮着上帝文明在各个学科和技术领域的所有资料，它将使地球文明产生飞跃进化，相信你们会喜欢的。”

秘书长看着金属箱，与在场的各国首脑一样极力掩盖着心中的狂喜，说：“赡养上帝应该是人类的责任，虽然这还需要世界各国进一步的磋商，但我想，原则上……”

“给你们添麻烦了，给你们添麻烦了……”上帝一时老泪纵横，又连连鞠躬。

当秘书长和各国首脑走出会议大厅，发现联合国大厦外面聚集了几万名上帝，看上去一片白花花的人山人海，天地之间充斥着一片嗡嗡的话音。秘书长仔细听了听，听出他们都在用不同的地球语言反复说着同一句话：“给你们添麻烦了，给你们添麻烦了……”

四

20 亿个上帝降临地球，他们大多是穿着再入膜坠入大气层的，那段时间，天空中缤纷的彩雨在白天都能看到。这些上帝着陆后，分散进入了人类社会的 15 亿个家庭中。由于得到了上帝的科技资料，人们都对未来充满了历史上从未有过的希冀和憧憬，似乎人类在一夜之间就能进入世世代代梦想中的天堂。在这种心情下，每个家庭都真诚地欢迎上帝的到来。

这天，秋生一家同村里的其他乡亲一起，早早地等在村口，迎接分配到本村的上帝。

“今儿个的天真是个晴啊！”玉莲兴奋地说。

她的这种感觉并非完全是心情使然，因为那布满天空的外星飞船在一夜之间完全消失了，天空重新变得空旷开阔起来。人类一直没有机会登上那些飞船中的任何一艘，上帝对地球人的这种愿望不持异议，但飞船自己不允许，对于人类发射的那些接近它们的简陋原始的探测器，它们不理不睬，紧闭舱门。当最后一批上帝跃入地球大气层后，2 万多艘飞船同时飞离了地球同步轨道。但它们并没有走远，而是在小行星带飘浮着。这些飞船虽然陈旧不堪，但古老的程序仍在运行，它们唯一的终极使命就是为上帝服务，因而不可能远离上帝，当后者需要时，它们会招之即来的。

乡里的两辆大巴车很快开来，送来了分配到西岑村的 106 名上帝。秋生和玉莲很快领到了分配给本家的那个上帝，两口子亲热地挽着上帝的胳膊，秋生爹和兵兵乐呵呵地跟在后面，在上午明媚的阳光下朝家走去。

“老爷子，哦，上帝爷子，”玉莲把脸贴在上帝的肩上，灿烂地笑着说，“听说，你们送给的那些技术，马上就能让我们实现共产主义了！到时候是按需分配，什么都不要钱，去商店拿就行了。”

上帝笑着冲她点点满是白发的头，用还很生硬的汉语说：“是的，其实，按需分配只是满足了一个文明最基本的需要，我们的技术将给你们带来好的生活，其富裕和舒适是你完全想象不出来的。”

玉莲的脸笑成了一朵花：“不用不用，按需分配就成了，我就满足了。嘻嘻！”

“嗯！”秋生爹在后面重重地点点头。

“我们还能像您这样长生不老？”秋生问。

“我们并不能长生不老，只是比你们活得长些而已，现在不是都老了吗？其实人要活过 3000 岁，感觉和死了也差不多，对一个文明来说，个体太长寿是致命的危险。”

“哦，不用 3000 岁，300 岁就成啊！”秋生爹也像玉莲一样笑得合不上嘴，“想想，那样的话我现在还是个小伙儿，说不定还能……呵呵。”

这天，村里像过大年一样，家家都张罗了丰盛的宴席为上帝接风，秋生家也不例外。秋生爹很快让老花雕灌得有三分迷糊了，他冲上帝竖起了大拇指。

“你们行！能造出这所有的活物来，神仙啊！”

上帝也喝了不少，但头脑还清醒，他冲秋生爹摆摆手：“不，不是神，是科学，生物科学发展到一定层次，就能像制造机器一样制造出生命来。”

“话虽这么说，可在我们眼里，你们还是跟下凡的神仙没两样啊。”

上帝摇摇头：“神应该是不会出错的，但我们，在创世过程中错误不断。”

“你们造我们时还出过错？”玉莲吃惊地瞪大了双眼，因为在她的想象里，创造万千生灵就像她 8 年前生兵兵一样，是出不得错的。

“出过很多错。以较近的来说，由于创世软件对环境判断的某些失误，地球上出现了像恐龙这类体积大而适应性差的动物。后来为了你们的进化，只好又把它们抹掉。再说更近的事：自古爱琴海文明消亡后，创世软件认为已经成功地创建了地球文明，就再也没有对人类的进程进行监视和微调，就像把一个上好了发条的钟表扔在那里任它自己走动，这就出现了更多的错。比如，应该让古希腊文明充分地独立发展，马其顿的征服，还有后来罗马的征服都应被制止，虽然这两个力量都不是古希腊文明的对立面而是其继承者，但古希腊文明的发展方向被改变了……”

秋生家没人能听懂这番话，但都很敬畏地探头恭听着。

“再到后来，地球上出现了汉朝和古罗马两大力量，与前面提到的古希腊文明相反，不应该让这两大力量在相互隔绝的状态下发展，而应该让它们充分接触……”

“你说的汉朝，是刘邦、项羽的汉朝吧，”秋生爹终于抓住了自己知道的一点儿，“那古罗马？”

“好像是那时洋人的一个大国，也很大。”秋生试着解释道。

秋生爹不解地问：“什么？洋人在清朝时来了就把我们收拾成那样儿，你还让他们早在汉朝就同我们见面？”

上帝笑着说：“不不，那时，汉朝的军事力量绝不比古罗马差。”

“那也很糟，这两强相遇要打起来可是大仗，血流成河啊！”

上帝点点头，伸了筷子去夹红烧肉：“有可能，但东西方两大文明将碰撞出灿烂的火花，将人类大大向前推进一步……唉，要是避免那些错误的话，地球人现在可能已经殖民火星，你们的星际探测器已越过天狼星了。”

秋生爹举起酒碗敬佩地说：“说上帝们在摇篮里把科学忘了，其实你们还是很有学问的嘛。”

“为了在摇篮中过得舒适，还是需要知道一些哲学、艺术、历史之类的，只是些常识而已，算不得什么学问，现在地球上的很多学者，思想都比我们深刻得多。”

…………

上帝文明进入人类社会的最初一段时间，是上帝们的黄金时光。那时，他们与人类家庭相处得十分融洽，仿佛回到了上帝文明的童年时代，融入那早已被他们忘却的家庭温暖之中。对他们那漫长的一生来说，这应该是再好不过的结局了。

秋生家的上帝，在这个秀美的江南小村过着宁静的田园生活，每天到竹林环绕的池塘中钓钓鱼，同村里的老人聊聊天、下下棋，其乐融融。但他最大的爱好是看戏，有戏班子到村里或镇里时，他场场不误。上帝最爱看的是《梁祝》，看一场不够，竟跟着那个戏班子走了100多里地，连看了好几场。后来秋生从镇里为他买回一张这戏的VCD，他就一遍遍放着看，再后来也能哼几句像模像样的黄梅戏了。

有一天，玉莲发现了一个秘密，她悄悄对秋生和公公说：“你们知道吗？上帝爷子每次看完戏，总是从里面口袋掏出一个小片片看，边看边哼曲儿，我刚才偷看了一眼，那是张照片，上面有个好漂亮的姑娘！”

傍晚，上帝又放了一遍《梁祝》，掏出那张美人像，边看边哼起来。秋生爹悄悄凑过去，说：“上帝爷子啊，你那是……从前的相好儿？”

上帝吓了一跳，赶紧把照片塞进怀里，对秋生爹露出孩子般的笑：“呵呵，是是，她是我2000多年前的爱。”

在旁边偷听的玉莲撇了撇嘴，还2000多年前的爱呢，这么大岁数了，真酸得慌。

秋生爹本想看看那张照片，但看到上帝护得那么紧，也不好意思强要，只能听着上帝的回忆。

“那时我们都还很年轻，她是极少数没有在机器摇篮中沉沦的人，发起了一次宏伟的探险航行，要航行到宇宙的尽头。哦，这你不用细想，很难搞明白的……她期望用这次航行唤醒机器摇篮中的上帝文明，当然，这不过是一个美好的愿望罢了。她让我同去，但我不敢，那无边无际的宇宙荒漠吓住了我，那是 200 亿光年的漫漫航程啊。她就自己去了。在以后的 2000 多年里，我对她的思念从来就没间断过啊。”

“200 亿光年？照你以前说的，就是光要走 200 亿年？乖乖，那也太远了，这可是生离死别啊。上帝爷子，你就死了那份心思吧，再见不着她的面儿喽。”

上帝点点头，长叹一声。

“不过嘛，她现在也是你这岁数了吧！”

上帝从沉思中醒过来，摇摇头：“哦，不不，这么远的航程，那艘探险飞船会进行很贴近光速的航行，她应该还很年轻，老的是我……宇宙啊，你真不知道它有多大。你们所谓的沧海桑田、天长地久，不过是时空中的一粒沙啊……话说回来，你感觉不到这些，有时候还真是一种幸运呢！”

五

岂料，上帝与人类的蜜月很快结束了。

人们曾对从上帝那里得到科技资料欣喜若狂，认为它们能使人类的梦想在一夜之间变为现实。借助于上帝提供的接口设备，那些巨量的信息被很顺利地从存贮体中提取出来，并开始被源源不断地译成英文。为了避免纷争，世界各国都得到了一份拷贝。但人们很快发现，要将这些技术变成现实，至少在本世纪内是不可能的事。其实设想一下，如果有一个时间旅行者将现代技术资料送给古埃及人会是什么情况，就能够理解现在人类面临的尴尬处境了。

在石油即将采尽的今天，能源技术是人们最关心的技术。但科学家和工程师们很快发现，上帝文明的能源技术对现代人类毫无用处，因为他们的能源是建立在正反物质湮灭的基础上的。即使读懂所有的相关资料，最后制造出湮灭发动机和发电机（在这一代人内基本上不可能），一切还是等于零，因为这些能源机器的燃料——反物质，需要远航飞船从宇宙中开采。据上帝的资料记载，距地球最近的反物质矿藏是在银河系至仙女座星云之间的黑暗太空中，有55万光年之遥！而接近光速的星际航行几乎涉及所有的学科，其中的大部分理论和技术对人类而言高深莫测，人类学者即使对其基础部分有个大概的了解，可能也需要半个世纪的时间。科学家们曾满怀希望地查询受控核聚变的技术信息，但根本没有，这很好理解：人类现代的能源科学并不包含钻木取火的技巧。

在其他的学科领域，如信息技术和生命科学（其中蕴含着使人类长生的秘密）一样，最前沿的科学家也完全无法读懂那些资料，上帝科学与人类科学的理论距离目前还是一道无法跨越的深渊。

来到地球的上帝们无法给科学家们提供任何帮助，正如那位上帝所说，现在在他们中间，会解一元二次方程的人都很少了。而那群飘浮在小行星带的飞船，对人类的呼唤毫不理睬。现在的人类就像是一群刚入学的小学生，突然被要求研读博士研究生的课程，而且没有导师。

另外，地球上突然增加了20亿人口，这些人都是不能创造任何价值的老人，其中大半疾病缠身，给人类社会造成了前所未有的压力。各国政府要付给每个接收上帝的家庭一笔可观的赡养费，医疗和其他公共设施也已不堪重负，世界经济到了崩溃的边缘。

上帝和秋生一家的融洽关系不复存在，他渐渐被这家人看作一个天外飞来的负担，受到越来越多的嫌弃，而每个嫌弃他的人各有各的理由。

玉莲的理由最现实，也最接近问题的实质，那就是上帝让她家的日子过穷了。在这家人中，她是最令上帝烦恼的一个，那张尖酸刻薄的刀子嘴，比太空中的黑洞和超新星都令他恐惧。她的天堂愿景破灭后，就不停地在上帝面前唠叨，说在他来之前他们家的日子是多么富裕、多么滋润，那时什么都好，现在什么都差，都是因为他，摊上他真是倒了大霉！每天只要一有机会，她就这样对上帝恶语相向。上帝有很严重的气管炎，这虽不是什么花大钱的病，但需要长期的治疗调养，钱自然是要不断地花。终于有一天，玉莲不让秋生带上帝去镇医院看病，也不给他买药了。这事让村支书知道了，他很快找上门来。

村支书对玉莲说："你家上帝的病还是要用心治，镇医院跟我打招呼了，说他的气管炎如果不及时治疗，有可能转成肺气肿。"

"要治村里或乡里给他治，我家没那么多钱花在这上面！"玉莲冲村支书嚷道。

"玉莲啊，按《上帝赡养法》，这种小额医疗的费用是要由接收家庭承担的，政府发放的赡养费已经包括这个费用了。"

"那点儿赡养费顶个屁用！"

"话不能这么说，你家领到赡养费后买了奶牛，用上了液化气，还换了大彩电，就没钱给上帝治病？大伙儿都知道这个家是你在当，我把话说在这儿，你可别给脸不要脸，下次就不是我来劝你了，会是乡里、县里'上委'（上帝赡养委员会）的人来找你，到时你吃不了兜着走！"

玉莲没办法，只好恢复了对上帝的治疗，但日后对他就更没好脸了。

有一次，上帝对玉莲说："不要着急嘛，地球人很有悟性，学得也很快，只需一个世纪左右，上帝科学技术中层次较低的一部分就能在人类社会得到初步应用，那时生活会好起来的。"

"嘁，一个世纪，还'只需'，你这叫人话啊？"正在洗碗的玉莲头也不回地说。

"这时间很短啊！"

"那是对你们，你以为我能像你似的长生不老啊，一个世纪过去，我的骨头都找不着了！不过我倒要问问，你觉得自个儿还能活多少时间呢？"

"唉，风烛残年了，再能活三四百个地球年就很不错了。"

玉莲将一摞碗全摔到了地上："咱这到底是谁给谁养老，谁给谁送终啊？啊，合着我累死累活伺候你一辈子，还得搭上我儿子孙子往下十几辈不成？说你老不死，你还真是啊！"

…………

至于秋生爹，则认为上帝是个骗子。其实，这种说法在社会上也很普遍，既然科学家看不懂上帝的科技文献，就无法证实它们的真伪，说不定人类真让上帝给耍了。对秋生爹而言，他这方面的证据更充分一些。

"老骗子，行骗也没你这么猖狂的，"他有一天对上帝说，"我懒得揭穿你，你那一套真不值得我揭穿，甚至不值得我孙子揭穿呢！"

上帝问他有什么地方不对。

"先说最简单的一个吧：我们的科学家知道，人是由猴子变来的，对不对？"

上帝点点头："准确地说是由古猿进化来的。"

"那你怎么说我们是你们造的呢？既然造人，直接造成我们这样儿不就行了，为什么先要造出古猿，再进化什么的？这说不通啊！"

"人要以婴儿出生再长大为成人，一个文明也一样，必须从原始状态进化发展而来，这其中的漫长历程是不可省略的。事实上，对于人类这一物种分支，我们最初引入的是更为原始的东西，古猿已经经过相当程度的进化了。”

“我不信你故弄玄虚的那一套，好好，再说个更明显的吧，告诉你，这还是我孙子看出来的：我们的科学家说地球上 30 多亿年前就有生命了，这你是认的，对吧？”

上帝点点头：“他们估计的基本准确。”

“那你有 30 多亿岁？”

“按你们的时间坐标，是的；但按上帝飞船的时间坐标，我只有 3500 岁。飞船以接近光速飞行，时间的流逝比你们的世界要慢得多。当然，有少数飞船会不定期脱离光速，降至低速来到地球，对地球上的生命进化进行一些调整，但这只需很短的时间，这些飞船很快就会重新进入太空进行接近光速的航行，继续跨越时间。”

“扯——”秋生爹轻蔑地说。

“爹，这可是相对论，也是咱们的科学家证实了的。”秋生插嘴说。

“相对个屁！你也给我瞎扯，哪有那么玄乎的事？时间又不是香油，还能流得快慢不同？我还没老糊涂呢！倒是你，那些书把你看傻了！”

“我很快就能向你们证明，时间能够以不同的速度流逝。”上帝一脸神秘地说，同时从怀里掏出了那张 2000 多年前情人的照片，把它递给秋生，“仔细看看，记住她的每一个细节。”

秋生看那张照片的第一眼时，就知道自己肯定能够记住每一个细节，想忘都不容易。同其他的上帝一样，她综合了各色人种的特点，皮肤是温润的象牙色，那双会唱歌的大眼睛绝对是活的，一下子就把秋生的魂儿勾走了。她是上帝中的姑娘，她是姑娘中的上帝，那种上帝之美，如第二个太阳，人类从未见过，也根本无法承受。

“瞧你那德行，口水都流出来了！”玉莲一把从已经有些傻呆的秋生手中抢过照片，还没拿稳，就让公公抢去了。

“我来我来，”秋生爹说着，那双老眼立刻凑到照片上，近得不能再近了，好长时间一动不动的，好像那能当饭吃。

“凑那么近干吗？”玉莲轻蔑地问。

“去去，我不是没戴花镜嘛。”秋生爹脸伏在照片上说。

玉莲用不屑的目光斜视了公公几秒钟，撇撇嘴，转身进了厨房。

上帝把照片从秋生爹手中拿走了。秋生爹的双手恋恋不舍地护送照片走了一段，上帝说：“记好细节，明天的这个时候再让你们看。”

整整一天，秋生爷儿俩少言寡语，都在想着那位上帝姑娘，他们心照不宣，惹得玉莲脾气又大了许多。

终于等到了第二天的同一个时候，上帝好像忘了那事，经秋生爹的提醒才想起来。他掏出那张让爷儿俩想念了一天的照片，首先递给秋生：“仔细看看，她有什么变化？”

“没啥变化呀。”秋生全神贯注地看着，过了好一会儿，终于看出点儿东西来，“哦，对，她嘴唇儿张开的缝比昨天好像小了一些，小得不多，但确实小了一些，看嘴角儿这儿……”

“不要脸的，你看得倒是细！”照片又让媳妇抢走了，同样又让公公抢到手里。

“还是我来——”秋生爹今天拿来了老花镜，戴上细细端详着，“是是，是小了些。还有很明显的一点你怎么没看出来呢？这小缕头发嘛，比昨天肯定向右飘了一点点的！”

上帝将照片从秋生爹手中拿过来，举到他们面前：“这不是一张照片，而是一台电视接收机。”

“就是……电视机？”

“是的，电视机，现在它接收的，是她在那艘飞向宇宙边缘的探险飞船上的实况画面。”

“实况？就像转播足球赛那样？”

“是的。”

“这，这上面的她居然……是活的！”秋生目瞪口呆地说，连玉莲的双眼都睁得像核桃一样大。

“是活的，但比起地球上的实况转播，这个画面有时滞，探险飞船大约已经飞出了8000万光年，那么时滞就是8000万年，我们看到的，是8000万年前的她。”

“这小玩意儿能收到那么远的地方传来的电波？”

“这样的超远程宇宙通信，只能使用中微子或引力波我们的飞船才能收到，放大后再转发到这个小电视机上。”

“宝物，真是宝物啊！”秋生爹由衷地赞叹道，不知是指那台小电视机，还是电视机上那个上帝姑娘。反正一听说她居然是“活的”，秋生爷儿俩的感情就上升了一个层次。秋生伸手要去捧小电视机，但老上帝不给。

“电视机中的她为什么动得那么慢呢？”秋生问。

“这就是时间流逝速度不同的结果，从我们的时空坐标上看，接近光速飞行的探险飞船上的时间流逝得很慢很慢。”

“那……她就能跟你说话了，是吗？”玉莲指指小电视机问。

上帝点点头，按动了小屏幕背面的一个开关，小电视机立刻发出了一个声音，那是一个柔美的女声，但是音节恒定不变，像是歌唱结束时永恒拖长的尾声。上帝用充满爱意的目光凝视着小屏幕：“她正在说呢。刚刚说出‘我爱你’三个字，每个字说了一年多的时间，已说了三年半，现在正在结束‘你’字，完全结束可能还需要三个月左右吧。”上帝把目光从屏幕上移开，仰视着院子上方的苍穹，“她后面还有话，我会用尽残生去听的。”

兵兵和本家上帝的友好关系倒是维持了一段时间，老上帝们或多或少都有些童心，与孩子们谈得来，也能玩到一块儿。但有一天，兵兵闹着要上帝的那块大手表，上帝坚决不给，说那是和上帝文明通信的工具，没有它，自己就无法和本种族联系了。

“哼，看看，看看，还想着你们那个文明啊，种族啊，从来就没有把我们当自家人！”玉莲气鼓鼓地说。

从此以后，兵兵也不和上帝好了，还时不时地搞些恶作剧捉弄他。

家里唯一还对上帝保持着尊敬和孝心的就是秋生。秋生高中毕业，加上平时爱看书，村里除去那几个考上大学走了的，他就是最知书达理的人了。但秋生在家是个地地道道的软蛋角色，平时看老婆的眼色行事，听爹的训斥过活，要是遇到爹和老婆对他的指示不一致，就只会抱头蹲在那儿流眼泪了。他这个熊样儿，在家里自然无法维护上帝的权益了。

六

上帝与人类的关系终于恶化到不可挽回的地步。

秋生家与上帝关系的彻底破裂，是因为方便面那事。这天午饭前，玉莲搬着一个纸箱子从厨房出来，问她昨天刚买的一整箱方便面怎么一下子少了一半。

“是我拿的，我给河那边儿送过去了，他们快断粮了。”上帝低着头小声回答。

他说的“河那边儿”，是指村里那些离家出走的上帝的聚集点。近日来，村里虐待上帝的事屡有发生，其中最刁蛮的一户人家，对本家的上帝又打又骂，还不给饭吃，逼得那个上帝跳到村前的河里寻短见，幸亏让人救起来了。这事惊动面很大，来处理的不是乡和县里的人，而是市公安局的刑警，还跟着 CCTV 和省电视台的一帮记者，把那两口子一下子都铐走了。按照《上帝赡养法》，他们犯了虐待上帝罪，最少要判 10 年的，而这个法律是唯一一个在世界各国都通用并且统一量刑的法律。这以后村里各家收敛了许多，至少在明里不敢对上帝太过分了。但同时，也更加大了村里人和上帝之间的隔阂。开始有上帝离家出走，其他的上帝纷纷效仿。到目前为止，西岑村近三分之一的上帝离开了收留他们的家庭。这些出走的上帝在河对岸的田野上搭起帐篷，过起了艰苦的原始生活。

在国内和世界的其他地方，情况也好不到哪里去。城市中的街道上再次出现了成群的流浪上帝，而且数量还在急剧增加，重演了 3 年前那噩梦般的一幕。这个人类和上帝共同生活的世界面临着巨大的危机。

"好啊，你倒是大方！你个吃里爬外的！"玉莲大骂起来。

"我说老家伙，"秋生爹一拍桌子站了起来，"你给我滚！你不是惦记着河那边儿的吗？滚到那里去和他们一起过吧！"

上帝低头沉默了一会儿，站起身，到楼上自己的小房间去。他默默地把属于自己的不多的几件东西装到一个小包袱里，拄着那根竹拐杖缓缓出了门，向河的方向走去。

秋生没有和家里人一起吃饭，一个人低头蹲在墙角默不作声。

"死鬼，过来吃啊，下午还要去镇里买饲料呢！"玉莲冲他喊，见他没动，就过去揪他的耳朵。

"放开。"秋生说，声音不高，但玉莲还是触电似的放开了，因为她从来没有见过自己的男人有那种阴沉的表情。

"甭管他，爱吃不吃，傻小子一个。"秋生爹不以为意地说。

"呵，你惦记上帝了是不是？那你也滚到河那边儿野地里跟他们过去吧！”玉莲用一根手指捅着秋生的脑袋说。

秋生站起身，上楼到卧室里，像刚才上帝那样整理了不多的几件东西，装到以前进城打工时用过的那个旅行包中，背着下了楼，大步向外走去。

“死鬼，你去哪儿啊？”玉莲喊道。秋生不理会，只是向外走。她又喊，声音有些胆怯了：“多会儿回来？”

“不回来了。”秋生头也不回地说。

“什么？回来！你小子是不是吃大粪了？回来！”秋生爹跟着儿子出了屋，“你咋的？就算不要老婆、孩子，爹你也不管了？”

秋生站住了，头也不回地说：“凭什么要我管你？”

“哎，我是你老子！我养大了你！你娘死得那么早，我把你姐弟俩拉扯大容易吗？你浑了你！”

秋生回头看了他爹一眼说：“要是创造出咱们祖宗的祖宗的祖宗的人都让你一脚踢出了家门，我不养你的老也算不得什么大罪过。”说完顾自走去，留下他爹和媳妇在门边目瞪口呆地站着。

秋生从那座古老的石拱桥上过了河，向上帝们的帐篷走去。他看到，在撒满金色秋叶的草地上，几个上帝正支着一口锅煮着什么，他们的大白胡子和锅里冒出的蒸气都散映着正午的阳光，很像一幅上古神话中的画面。秋生找到自家的上帝，憨憨地说：“上帝爷子，咱们走吧。”

“我不回那个家了。”上帝摆摆手说。

“我也不回了，咱们先去镇里我姐家住一阵儿，然后我去城里打工，咱们租房子住，我会养活您一辈子的。”

“你是个好孩子啊——”上帝拍拍秋生的肩膀说，“可我们要走了。”他指指自己手腕上的表，秋生这才发现，他和所有上帝的手表都发出闪动的红光。

“走？去哪儿？”

“回飞船上去。”上帝指了指天空。秋生抬头一看，发现空中已经有了两艘外星飞船，反射着银色的阳光，在蓝天上格外醒目。其中一艘已经呈现出很大的轮廓和清晰的形状，另一艘则处在后面的深空，看上去小了很多。最令秋生震惊的是，从第一艘飞船上垂下了一根纤细的蛛丝，从太空直垂到远方的地面！随着蛛丝缓慢地摆动，耀眼的阳光在蛛丝不同的区段上窜动，看上去像蓝色晴空中细长的闪电。

“太空电梯，现在在各个大陆上已经建起了100多条，我们要乘它离开地球回到飞船上去。”上帝解释说。秋生后来才知道，飞船在同步轨道上放下电梯的同时，向着太空的另一侧也要有相同的质量来平衡，后面那艘深空中的飞船就是作为平衡配重的。当秋生的眼睛适应了天空的光亮后，发现更远的深空中布满了银色的星星，那些星星分布均匀，构成一个巨大的矩阵。秋生知道，那是从小行星带正在飞向地球的其余2万多艘上帝文明的飞船。

七

2万多艘外星飞船又布满了地球的天空，在以后的两个月中，有大量的太空舱沿着垂向各大陆的太空电梯上上下下，接走在地球上生活了一年多的20亿上帝。那些太空舱都是银色的球体，远远看去，像是一串串挂在蛛丝导轨上的晶莹露珠。

西岑村的上帝走的这天，全村的人都去相送，所有的人对上帝都亲亲热热的，让人想起一年前上帝来的那天，好像上帝前面受到的那些嫌弃和虐待与他们毫无关系似的。

村口停着两辆大巴车，就是一年前送上帝来的那两辆，这100多个上帝要被送到最近的太空电梯下垂点搭乘太空舱。从这里能看到的那根蛛丝，与陆地的接点其实有几百千米之遥。

秋生一家都去送本家的上帝，一路上大家默默无语。快到村口时，上帝停了下来，拄着拐杖对一家人鞠躬说："就送到这儿吧，谢谢你们这一年的收留和照顾，真的谢谢，不管飞到宇宙的哪个角落，我都会记住这个家的。"他说着把那块球形的大手表摘下来，放到兵兵手里，"送给你啦。"

"那……你以后怎么同其他上帝通信呢？"兵兵问。

"都在飞船上，用不着这东西了。"上帝笑着说。

"上帝爷子啊，"秋生爹一脸伤感地说，"你们那些船可都是破船了，住不了多久的，你们坐着它们能去哪儿呢？"

上帝抚着胡子平静地说："飞到哪儿算哪儿吧，太空无边无际，哪儿还不能埋人呢？"

玉莲突然哭出声来："上帝爷子啊，我这人……也太不厚道了，把过日子攒起来的怨气全撒到您身上，真像秋生说的，一点儿良心都没了……"她把一个竹篮子递到上帝手中，"我一早煮了些鸡蛋，您拿着路上吃吧。"

上帝接过了篮子，说："谢谢！"随手拿出一个鸡蛋剥开，津津有味地吃了起来，白胡子上沾了星星点点的蛋黄，同时口齿不清地说着，"其实，我们到地球来，并不只是为了活下去，都是活了两三千岁的人了，死有什么可在意的？我们只是想和你们在一起，我们喜欢和珍惜你们对生活的热情、你们的创造力和想象力，这些都是上帝文明早已失去的，我们从你们身上看到了上帝文明的童年。但真没想到给你们带来了这么多的麻烦，实在对不起。"

"你留下来吧，爷爷，我不会再不懂事了！"兵兵流着眼泪说。

上帝缓缓地摇摇头："我们走，并不是因为你们待我们怎么样，能收留我们，已经很满足了。但有一件事让我们没法待下去，那就是：上帝在你们的眼中已经变成了一群老可怜虫。你们可怜我们了，你们竟然可怜我们了。"

上帝扔下手中的蛋壳，抬起白发苍苍的头仰望长空，仿佛透过那湛蓝的大气层看到了灿烂的星海，说道："上帝文明怎么会让人可怜呢？你们根本不知道这是一个怎样伟大的文明，不知道它在宇宙中创造了多少壮丽的史诗和雄伟的奇迹！记得那是银河一八五七纪元吧，天文学家们发现，有大批的恒星加速向银河系中心运动，这恒星的洪水一旦被银河中心的超级黑洞吞没，产生的辐射将毁灭银河系中的一切生命。于是，我们那些伟大的祖先，在银河中心黑洞周围沿银河系平面建起了一个直径 1 万光年的星云屏蔽环，使银河系中的生命和文明延续下去。那是一项多么宏伟的工程啊，整整延续了 1400 万年才完成……紧接着，仙女座和大麦哲伦两个星系的文明对银河系发动了强大的联合入侵，上帝文明的星际舰队跨几十万光年，在仙女座与银河系的引力平衡点迎击入侵者。当战争进入白热化的时候，双方数量巨大的舰队在战斗中混为一体，形成了一个直径有太阳系大小的旋涡星云。在战争的最后阶段，上帝文明毅然将剩余的所有战舰和巨量的非战斗飞船投到了这个高速自旋的星云，使星云总质量急剧增加，引力大于离心力，这个由星际战舰和飞船构成的星云居然在自身引力下坍缩，生成了一颗恒星！由于这颗恒星中的重元素比例很高，在生成后立刻变成了一颗疯狂爆发的超新星，照亮了仙女座和银河系之间漆黑的宇宙深渊！我们伟大的祖先就是以这样的气概和牺牲消灭了入侵者，把银河系变成一个和平的生命乐园……现在文明是老了，但不是我们的错，无论怎样努力避免，一个文明总是要老的，谁都有老的时候，你们也一样。我们真的不需要你们可怜。"

"与你们相比，人类真算不得什么。"秋生敬畏地说。

"也不能这么说，地球文明还是个幼儿。我们盼着你们快快长大，盼望地球文明能够继承它的创造者的光荣。"上帝把拐杖扔下，双手一高一低地放在秋生和兵兵肩上，"说到这里，我最后有些话要嘱咐你们。"

"我们不一定听得懂，但您说吧。"秋生郑重地点点头说。

"首先，一定要飞出去！"上帝对着长空伸开双臂，他身上宽大的白袍随着秋风飘舞，像一面风帆。

“飞？飞到哪儿去？”秋生爹迷惑地问。

“先飞向太阳系的其他行星，再飞向其他的恒星。不要问为什么，只是尽最大的力量向外飞，飞得越远越好！这样虽然要花很多钱，死很多人，但一定要飞出去。任何文明，待在它诞生的世界不动就等于自杀！到宇宙中去寻找新的世界、新的家，把你们的后代像春雨般洒遍银河系！”

“我们记住了。”秋生点点头，虽然他和自己的父亲、儿子、媳妇一样，都不能真正理解上帝的话。

“那就好。”上帝欣慰地长出一口气，“下面，我要告诉你们一个秘密，一个对你们来说是天大的秘密——”他用蓝幽幽的眼睛依次盯着秋生家的每个人看，那目光如飕飕寒风，让他们心里发毛，“你们，有兄弟。”

秋生一家迷惑不解地看着上帝，是秋生首先悟出了上帝这话的含义：“您是说，你们还创造了其他的地球？”

上帝缓缓地点点头：“是的，还创造了其他的地球，也就是其他的人类文明。目前除了你们，这样的文明还存在三个，距你们都不远，都在 200 光年的范围内。你们是地球四号，是年龄最小的一个。”

“你们去过那里吗？”兵兵问。

上帝又点点头：“去过，在来你们的地球之前，我们先去了那三个地球，想让他们收留我们。地球一号还算好，在骗走了我们的科技资料后，只是把我们赶了出来；地球二号，扣下了我们中的 100 万人当人质，让我们用飞船交换，我们付出了 1000 艘飞船，他们得到飞船后发现不会操作，就让那些人质教他们，发现人质也不会，就将他们全杀了；地球三号也扣下了我们的 300 万人质，让我们用几艘飞船分别撞击地球一号和二号，因为他们之间处于一种旷日持久的战争状态，其实只一艘反物质动力飞船的撞击就足以完全毁灭一个地球上的全部生命，我们拒绝了，他们也杀了那些人质……”

“这些不肖子孙，你们应该收拾他们几下子！”秋生爹愤怒地说。

上帝摇摇头：“我们是不会攻击自己创造的文明的。你们是这四个兄弟中最懂事的，所以我才对你们说了前面那些话。你们那三个哥哥极具侵略性，他们不知爱和道德为何物，其凶残和嗜杀是你们根本无法想象的。其实我们最初创造了六个地球，另外两个分别与地球一号和三号在同一个行星系，都被他们的兄弟毁灭了。这三个地球之所以还没有互相毁灭，只是因为他们分属不同的恒星，距离较远。他们三个都已经得知了地球四号的存在，并有太阳系的准确坐标，所以你们必须先去消灭他们，免得他们来消灭你们。”

“这太吓人了！”玉莲说。

“暂时还没那么可怕，因为这三个哥哥虽然文明进化程度都比你们高，但仍处于低速宇航阶段，他们最高的航行速度不超过光速的十分之一，航行距离也超不出 30 光年。这是一场生死赛跑，看你们中谁最先能够贴近光速航行，这是突破时空禁锢的唯一方式。谁能够首先达到这个技术水平，谁才能生存下来，其他稍慢一步的都必死无疑，这就是宇宙中的生存竞争。孩子们，时间不多了，要抓紧！”

“这些事情，地球上那些最有学问、最有权力的人都知道了吧？”秋生爹战战兢兢地问。

“当然知道，但不要只依赖他们，一个文明的生存要靠每个个体的共同努力，当然也包括你们这些普通人。”

“听到了吧？兵兵，要好好学习！”秋生对儿子说。

“当你们以近光速飞向宇宙，解除了那三个哥哥的威胁，还要抓紧办一件重要的事：找到几颗比较适合生命生存的行星，把地球上的一些低等生物，如细菌、海藻之类的，播撒到那些行星上，让它们自行进化。”

秋生正要提问，却见上帝弯腰拾起了地上的拐杖，于是一家人同他一起向大巴车走去，其他的上帝已经在车上了。

“哦，秋生啊，”上帝想起了什么，又站住了，“走的时候没经你同意就拿了你几本书，”他打开小包袱让秋生看，“你上中学时的数理化课本。”

“啊，拿走好了，可您要这个干什么？”

上帝系起包袱说：“学习呗，从解一元二次方程学起，以后太空中的漫漫长夜里，总得找些打发时间的事情做。谁知道呢，也许有那么一天，我真的能试着修好我们那艘飞船的反物质发动机，让它重新进入光速呢！”

“对了，那样你们又能跨越时间了，就可以找个星球再创造一个文明给你们养老了！”秋生兴奋地说。

上帝连连摇头：“不不不，我们对养老已经不感兴趣了，该死去的就让它死去吧。我这么做，只是为了了却自己最后一个心愿，”他从怀里掏出了那个小电视机，屏幕上，他那 2000 多年前的情人还在慢慢说着那三个字中的最后一个，“我只想再见到她。”

“这念头是好，但也就是想想罢了。”秋生爹摇摇头说，“你想啊，她已经飞出去 2000 多年了，以光速飞的，谁知道飞到什么地方去了。你就是修好了船，也追不上她了，你不是说过没什么能比光走得更快吗？”

上帝用拐杖指指天空：“这个宇宙，只要你耐心等待，什么愿望都有可能实现，虽然这种可能性十分渺茫，但总是存在的。我对你们说过，宇宙诞生于一场大爆炸，现在，引力使它的膨胀速度慢了下来，然后宇宙的膨胀会停下来，转为坍缩。如果我们的飞船真能再次接近光速，我就让它无限逼近光速飞行，这样就能跨越无限的时间，直接到达宇宙的末日时刻。那时，宇宙已经坍缩得很小很小，会比乒乓的皮球还小，会成为一个点。那时，宇宙中的一切都在一起了，我和她，自然也在一起了。”一滴泪滚出上帝的眼眶，滚到胡子上，在上午的阳光中晶莹地闪烁着，“宇宙啊，就是《梁祝》最后的坟墓，我和她，就是墓中飞出的两只蝴蝶啊——”

八

一个星期后，最后一艘外星飞船从地球的视野中消失了，上帝走了。

西岑村恢复了以前的宁静。夜里，秋生一家坐在小院中看着满天的星星。此时已是深秋，田野里的虫鸣全都消失了，微风吹动着脚下的落叶，让人感觉有些寒意。

“他们在那么高的地方飞，多大的风啊，多冷啊——”玉莲喃喃自语道。

秋生说：“哪有什么风啊，那是太空，连空气都没有呢！冷倒是真的，冷到了头儿，书上叫绝对零度。唉，那黑漆漆的一片，不见底也没有边，那是噩梦都梦不见的地方啊！”

玉莲的眼泪又出来了，但她还是找话说以掩饰一下：“上帝最后说的那两件事，地球的三个哥哥我倒是听明白了，可他后面又说，要我们向别的星球上撒细菌什么的，我想到现在也想不明白。”

“我明白了。”秋生爹说，在这灿烂的星空下，他愚拙了一辈子的脑袋终于开了一次窍。他仰望群星，头顶着它们过了一辈子，今天才发现自己真切地看到它们的样子，一种从未有过的感觉充满了他的血液，使他觉得自己仿佛与什么更大的东西接触了一下，虽远未能融为一体，但这种感觉还是令他震惊不已。他对着星海长叹一声，说：

“人啊，该考虑养老的事了。”

超新星纪元

这时，地球是天上的一颗星。

这时，北京是地上的一座城。

在这座已是一片灯海的城市里，有一所小学校，在校园里的一间教室中，一个毕业班正在开毕业晚会。像每一个这种场合必不可少的，孩子们开始畅谈自己的理想，未来像美丽的花朵一样在他们眼前绽开。

班主任郑晨是一名年轻的女教师，她问旁边的一个女孩儿："晓梦，你呢？你长大想干什么？"那女孩儿一直静静地看着窗外想心事，她穿着朴素，眼睛大而有神，透出一种与她这个年龄不相称的忧郁和成熟。

"家里困难，我将来只能读职业中学了。"她轻轻叹了一口气说。

"那华华呢？"郑晨又问一个很帅的男孩儿。他的一双大眼睛总是不停地放出耀眼的光芒，仿佛世界在他的眼中，每时每刻都是一团刚刚爆发的五彩缤纷的焰火。

"未来太有意思了，我一时还想不出来，不管干什么，我都要成为最棒的！"

"其实说这些都没什么意思，"一个瘦弱的男孩儿说，他叫严井，因为戴着一副度数很高的近视镜，大家都管他叫"眼镜"，"谁都不知道将来会发生什么，未来是不可预测的，什么事情都可能发生。"

华华说："用科学的方法就可以预测，有未来学家的。"

"眼镜"摇摇头："正是科学告诉我们未来不可预测，那些未来学家以前做出的预测没有多少是准的，因为世界是一个混沌系统，混沌系统，三点水的‘沌’，不是可以吃的‘馄饨’。”

“这你好像跟我说过，这儿蝴蝶拍一下翅膀，在地球那边就有一场风暴。”

“眼镜”点点头：“是的，混沌系统。”

华华说：“我的理想就是成为那只蝴蝶。”

“眼镜”又摇摇头：“你根本没明白：我们每个人都是蝴蝶，每只蝴蝶都是蝴蝶，每粒沙子和每滴雨水都是蝴蝶，所以世界才不可预测。”

“同学们，”郑晨站起身来说，“我们最后看看自己的校园吧！”

于是，孩子们走出了教室，同他们的班主任老师一起漫步在校园中。这里的灯大都灭着，大都市的灯光从四周远远地照进来，使校园的一切显得宁静而朦胧。孩子们走过了两幢教学楼，走过了办公楼，走过了图书馆，最后穿过那排梧桐树，来到操场上。这 43 个孩子站在操场的中央，围着他们年轻的老师，郑晨张开双臂，对着在城市的灯光中暗淡了许多的星空说：

“孩子们，童年结束了。”

这似乎只是一个很小的故事，43 个孩子，将离开这个宁静的小学校园，各自继续他们刚刚开始的人生旅程。

这似乎是一个极普通的夜，在这个夜里，时间一如既往平静地流动着。“不可能两次进入同一条河流”不过是古希腊人的梦呓，在人们心中，时间的河一直是同一条，以永恒的节奏流个没完。所以，即使在这个夜里，这个叫地球的行星上的名字叫人的碳基生物，在时间长河永恒感的慰藉下，仍能编织着已延续了无数代人的平静的梦。

这里有一个普通的小学校园，校园的操场上有 43 个 13 岁的孩子，同他们年轻的班主任一起仰望着星空。

苍穹上，冬夜的星座——金牛座、猎户座和大犬座已沉到西方地平线下，夏夜的星座——天琴座、武仙座和天秤座早已出现。一颗颗星如一只只遥远的眸子，从宇宙无边的夜海深处一眨一眨地看着人类世界，只是在今夜，这来自宇宙的目光有些异样。

这时，人类所知道的历史已走到了尽头。

死　星

在我们周围 10 光年的太空里，有大团的宇宙尘埃存在，这些尘埃像是飘浮在宇宙夜海中的乌云。正是这片星际尘埃，挡住了距地球 8 光年的一颗恒星，那颗恒星的直径是太阳的 23 倍，质量是太阳的 67 倍。现在它已进入了漫长演化的最后阶段，离开主星序，步入自己的晚年期，我们把它称为死星。

如果它有记忆的话，也无法记住自己的童年。它诞生于 5 亿年前，它的母亲是另一片星云。经过剧变的童年和骚动的青年时代，核聚变的能量顶住了恒星外壳的坍缩，死星进入了漫长的中年期，它那童年时代以小时、分钟甚至秒来计算的演化现在以亿年来计算了，银河系广漠的星海又多了一个平静的光点。

但如果飞近死星的表面，就会发现这种平静是虚假的。这颗巨星的表面是核火焰的大洋，炽热的火的巨浪发着红光咆哮撞击，把高能粒子像暴雨般地洒向太空；大得无法想象的能量从死星深深的中心涌上来，在广阔的火海上翻起一团团刺目的涌浪；火海之上，核能的台风在一刻不停地刮着，暗红色的等离子体在强磁场的扭曲下，形成一根根上千万千米高的龙卷柱，像伸向宇宙的红色海藻群……死星在人类看到的星空中应该是很亮的，它的视星

等是 -7.5，如果不是它前方 3 光年处那片星际尘埃挡住它射向地球的光线的话，将有一颗比最亮的恒星天狼星还要亮 5 倍的星星照耀着人类历史。在没有月光的夜晚，那颗星星能在地上映出人影，那梦幻般的蓝色星光，一定会使人类更加多愁善感。

死星平静地燃烧了 4.6 亿年，它的生命壮丽辉煌，但冷酷的能量守恒定律使它的内部不可避免地发生了一些变化：随着氦的沉积，它那曾是能量源泉的心脏渐渐变暗——死星老了。又经过一系列复杂的变化，死星中心的核聚变已无法支撑沉重的外壳，曾使死星诞生的万有引力现在干起了与之前相反的事，死星在引力之下坍缩成了一个致密的小球，组成它的原子在不可思议的压强下被压碎，首先坍塌的是核心，随后，失去支撑的外壳也塌了下来，猛烈地撞击致密的核心，在瞬间最后一次点燃了核聚变。

5 亿年引力和火焰的史诗结束了，一道雪亮的闪电撕裂了宇宙，死星化作亿万块碎片和尘埃，强大的能量化为电磁辐射和高能粒子的洪流，以光速涌向宇宙的各个方向。在死星爆发 3 年后，能量的巨浪轻而易举地推开了那片星际尘埃，向太阳扑来。

死星的强光越过了半人马座三星后，又在冷寂而广漠的外太空走了 4 年，终于到达了太阳系的外围（这时，那个小学班级的毕业晚会刚刚开始）。

死星的强光越过了冥王星，在它那固态氮的蓝色晶体大地上激起一片蒸气；很快，强光又越过了海王星和天王星，使它们的星环变得晶莹透明；接着越过了土星和木星，高能粒子的狂风在它们的液体表面掀起一阵磷光；死星的能量到达月球，哥白尼环形山和雨海平原发出一片刺目的白光，又过了一秒钟，在太空中行走了 8 年的死星的能量到达地球。

夜空骄阳

是中午了!

这是孩子们视力恢复后的第一感觉，刚才的强光出现得太突然，仿佛是谁突然打开了宇宙中一盏大电灯的开关，使他们暂时失明了。

这时是22点18分，但孩子们确实站在正午的晴空之下。抬头看看这万里碧空，他们倒吸了一口冷气。这绝不是人们过去看到的那种蓝天，这天空蓝得惊人，蓝得发黑，如同超还原的彩色胶卷记录的色彩，而且这天空似乎纯净到了极点，仿佛是过去那略显灰白的天空被剥了一层皮，这天空的纯蓝像皮下的鲜肉一样，似乎马上就要流出血来。城市被阳光照得一片雪亮，看看那个太阳，孩子们失声惊叫起来。

那不是人类的太阳!

那个夜空中突然出现的太阳的强光使孩子们无法正视，他们从指缝中瞄了几眼，发现那个太阳不是圆的，它没有形状，事实上它的实体在地球上看去和星星一样是一个光点。白色的强光从宇宙中的一个点迸发出来，但由于它发出的光极强（视星等为-51.23，几乎是太阳的2倍），所以看上去并不小。它发出的光芒经大气的散射，好像是西天悬着的一只巨大而刺目的毒蜘蛛。

操场上的孩子们还没回过神来，空中就出现了闪电，这是死星的射线电离大气造成的。长长的紫色电弧在纯蓝的天空中出现，然后越来越密，雷声震耳欲聋。

“快！回教室去！”郑晨喊。孩子们纷纷向教学楼跑去，每个人都捂着头，阵阵雷声在他们头顶炸响，仿佛整个世界都在分崩离析。跑进教室后，孩子们都瑟瑟发抖地在老师的周围挤成一团。死星的光芒从一侧窗户中透射进来，在地板上投下明亮的方形；另一侧窗户则透进闪电的光，那蓝紫色的电光在教室的这一边急骤地闪动。空气中开始充满了静电：人们衣服上的金属小件，都噼噼啪啪地闪起了小火花；皮肤上的汗毛都竖了起来，使人觉得浑身痒痒；周围的物体都像长了刺似的扎手。

死星在宇宙中照耀了 1 小时 25 分钟后，突然消失了。现在，只有巨大的射电望远镜阵列才能探测到死星的遗体——一颗飞速旋转的中子星，它发出具有精确时间间隔的电磁脉冲。

孩子们把脸贴在教室的玻璃窗上，从头至尾目睹了这没有太阳的日落、这最怪异的黄昏。他们看到，天空的蓝色渐渐变深，很快成了夜幕降临时的蓝黑色。死星的光芒在收敛，在它的周围形成了一片暮曙光，这暮曙光最初占据了半个天空，很快缩小至围着死星的一圈，色彩由蓝紫色过渡到白色，这时天空的大部分已黑了下来，零星的星星开始出现。死星周围的光晕继续缩小，最后完全消失。死星这时已由一个光芒四射的光源变成了一个亮点，当星空完全重现时，它仍是最亮的一颗星，然后它的亮度继续减弱，成了银河系中一颗普通的星星。5 分钟后，死星完全消失在宇宙深渊中。

看到闪电停了，孩子们跑出教室，他们发现自己置身于一个荧光世界中，在黑色的夜空下，外面的一切：树木、房屋、地面……全都发出蓝绿色的荧光，仿佛大地和它上面的一切都变成了半透明的玉石，而大地的深处有一个月亮似的光源照上来，把光亮浸透于玉石之中。夜空中悬浮着发着绿光的云朵，被死星惊动的鸟群像发着绿光的精灵从空中飞快掠过。最让孩子们震惊的是，他们自己也发出荧光，从黑暗中看去如负片上的图像，像一群幽灵。

“我就说过嘛，什么事情都会发生的……”“眼镜”喃喃地说。

这时，教室里的灯亮了，周围城市的灯光也相继亮了起来，孩子们才意识到刚才停电了。随着灯光的出现，那无处不在的荧光消失了。孩子们原以为世界恢复了原状，但他们很快发现让人震惊的事情还没有完。

在东北方向的天边有一片红光，过了一会儿，那个方向的天空中升起了发着暗红色光的云层，像刚刚出现的朝霞。

“这次是真的天亮了！”

“胡说，还不到 12 点呢！”

那红云浩浩荡荡地飘过来，很快覆盖了半个夜空，这时孩子们才发现，那云本身就发光。当红云的前缘飘至中天时，他们看到那里是由一条条巨大的光带组成的，像是从太空中垂下的无数条红色的帷幔在缓缓地扭动变幻。

“是北极光呀！”有孩子喊。

由死星的辐射产生的极光很快布满了整个天空，在以后的两天，东半球的夜空都涌动着红色的光幔。

在死星出现的那个位置，浮现出一小片发光的星云。这是超新星爆发后留下的尘埃，死星残骸发出的高能电磁脉冲激发了它，使其在可见光波长发出同步加速辐射，人类才能看到它。星云现在还很小，初看上去就像一颗昏暗的星星，仔细看才能看出形状，但它在缓慢地变大，按照它的形状，人们称它为玫瑰星云。

从此，玫瑰星云将照耀着人类历史，直至这个继恐龙之后统治地球的物种毁灭或永生。

山谷世界

死星的出现对人类世界来说无疑是一件大事。从天文学的角度来讲，说这次超新星爆发近在眼前已不准确，应该是近在睫毛。但到了第二天，普通人已经重新埋头于自己平淡的生活了，人们对超新星的兴趣，仅限于玫瑰星云又变到了多大、形状又发生了什么变化，不过这种关注已是休闲性质的了。

超新星爆发后的第三天，郑晨接到了校长的一个紧急通知，让她集合已放假的毕业班。郑晨很奇怪，这个班已正式毕业，按说已与这所学校没有什么关系了。当这个班的 43 个孩子又在他们的母校集合后，发现操场上有一辆大巴车在等着他们。车上下来三个人，其中那个负责的中年人叫张林，校长介绍说他们来自中央非常委员会。

“非常委员会？”这个名称让郑晨很困惑。

“是一个刚成立的机构。”张林简单地说，“您这个班的孩子要有一段时间不能回家了，我们负责通知他们的家长，您对这个班比较熟悉，和他们一起去吧。不用拿什么东西了，现在就走。”

“这么急？”郑晨吃惊地问。

“时间紧。”张林简单地说。

载着 43 个孩子的大巴车出了城，一直向西开。张林坐在郑晨的旁边，一上车就仔细地看这个班的学生登记表，看完后，两眼直视着车的前方，沉默不语。另外两个年轻人也是一样。看着他们那凝重的神色，郑晨也不好问什么。这气氛也感染了孩子们，他们一路上很少说话。车过了颐和园继续向西开，一直开到西山，又在丛林间的僻静的山间公路上开了一会儿，来到一个山谷里。山谷两边的山坡很平缓，到深秋的时候，这里可能会有很多红叶，但是现在还是一片绿色。谷底有一条小河，挽起裤脚就能走过去。车停在公路旁的一块空地上，这里已经停着一大片与这辆车一模一样的大巴车。郑晨和她的学生们下了车，看到这里已聚集了许多孩子，可能有上千名，他们的年龄看上去与这个班孩子的年龄差不多。

一位负责人站在一块大石头上大声讲话。

“孩子们，现在我告诉你们此行的目的：我们要做一个大游戏！”

他显然不是一个常与孩子打交道的人，说话时一脸严肃，没有一点儿做游戏的样子，却在孩子们中引起了一阵兴奋的骚动。

“你们看，”他指指眼前这个山谷，“这就是我们做游戏的场地。你们 24 个班，每个班将在这里分到一块地，面积有三到四平方千米，已经不小了。你们每个班将在这块土地上……听着，将在这块土地上建立一个小国家。”

他最后的这句话吸引了孩子们的注意力，上千双眼睛一动不动地聚焦在他身上。

“这个游戏为期 15 天，这 15 天时间里，你们将生活在分配给你们的国土上。”

孩子们欢呼起来。

“安静安静！听我说。在这 24 块国土上，已经放置了必需的生活资料，如帐篷、行军床、燃料、食品和饮用水，但这些物资并不是平均分配的，比如有的国土上帐篷比较多，食品比较少，有的则相反。但有一点可以肯定，那就是这些国土上总的生活物资的数量，是不够维持这么多天的生活的，你们将通过以下两个渠道获得生活物资：

“第一，贸易。你们可以用自己多余的物资来换取自己短缺的物资，但即使这样，仍不可能使你们的小国家维持 15 天，因为生活物资的总量是不够的，这就需要你们——

“第二，进行生产。这将是你们的小国家中主要的活动和任务。生产是在你们的国土上开荒，在开好的地上播下种子并浇上水。你们当然不可能等到田地里长出粮食，但根据你们开垦的土地的数量和播种灌溉的质量，可从游戏指挥组这里换到相应数量的食品。这 24 个小国家是沿着这条小河分布的，它是你们的共同资源，你们将用小河的水灌溉开垦的土地。

“国家的领导人由你们自己选举，每个国家有三位最高领导人，权力相等，国家的最高决策由他们共同做出。国家的行政机构由你们自己设置，你们自己决定所在国家的一切，如建设规划、对外政策等。我们不会干涉，国家的公民可以自由流动，你觉得哪个国家好就可以去哪个国家。

“下面就到分配给你们的国土上去，首先给你们的国家起个名字，报到指挥组来，剩下就是你们自己的事了。我只想告诉你们，这场游戏的限制很少很少，孩子们，这些小国家的命运和未来掌握在你们手里，希望你们使自己的小国家繁荣壮大起来。”

这是孩子们见过的最棒的游戏了，他们一哄而散，纷纷奔向自己的国土。

在张林的带领下，郑晨的班级很快找到了他们的国土，在这个被白色栅栏围起来的区域里，河滩和山坡各占一半，在河滩和山坡的交会处整齐地堆放着帐篷和食品等各种物资。孩子们向前跑去，在那堆物资中翻腾起来，把张林和郑晨甩在后面。郑晨听到孩子们发出一阵惊呼声，然后围成一圈看着什么，她走过去分开孩子们，向地上看去，一时有些惊讶。

在一块绿色的篷布上，整齐地摆放着一排冲锋枪。

郑晨对武器比较陌生，但她肯定这些不是玩具。她弯腰拿起其中的一支，有种沉甸甸的质感，还闻到了一股枪油味，那钢制的枪身现出冷森森的蓝色光泽。她看到旁边还有三个绿色的金属箱，一个孩子打开其中的一个，露出了里面装着的黄灿灿的子弹。

“叔叔，这是真枪吗？”一个孩子问刚走过来的张林。

“当然，这种微型冲锋枪是我军最新装备的制式武器，它体积小、重量轻，枪身可折叠，很适合孩子使用。”

“哇……”男孩子们兴奋地去拿枪。但郑晨厉声说：“别动！谁也不许碰这些东西！”然后转身质问张林，“这是怎么回事？”

张林淡淡地说：“作为一个国家，必需的物资中当然包括武器。”

“你刚才说，适合孩子……使用？”

“呵呵，你不必担心，”张林笑笑说，弯腰从弹药箱中拿出一排子弹，“这种子弹是没有杀伤力的，它实际上是粘在一小片塑料两侧的两小团金属丝，分量很轻，射出后速度很快减慢，击中人体也不会造成伤害。但这两团金属丝充有很强的静电，击中目标时会产生几十万伏的放电，会把人击倒并使人失去知觉，不过其电流强度很小，被击中的人会很快恢复，不会造成永久伤害。”

“电击人怎么能不造成伤害？”

“这种子弹最初是作为警用的，曾做过大量的动物和人体试验，西方警察早在80年代就装备过这种子弹，有过大量的使用案例，从没有造成过伤亡。”

“如果打到眼睛上呢？”

“可以戴上护目镜。”

“如果被击中的人从高处摔下来呢？”

“我们特意选了比较平缓的地形……当然应该承认，绝对保证安全是很难的，但受伤的概率确实很小。”

“你们真的要把这些武器交给孩子们，并允许他们对别的孩子使用它们？”

张林点点头。

郑晨的脸色变得苍白：“不能用玩具枪吗？”

张林摇摇头：“战争是国家历史中不可缺少的组成部分，我们必须尽可能制造一种真实的氛围，得出的结果才可靠。”

“结果？什么结果？”郑晨惊恐地盯着张林，像在看一个怪物，“你们到底要干什么？”

“郑老师，您冷静些，我们做得很节制了，据可靠情报，有一半国家让孩子们使用实弹。”

“一半国家？全世界都在做这种游戏？”郑晨用恍惚的眼神四下看了看，似乎在确定她是不是处在噩梦中，然后努力使自己平静下来，撩了一下额前的乱发说，“请送我和孩子们回去。”

“这不可能，这个地区已经戒严了，我对您说过这个工作极其重要……”

郑晨再次失去控制：“我不管这些，我不允许你们这样做，作为一名教师，我有自己的责任和良心。”

“我们也有良心，但同样有更大的责任，正是这两样东西迫使我们这样做的。”张林用很真诚的目光看着郑晨，“请相信我们。”

“送孩子们回去！”郑晨不顾一切地大喊。

“请相信我们。”

这不高的话音是从郑晨身后传来的，她觉得这声音很熟悉，但一时又想不起在哪儿听到过。看到面前的孩子们都在呆呆地看着她身后的方向，她转过身来，看到这里已站了许多人，当她看清这些人时，更觉得自己不是在现实中了，这反而使她再次平静下来。这些人中，她认出了后面几位在电视上常见到的国家高级领导人，但她最先认出的是站在最前面的两个人。

他们是国家主席和国务院总理。

“有在噩梦中的感觉，是吗？”主席神情祥和地问。

郑晨说不出话，只是点点头。

总理说：“这不奇怪，开始时我们也有这种感觉，但很快就会适应的。”

主席的一句话使郑晨多少清醒过来一些：“你们的工作很重要，关系到国家和民族的命运，以后我们会对大家解释清楚这一切的，到那时，同志，你会为你以前和现在所做的工作感到自豪的。”

一行人开始向相邻的那片小国土走去，总理走了一步又停下来，转身对郑晨说：“年轻人，现在你要明白的只有一点：世界已不是原来的世界了。”

“同学们，给我们的小国家起个名字吧！”“眼镜”建议。

这时，太阳已从山脊落下，给山谷洒下了一层金辉。

“就叫太阳国吧！”华华说，看到大家一致赞同，他又说，“我们要画一面国旗。”

于是，孩子们从那堆物资中找到一块白布，华华从带来的书包中拿出一支粗记号笔，在上面画了一个圆圈：“这是太阳，谁有红色笔，把它涂上？”

“这不成了日本旗吗？”有孩子说。

晓梦拿过笔来，在太阳中画上了一双大大的眼睛和一张笑嘻嘻的嘴巴，又在太阳的周围画上了象征光芒的放射状线条，这面国旗得到了孩子们的认同。在超新星纪元，这面稚拙的国旗被作为最珍贵的历史文物保存在国家历史博物馆。

“国歌呢？”

“就用少先队的队歌吧。”

当太阳完全升出来时，孩子们在他们小小的国土中央举行了升旗仪式。

仪式结束后，张林问华华：“为什么首先想到设计国旗和国歌呢？”

“国家总得有一个，嗯，象征吧，总得让同学们看到国家吧，这样大家才有凝聚力。”

张林在笔记本上记下了些什么。

“我们做得不对吗？”有孩子问。

张林说：“此前那位负责人已经说过，你们自己决定这里的一切，照自己想的去做，我的任务只是观察，绝不干涉你们。”他又对旁边的郑晨说，“郑老师，您也是这样。”

然后孩子们选举国家领导人，过程很顺利，华华、“眼镜”和晓梦当选。华华让吕刚组建军队，结果班里的 25 个男孩子全是军队成员，其中的 20 个孩子领到了冲锋枪。吕刚安慰那 5 个没领到枪的怒气冲冲的男孩儿，答应这几天大家轮换着拿枪。晓梦则任命林莎为卫生部部长，让她管理生活物资中所有的药品，并给可能出现的病人看病。孩子们决定，其他的机构在国家的运行过程中根据需要设立。

然后孩子们开始在新国土上安家，他们清理空地，并在上面支起帐篷。当几个孩子钻进刚支起的第一顶帐篷时，它倒了下来，把孩子们盖到里面，孩子们费了好大劲儿才钻出来，但这也让他们很开心。到中午时，他们终于支起了几顶帐篷，并把行军床搬进去，基本安顿了下来。

在孩子们开始做午饭前，晓梦建议，应该把所有的食品和饮用水清点一下，对每天的消耗量做一个详细的计划。头两天的食品应尽量节省，因为开荒开始后，劳动强度更大，大家会吃得更多。另外还要考虑到开荒不顺利，不能从指挥组那里及时换到食品的情况。孩子们干了一上午活儿，胃口都出奇地好，现在又不让敞开吃，大家都很有意见，但晓梦还是晓之以理，用极大的耐心说服了大家。

张林在旁边默默地观察着这一切，又在本子上记了些什么。

饭后，孩子们走访了邻国，与他们进行了一些易货贸易，用多余的帐篷和工具换来了较短缺的食品，同时了解了自己的国家所处的位置：他们在小河这一侧，上游的邻国是银河共和国，下游的邻国是巨人国，小河正对岸是伊妹儿国，它的上下游分别是毛毛虫国和蓝花国（分别以本国国土上的特色物产命名）。山谷中还有其他 18 个小国家，但距这里有一段距离，孩子们不太感兴趣。

其后的一天一夜是山谷世界的黄金时代，孩子们对新生活充满了兴奋和热情。第二天，所有的小国家都开始在山坡上开荒，孩子们使用铁锹和锄头等简单工具垦地，用塑料桶从小河中提水浇地。晚上，小河边燃起一堆堆篝火，山谷中回荡着孩子们的歌声和笑声，这时的山谷世界完全是一个童话般美丽的田园国度。

但童话世界很快消失了，灰色的现实情况又回到了山谷。

随着新鲜感的消失，开荒劳动的强度开始显现出来，孩子们一天干下来累得筋疲力尽，回到帐篷里倒在行军床上不想起来。晚上，山谷中一片寂静，再也没有歌声和笑声了。

小国家之间的自然资源差别也显现出来，虽然相距不远，但有的国土土质松厚，开垦容易，有的则全是乱石，费半天劲儿也开不出多少地来。太阳国的国土属于最贫瘠之列，不但山坡上的土质极差，最要命的是河滩太宽。指挥组有一个规定：较平整的河滩只能作为居住地，开荒必须在山坡上，在河滩里开出的地不被承认。有的国土山坡距小河较近，可以排成一个人链向山坡上传递水桶浇地，这是一个高效省力的办法。但太阳国宽宽的沙滩拉大了小河与山坡的距离，排不成人链，只能单人一桶桶地向坡上提水，劳动强度增大了许多。

“眼镜”这时提出了一个设想：在小河中用大石块筑一道坝，河水可以从坝上漫过或从石块的缝隙中流走，但水位也相应抬高了，然后在山坡下挖一个大坑，用一条小水渠把河水引到坑里。

于是太阳国抽调了 10 名壮劳力干这个工程。工程一开始就遭到了下游巨人国和蓝花国的强烈抗议，虽然“眼镜”反复向他们解释，坝只是抬高了水位，河水仍从坝上流过，不会影响下游河段的流量和水位，但下游两国死活不答应。华华主张不管他们的抗议，工程照常进行。但晓梦经过仔细考虑后认为，应该搞好与邻国的关系，从长远考虑，不能因小失大，同时小河是山谷世界的公共资源，与它有关的事情都很敏感，太阳国应该在山谷世界树立起自己良好的形象；“眼镜”则从实力方面考虑，虽然吕刚一再承诺一旦与下游两国爆发冲突，军队能保证国家的安全，但人家毕竟是两个国家，轻率挑起冲突是不理智的。于是，太阳国放弃了原工程计划，在不建坝的情况下挖了一条引水渠，这样水渠要比原设计挖得深一倍，引到山脚下坑里的水也比原来少得多，但还是使开荒效率提高了很多。

现在，太阳国似乎引起了指挥组的注意，派驻太阳国的观察员除张林外，又增加了一个人。

翌日，各种纠纷和冲突在山谷世界急剧增多，大部分是由自然资源的分配和易货贸易引起的，孩子们对冲突的调解是没有什么技巧和耐心的，山谷中开始出现枪声。开始时，这些冲突都局限在小范围内，还没有扩大到整个山谷世界。在太阳国这一带，局势相对平静，但下午由饮用水引起的冲突彻底打破了这种平静。

小河中的水混浊不堪，不能饮用，而山谷世界中随生活物资配发的饮用水数量是一定的，但分配不均，有的小国家占有的饮用水数量是其他小国家的几倍甚至十几倍，这种分配的差别远大于其他物资，显然是策划者有意设置的。开荒的成果只能换取粮食而不能换饮用水，所以在第二天以后，饮水问题成了一些小国家生存下去的关键，自然也成了冲突的焦点。在太阳国周围的五国中，银河共和国占有的饮用水量最大，是其他小国家的近 10 倍。它对面的毛毛虫国饮用水首先耗尽，那个小国家的孩子们干什么都无计划，挥霍无度，开始时因懒得去河里取水，洗脸洗手都用饮用水，结果早早就陷入了困境。于是他们只好与河对岸的银河共和国谈判，想通过易货贸易来换取饮用水，但对方提出的要求让他们无法接受：银河共和国要毛毛虫国用土地换水。

这天夜里，太阳国从对岸的伊妹儿国的一个孩子那里得知，毛毛虫国向他们借枪，一借就是 10 支，还借子弹，并声称如果不借就向他们开战。毛毛虫国的 45 个孩子中有 37 个男孩子，自恃军力雄厚，而伊妹儿国正相反，他们三分之二是女孩儿，根本打不了仗，他们不想惹麻烦，加上毛毛虫国答应他们的优厚条件，就把枪和子弹借给毛毛虫国了。第二天中午，毛毛虫国的国土上响起了枪声，那些男孩子们在学习射击。

在太阳国紧急召开的国务会议上，华华这样分析形势："毛毛虫国肯定要发起对银河共和国的战争，从军事实力上看，银河共和国肯定战败，被毛毛虫国吞并。毛毛虫国本来就有大片优良的山坡地，如果再拥有银河共和国的饮用水和武器，那就十分强大了，迟早要找我们的麻烦，我们应该及早准备才好。"

晓梦说："我们应该与伊妹儿国、巨人国和蓝花国结成联盟。"

华华说：“既然这样，我们还不如趁战争爆发之前，把银河共和国也拉入联盟，这样毛毛虫国就不敢发动战争了。”

“眼镜”摇摇头说：“世界战略格局的基本原理是势力均衡，你们违反了这个原理。”

“大博士，你能不能说明白些？”

“一个联盟，只有面对与自己实力相当的威胁时，才是稳定的，面对的威胁太大或太小，这个联盟都会解体。再说上游的国家都离我们较远，我们六国是相对独立的系统，如果银河共和国也加入联盟，毛毛虫国就找不到谁可以结盟，必然陷入了绝对的劣势，对联盟构不成威胁，联盟也就不稳定。再说，银河共和国自恃有那么多饮用水，他们自高自大，会认为我们打他们水的主意，也不会真心与我们结盟。”

大家都同意这个看法，晓梦问：“那剩下的三个国家愿意与我们结盟吗？”

华华说：“伊妹儿国应该没有问题，他们已经感觉到了毛毛虫国的威胁，至于其他两个国家，由我去说服他们。结盟符合他们的利益，加上在前面的水坝纠纷中，我国给他们留下了很好的印象，我想问题不大的。”

当天下午，华华出访相邻三国，他发挥了卓越的辩才，很快说服了这些小国家的领导人，伊妹儿国自愿并入太阳国。他们在三国交界处的小河边开会，正式成立三国联盟。

这之后，派驻太阳国的观察员又增加了一个人。

指挥组设在山顶上的一个电视转播站里，从这儿可以俯视整个山谷世界。三国联盟成立的这天晚上，郑晨来到转播站的小院外。

现在，玫瑰星云在空中的可视面积已扩展到两个满月那样大，它在苍穹中发出庄严而神秘的蓝光，这光芒照到大地上后就变成月光那样的银色，有满月那样亮，照亮了山谷中的每一个细节。玫瑰星云的面积和亮度在今后的几十年时间里会一直增加。据天文学家预测，当它达到最大时，将占据天空五分之一的面积，地球的夜晚将如白天的阴天时那么亮，漆黑夜晚将消失。

郑晨将目光下移到星云光芒中的山谷。一天的劳累后，孩子们都睡了，下面只能看到零星的几点灯火。现在，郑晨已经使自己完全投入到了这项惊异的工作当中，不再问这一切都是为什么。

这时，原来用作转播站职工宿舍的那间小屋的门开了，张林走了出来，来到郑晨身边，同她一起看着山谷，说："郑老师，目前在所有的小国家中，您的班级是运行得最成功的，那些孩子素质很高。"

"你怎么说他们是最成功的？据我所知，在山谷最西边有一个小国家，现在已吞并了周围 5 个小国，形成了一个国土面积和人口都是原来数倍的国家，并且在不停地扩张。"

"不，郑老师，这并不是我们所看重的，我们看重的是小国家自身建设的成就、自身的凝聚力、对自己所处的小世界的形势判断，以及由此所做出的长远决策等。"

山谷世界的游戏是可以自由退出的。这两天，几乎每个小国家都有孩子上山来到指挥组，说他们不玩了，越来越没意思了，干活儿太累，孩子们还用枪打架，那情况太吓人了。负责人对他们说的都是同一句话："好的，孩子，回家去吧。"于是他们很快被送回了家。但唯独太阳国无一个孩子退出，这是最为指挥者们看重的一点。

这时，山谷响起了一阵枪声。

"是太阳国的位置！"郑晨失声惊叫。

张林看了看说："不，是在他们上游，毛毛虫国开始进攻银河共和国了。"

接着，枪声变得密集起来，山谷中可以看到一片枪口喷出的火焰。

"你们真的打算任事情这么发展下去吗？我的精神已经承受不了了。"郑晨的声音有些发颤。

“整个人类历史就是一部战争史，就是现在，人类世界还是战争不断，我们不是照样生活得很好吗？”

“可他们是孩子！”

“很快就不是了。”

在这天下午，毛毛虫国答应了银河共和国的交换条件，同意用未开垦的土地中最好的一块来交换饮用水，但提出要举行一个土地交接仪式，双方各派出一支由 20 个男孩儿组成的仪仗队。银河共和国答应了这个条件。

当双方的国家领导人和仪仗队正在举行升降旗仪式时，埋伏在周围的 10 多名毛毛虫国的男孩儿突然向银河共和国的仪仗队射击，毛毛虫国的仪仗队也端枪扫射，银河共和国的那 20 名男孩子在一片电火花中相继倒地。10 分钟后，当他们浑身麻木地醒来时，发现已成了毛毛虫国的战俘，自己的国土也全部落入敌手。在这段时间里，毛毛虫国的军队冲过河进攻银河共和国，对方只剩下 6 名男孩儿和 20 多名女孩儿，枪全随仪仗队落入敌手，连招架之功都没有了。

毛毛虫国吞并银河共和国后，果然立即对下游的三国联盟提出了领土要求，他们一时还不敢对三国发动军事进攻，只是打饮用水这张牌，因为下游三国的饮用水即将耗尽。

这时，“眼镜”广博的知识再次发挥了作用，他想出了一个办法：把 5 个洗脸盆在底部钻许多小孔，分别装上石块并摞起来，石块的直径由上往下依次减小，这样就做成了一个过滤器。吕刚也提出一个净水方法：把野草和树叶捣成糊状，放入水中搅拌，让其沉淀后，水就被净化了。他说这是在随父亲看部队的野外生存训练时学到的。他们把用这两种方法处理后的水送到指挥组去鉴定，结果达到了饮用标准。这之后，三国联盟反而可以向毛毛虫国出口饮用水了。

毛毛虫国开始准备进攻三国联盟，孩子们已无心去开荒，扩张领土已成了他们唯一的兴趣，也是未来食品的唯一来源，但他们很快发现这已经没有必要了。

从小河上游传来消息，山谷最西边的星云帝国已连续吞并了13个国家，形成了一个超级大国，他们那人数达400多的大军正沿山谷而下，声称要统一山谷世界。面对如此强大的敌人，毛毛虫国的领导人完全没了吞并银河共和国时的魄力，惊慌失措，不知如何是好，其结果是毛毛虫国乱作一团，最后作鸟兽散了。那些孩子们一半到上游去投了星云帝国，其余的则找指挥组退出游戏回家了。三国联盟中的巨人国和蓝花国也随之解体，大部分孩子也退出了游戏。这样，只剩下太阳国在山谷的一端面对强敌。

太阳国的全体公民决心战斗到底，保卫国家。孩子们对这些天来他们洒下汗水的小小国土产生了感情，由此产生了让指挥组的大人们都惊叹的精神力量。

吕刚制定了一个作战方案：太阳国的孩子们把那片宽阔河滩上的帐篷全部推倒，用各种杂物筑成了两道防线，分别位于这片河滩的东、西两侧。河滩西侧首先迎敌的第一道防线上只布置了10个男孩儿。吕刚这样吩咐他们："你们打完一梭子后，就喊：'没有子弹了！'然后往回跑。"

防线刚布置完毕，星云帝国的军队就沿山谷密密麻麻地涌了过来，很快布满了原来银河共和国和毛毛虫国的国土。有个男孩子在用扩音器喊："喂，太阳国的孩子们，山谷世界已经被星云帝国统一，你们这些小可怜还玩个什么劲儿啊，快投降吧！"

回答他的只有沉默。于是，星云帝国开始进攻，太阳国第一道防线的孩子开始射击，进攻的星云帝国军队立刻卧倒，双方对射起来。太阳国防线的枪声渐渐稀下来，有一个孩子大喊："没子弹了！快跑啊！"于是，防线上的所有孩子起身向后跑去。"他们没子弹了！冲啊！"星云帝国军队见状，起身高呼着成群冲来，当他们冲到那片河滩开阔地的一半时，太阳国第二道防线的冲锋枪突然开火，星云帝国军队猝不及防，被打倒了一大片，后面的孩子见状往回跑，第一次进攻被击退了。

等到那些被带电子弹击中的孩子们都爬起来后，星云帝国马上组织了第二次进攻。太阳国这时子弹真的不多了，他们看着那 10 倍于己、沿河边谨慎行进的大群帝国士兵，准备做最后的抵抗。这时，有孩子惊呼："天啊，他们还有直升机！"

真有一架直升机从山后飞来，在战场上空悬停，飞机上的扩音器中响起一个大人的声音："孩子们！停止射击！游戏结束了！"

灾　变

天刚黑下来时，三架载着 54 个孩子的直升机向市内飞去，这些孩子大部分是郑晨班级的。

直升机依次降落在一幢灯火通明的建筑物前，这幢建筑物外表是 20 世纪 50 年代建筑的朴素风格。山谷游戏指挥组的负责人和郑晨带领着这 54 个孩子进了大门，沿着一条长长的走廊向前走。走廊尽头有一扇闪着光的、黄铜把手的、包着皮革的大门，孩子们走近时，门前两位哨兵轻轻把门打开，他们走进了一个宽阔的大厅。这是一个发生过很多大事的大厅，在那些高大的立柱间，仿佛游动着历史的幻影。

大厅中有三个人，他们是国家主席、国务院总理和军队的总参谋长。他们在这里好像已经有一段时间了，在低声地谈着什么，当大厅的门打开时，他们都转身看着进来的孩子们。

带孩子们来的两位负责人走到主席和总理面前，简短地低声汇报了几句。

"孩子们好！"主席说，"这是我最后一次把你们当孩子了，历史要求你们在10分钟时间里，从13岁长到30岁。首先请总理为大家介绍情况吧。”

总理说：“大家都知道，数天前发生了一次近距离的超新星爆发，你们肯定已对其过程了解得很详细，我就不多说了，下面只说一件你们不知道的事情。超新星爆发后，世界各国的医学机构都在研究它对人类健康的影响。现在，我们已收到了来自各大洲的权威医学机构的信息，他们同国内医学机构得出的结论是相同的，那就是超新星的高能射线完全破坏了人体细胞中的染色体，这种未知的射线穿透力极强，在室内甚至矿井中的人都不能幸免。但对一部分人来说，染色体受到的损伤是可以自行修复的，年龄为13岁的人可97%修复，12岁和12岁以下的孩子可100%修复，其余人的机体受到的损伤是不可逆转的。我们的生存时间，从现在算起，还有两到三天。超新星在可见光波段只亮了一个多小时，但其不可见的高能射线持续了两天，也就是天空中出现极光的那段时间，这期间，地球自转了两圈，所以全世界都是一样的。”

总理的声音沉稳而冷峻，仿佛在说一件很平常的事情。孩子们的头脑一时还处于麻木之中，他们费力地思考着总理的话，好长时间都不明白，突然，几乎就在同时，他们都明白了。

几十年后，当超新星纪元的第二代人成长起来，他们对父辈听到那个消息时的感受很好奇，因为那是有史以来最让人震惊的消息。新一代的历史学家和文学家们也做了无数种生动的描述，但他们全错了，这时，在犹如国家心脏的这个大厅里，这54个孩子所感到的不是震惊，而是陌生，仿佛一把无形的利刃凌空劈下，把过去和未来从这一点齐齐斩断，他们面对的是一个完全陌生的世界。这时，从那宽大的窗户可以看到刚刚升起的玫瑰星云，它把蓝色的光芒投到大厅的地板上，仿佛宇宙中凝视着他们的一只怪异的巨眼。

那两天时间里，大地和海洋笼罩在密密的射线暴雨里，高能粒子以巨大的能量穿过人类的躯体，然后穿过组成躯体的每个细胞。细胞中那微小的染色体，如一根根晶莹而脆弱的游丝在高能粒子的弹雨中颤抖挣扎，DNA 双螺旋被撕开，碱基四下飞散。受伤的基因仍在继续工作，但经过几千万年进化的精确的生命之链已被扭曲击断，已变异的基因现在不是复制生命，而是播撒死亡了。地球在旋转，全人类在经历一场死亡淋浴，在几十亿人的体内，死神的钟表上满了弦，嘀嗒嘀嗒地走了起来……

世界上 13 岁以上的人将全部死去，地球，将成为一个只有孩子的世界。

紧接着又一个晴空霹雳，将孩子们眼中这刚刚变得陌生的世界劈得四分五裂，使他们悬浮于茫然的虚空之中。

郑晨首先醒悟过来："总理，这些孩子，如果我没有猜错，是……"

总理点点头，平静地说："你没有猜错。"

"这不可能！"年轻的小学教师惊叫起来。

国家领导人无言地看着她。

"他们是孩子，怎么可能……"

"那么，年轻人，你认为该怎么办呢？"总理问。

"……至少，应在全国范围内选拔的。"

"你认为这可能吗？我们，只有两三天的时间了……与成人不一样，孩子们并没有一个全国范围的由上至下的社会结构，所以不可能在短时间内在 4 亿孩子中找到最有能力和最适合承担这种责任的人。在这人类最危难的时刻，我们绝不能让整个国家处于没有大脑的状态，还能有别的选择吗？所以，我们与其他各国一样采取了这种非常特殊的选拔方式。"

年轻的教师几乎要昏倒了。

主席走到她面前说："你的学生们未必同意你的看法。你只了解平时的他们，并不了解极限状态时的他们，在极端时刻，人，包括孩子，都有可能成为超人。"

主席转向这群对眼前的一切仍然处于茫然中的孩子，说：“是的，孩子们，你们将领导这个国家。”

认识国家

一支小小的车队向北京近郊驶去，来到一处僻静的周围有小山环绕的地方。车停了，主席和总理，还有三个孩子——华华、“眼镜”和晓梦下了车。

“孩子们，看。”主席指指前方。他们看到了一条铁路，只有单轨，上面停着长长的载货火车，那火车有首尾相接的许多列，它太长了，弯成一个巨大的弧形从远方的小山脚下拐过去，看不到尽头。

“哇，这么长的火车！”华华喊道。

总理说：“这里共有 11 列火车，每列车有 20 节，共 220 节车皮。”

主席说：“这是一条环形试验铁路，是一个大圆圈，刚出厂的机车就在这条铁路上进行性能试验。”他指指最近的那一列火车，“去看看那上面装的是什么。”

三个孩子向那列火车跑去，华华顺着梯子爬上了一节车皮，然后“眼镜”和晓梦也爬了上去。他们站在装得满满一车皮的白色大塑料袋上，向前方看去，这一列车全部装着这种白色的袋子，在阳光下反射着耀眼的白光。他们蹲下来，“眼镜”用手指在一个袋子上捅了个小洞，看到里面是一些白色半透明的针状颗粒，华华捏起一粒来用舌头舔了一下。

“当心有毒！”“眼镜”说。

“我觉得好像是味精。”晓梦说，也捏起一粒舔了一下，“真的是味精。”

“你能尝出味精的味道？”华华怀疑地看着晓梦。

“确实是味精，你们看！”“眼镜”指着前面正面朝上的一排袋子，上面有醒目的大字，这种商标他们在电视广告上常见，但孩子们很难把电视上那个戴着高高白帽子的大师傅放进锅里的一点白粉末同眼前这白色的巨龙联系起来。他们在白袋子上走到车皮的另一头，小心地跨过车皮连接处，来到另一节车皮上，看看那满装的白色袋子，也是味精。他们又连着走过了 3 节车皮，上面都满载着大袋的味精，无疑，剩下的车皮装的也都是味精。对看惯了汽车的孩子们来说，这一节火车车皮已经是十分大了，他们数了数，如刚才总理所说，整列货车共有 20 节车皮，都满满地装着大袋味精。

“哇，太多了，全国的味精肯定都在这儿了。”

孩子们从梯子下到地面，看到主席和总理一行人正沿着铁路边的小路向他们走来，他们刚想跑过去问个究竟，却见到总理冲他们挥挥手，喊道：“再看看前面那些火车上装的是什么！”

于是，三个孩子在小路上跑过了 10 多节车皮，跑过机车，来到与这列火车间隔十几米的另一列火车的车尾，爬到最后一节车皮的顶上。他们又看到了装满车皮的白色袋子，但不是刚才看到的塑料袋，而是编织袋，袋子上标明是食盐。这袋子很难弄破，但有少量粉末漏了出来，他们用手指蘸了些尝了尝，确实是盐。前面又是一条白色的长龙，这列火车的 20 节车皮上装的都是食盐。

孩子们下到铁路旁的小路上，又跑过了这列长长的火车，爬到第三列的车皮顶上看，同第二列相同，这列火车的 20 节车皮上装的也全是食盐。他们又下来，跑去看第四列火车，还是满载着食盐。去看第五列火车时，晓梦说跑不动了，于是他们走着过去，走过这 20 节车皮花了不少时间，第五列火车上也全是食盐。

站在第五列火车车皮的顶上向前望，他们有些泄气了：列车的长龙还是望不到头，弯成一个大弧形消失在远处的一座小山后面。孩子们又走过了两列载满食盐的火车，第七列火车的头部已绕过了小山，站在车皮顶上终于可以看到这条火车长龙的尽头，他们数了数，前面还有 4 列火车。

三个孩子坐在车皮顶的盐袋上喘着气，“眼镜”说：“累死了，往回走吧，前面那几列肯定也都是盐。”

华华又站起来看了看：“哼，环球旅行，我们已经走过了这个环形铁路大圆圈的一半，从哪面回去距离都一样。”

于是，孩子们继续向前走，走过了一节又一节车皮，路途遥遥，真像环球旅行了。每节车皮他们不用爬上去就能知道里面装的是食盐，他们现在知道盐也有味儿，“眼镜”说那是海的味道。三个孩子终于走完了最后一列火车，走出了那长长的阴影，眼前豁然开朗。他们面前出现了一段空铁轨，铁轨的尽头就是那列停在环形铁路起点的满载味精的火车了，孩子们沿着空铁轨走去。

在环形铁路的起点上，主席和总理站在火车旁谈着什么，总理在说着，主席缓缓地点头，两人的脸色凝重严峻，显然已谈了很长时间，他们的身影与黑色的高大车体形成了一个凝重有力的构图，仿佛是一幅年代久远的油画。当他们看到远远走来的孩子们时，神情立刻开朗起来，主席冲孩子们挥挥手。

华华低声说：“你们发现没有，他们在我们面前时和他们自己在一起时很不一样。在我们面前，好像天塌下来时也是乐观的；他们自己在一起时，那个严肃的样子，让我觉得天真的要塌下来了。”

晓梦说：“大人们都是这样，他们能够控制自己的情绪，华华，你就不行。”

“我怎么了？我让小朋友们看到真实的自己有什么不好？”

“控制自己并不是虚假。知道吗，你的情绪会影响周围的人，特别是孩子们，最易受影响，所以你以后要学着控制自己，这点你应该向‘眼镜’学习。”

“他？哼，他脸上就比别人少一半神经，什么时候都那个表情。行了晓梦，你教我的比大人们教我的都多。”

“真的，你没有发现大人们教得很少吗？只有这一天时间，他们为什么不抓紧呢？”

走在前面的“眼镜”转过身来，那“少一半神经”的脸上还是那副漠然的表情：“这是人类历史上最难上的课，他们怕教错了。”

“孩子们辛苦了！今天下午，你们可真走了不少的路，对看到的东西一定印象深刻吧？”主席对走到面前的孩子们说。

“眼镜”点点头说：“再普通的东西，数量大了就成了不普通的奇迹。”

华华附和道：“是的，真没想到世界上有这么多的味精和盐！”

主席和总理对视了一下，微微一笑，总理说：“我们的问题是：这么多的味精和盐够我们国家所有的公民吃多长时间？”

“起码 1 年吧。”“眼镜”不假思索地说。

总理摇摇头。

华华也摇头：“1 年可吃不了，5 年。”

总理又摇头。

“那是 10 年？”

总理说：“孩子们，这么多的味精和盐，只够全国公民吃 1 天。”

“1 天？”三个孩子大眼瞪小眼地呆立了好一会儿。华华对总理不自然地笑笑：“这……是在开玩笑吧？”

主席说：“按每人 1 天吃 1 克味精和 10 克盐计算，这每节车皮的载重量是 60 吨，这个国家有 12 亿公民。一道很简单的算术题，你们自己算吧。”

三个孩子在脑子里吃力地数着那一长串 0，终于知道这是真的。

“天啊！”华华说。

“天啊！”“眼镜”说。

“天啊！”晓梦说。

总理说："这两天，我们总是在试图找到一个办法，使你们对自己国家的规模有一种感觉，这很不容易。但要领导这样一个国家，没有这种感觉是不行的。"

"实在对不起，孩子们，时间有限，只能给你们上这唯一的一堂课了。"主席沉重地对三个孩子——几个小时之后将是世界上最大国家的最高领导人——说。

交接世界

这是公元世纪的最后一夜。

国家领导集体和他们的孩子继任者们再次相聚在中南海的那个大厅中。在过去的一天里，孩子们上了一堂人类历史上最难的课：试图在这一天内掌握这世界上绝大多数人终其一生都不可能掌握的东西。

在古老的围墙外面，首都的灯海消失了，城市静静地躺在玫瑰星云的光辉下，与远方同样没有灯光的广阔大地融为一体。此时，全世界的发电厂都小心翼翼地停止了运转，谁也不知道它们多少年以后才能重新启动。但由小型发电机维持的最基本的通信系统仍在运转，收音机仍能收听到已换成童声的广播，世界突然变得广漠无边，但并没有崩溃。

在大厅里，两代国家领导人在做最后的告别。大人们的病情已经很重，他们都发着高烧，步履艰难。每位国家领导人都把他们的孩子拉到身边，做最后的叮嘱。有些领导者只是在急促地、不停地说，仿佛想把自己的全部记忆在这最后的几十分钟里移植到继任者的大脑里；另一些领导者则长时间默默无言，要说的话分量太重，一时不知怎样说起。

总理对华华、"眼镜"和晓梦说："你们首先要做的事情，是和全国各省取得联系，他们同我们一样已有所准备。记住，一定要和省一级领导机关联系，再往下更细的事情由他们去做，否则，你们是绝对顾不过来的。下一步，要确保全国孩子的基本生活，这个国家只有 4 亿左右的人口了，只要组织得当，在相当长的一段时间内，这是不难做到的。但要记住，再多的存粮也会吃光的，要立刻着手恢复农业生产，尽你们的所能，夏粮能收多少就收多少，秋粮能种多少就种多少；工业生产的恢复要难得多，但也要立刻着手干，首先是交通，然后是能源，要知道，没有这两样东西，现有的大中城市将无法存在下去。对你们来说这些都很难，但一定要试着干，不能等，等不来什么了。6 岁以上的孩子都要参加工作，但这并不意味着停止学习，相反，不但要把你们现在的课程继续学下去，还要学多得多的东西，白天工作，就在晚上学。这种学习应该是跳跃式的，你们得提前学会很多只有大学才学的东西，这样才能使社会各领域运转起来，孩子们，要准备吃苦啊！

“你们必须尽快使国家稳定下来，使国民经济正常运转起来，越快越好。因为据我们预测，你们的注意力很快不得不集中到另一件事情上：在三到五年内，国家有很大的可能将面对外敌入侵。”

总参谋长接着说：“我们无法准确预测未来的世界格局，但有一点可以肯定：孩子控制的世界将重新失去理智，现有的国际政治体系将全面崩溃，世界将进入野蛮争霸时代，战争会再次成为解决国际问题的主要手段。战争一旦爆发，将是全面的、大规模的，战争的样式和技术水平大约同第一次世界大战相当，虽然进程缓慢，但战场广阔，战况激烈残酷。北约一时不具备向亚洲投放大规模兵力的能力，首批入侵可能来自近邻强国。所以，军队的恢复也要立即进行，且不能小于现有规模。”

总参谋长伸出一只手，他身后的一位大校军官把一只号码箱递给他。

“孩子们，我们很高兴把所有的东西都留给你们，但这件例外。这是国家战略核武器的启动密码和技术资料。我们只给了你们一小部分，但也是很不情愿的。这是把一支拉开栓的手枪放到了婴儿手里。可没有办法，如果人家的孩子手里有了这东西而你们没有，那个亏中华民族是吃不起的。千万记住，绝不能首先用它来打别人。剩下的一切，只能由你们自己来把握了。”

孩子们同时伸来双手，接住了那只沉甸甸的箱子。

只有主席还没说话，大家这时都安静下来，把目光汇聚到他身上。

主席沉思良久才开口：“孩子们，在你们很小的时候，大人们就教导你们：有志者，事竟成。现在我要告诉你们，这句话不对。只有符合科学规律和社会发展规律的事，才能成。事实上，你们想干的大部分事，不管多么努力，是成不了的。你们的责任，就是在一百件事情中除去九十九件不能成的事情，找出那一件能成的来。这极难，但你们必须做到。”

总理转身向后，领导者们向两边散开，露出了他们身后的一张大桌子，上面整齐地摆放着三十多部电话。主席指着这些电话说：“当世界交换完成时，各省的领导机构将通过这些电话同中央联系。这之前还有一段时间，大家要好好休息，以后，不会有很多睡觉的时间了。”

主席说：“其实把超新星称为死星是完全错误的，冷静地想想，构成我们这个世界的所有重元素都来自爆发的恒星，构成地球的铁和硅、构成生命的碳，都是在远得无法想象的过去，从某颗超新星喷发到宇宙中的。所以超新星不是死星，而是真正的造物主。人类文明被拦腰切断，孩子们，我们相信，你们会使这新鲜的创口上开出绚丽的花朵。当超新星第二次袭击地球时，你们肯定已经学会了怎样挡住它的射线。”

华华说：“那时我们会引爆一颗超新星，用它的能量飞出银河系。”

主席高兴地说：“孩子们对未来的设想总比我们高一个层次，在同你们相处的这段时间里，这是最使我们陶醉的……好了，孩子们，我们该走了。”

“我想同孩子们在一起。”年轻的班主任郑晨说。

“小郑老师，我们还是一起走吧，相信你的学生们。姑娘，你应该骄傲地离开这个世界，人类历史上没有任何一位教师能与你相比，你培养出了一个国家！”

大人们相互搀扶着走出大厅，融入玫瑰星云银色的光芒之中。主席走在最后，他出门前，转身对新的国家领导集体挥了挥手：“孩子们，世界是你们的了！”

全世界的大人们用最后的时间到最后的聚集地去迎接死亡，这些被称为终聚地的地方很大一部分在荒无人烟的沙漠、极地，甚至海底。由于世界人口猛减至原来的五分之一，地球上大片地区重新变成人迹罕至的荒野，直到很多年后，那一座座巨大的陵墓才被发现。

创世纪

当只剩下他们时，孩子们真的感觉累了，50 多个孩子就在大厅里的长沙发和地毯上睡着了。

像透明的雾气无声无息地穿越宇宙，时间在无声地流动着……

当他们中的第一个人醒来时，天还黑着。接着，其他孩子也醒来了，一个孩子无意中看到了大厅一角的那座大钟，他失声惊叫起来，其他的孩子也都看着钟呆住了。

他们睡了 10 个小时，地球，现在已是一个孩子的世界了。

这一刻，被后来的历史学家称为人类的“精神奇点”，这是人类有史以来最孤独的时刻。这巨大的孤独感如崩塌的天空死死压住了孩子们，攥住了他们的每一个细胞。

“妈妈——”有个女孩失声叫了一声，所有的孩子都想哭，但——

电话响了。

开始是那三十多部电话中的一部，紧接着两部、三部……分不清多少部电话响起了，蜂鸣声汇成一片，外部世界在呼唤，提醒着孩子领导集体记起他们的责任和使命。

他们没时间哭了。

“同志们，进入工作岗位。”华华大声说。新的国家领导集体向电话走去。

蓝色的玫瑰星云仍然那么明亮，这是古老恒星庄严的坟墓和孕育着新恒星的壮丽的胚胎，这光芒透过高高的落地窗，这群小身躯被镀上了一层银色光辉，与此同时，东方曙光初现，新世界将迎来她的第一次日出。

超新星纪元开始了。

三体（节选）

启动游戏后，汪淼置身于一片黎明之际的荒原，荒原呈暗褐色，细节看不清楚，远方地平线上有一小片白色的曙光，其余的天空则群星闪烁。一声巨响后，两座发着红光的山峰砸落到远方的大地上，整个荒原笼罩在红色光芒之中。被激起的遮天蔽日的尘埃散去后，汪淼看清了那两个顶天立地的大字——三体。

随后出现了一个注册界面，汪淼用“海人”这个 ID（登录账户）注册，然后成功登录。

荒原依旧，但 V 装具感应服中的压缩机嗞嗞地启动了，汪淼感到一股逼人的寒气。前方出现了两个行走的人影，在曙光的背景前呈黑色的剪影。汪淼追了上去，他看到两人都是男性，披着破烂的长袍，外面还裹着一张肮脏的兽皮，都带着一把青铜时代那种又宽又短的剑，其中一人背着一只有他一半高的细长的木箱子。那人扭头看看汪淼，他的脸像那兽皮一样脏和皱，双眼却很有神，眸子映着曙光。“冷啊。”他说。

“是，真冷。”汪淼附和道。

“这是战国时代，我是周文王。”那人说。

“周文王不是战国时代的人吧？”汪淼问。

“他一直活到现在呢，纣王也活着。”另一个没背箱子的人说，“我是周文王的追随者，我的 ID 就叫‘周文王追随者’，他可是个天才。”

“我的 ID 是‘海人’。”汪淼说，“您背的是什么？”

周文王放下那只长方形木箱，将一个立面像一扇门似的打开，露出里面的五层方格。借着晨曦的微光，汪淼看到每层都有高低不等的一小堆细沙，下面几格每格中都有从上一格流下的一道涓细的沙流。

“沙漏，八小时漏完一次，颠倒三次就是一天，不过我常常忘了颠倒，要靠追随者提醒。”周文王介绍说。

“你们好像是在长途旅行，有必要背这么笨重的计时器吗？”

“那怎么计时呢？”

“拿个小型的日晷多方便，或者干脆只看太阳也能知道大概的时间。”

周文王和追随者面面相觑，然后一起盯着汪淼，好像他是个白痴：“太阳？看太阳怎么能知道时间？这可是乱纪元。”

汪淼正要询问这个怪异名词的含义，追随者哀鸣道：“真冷啊，冷死我了。”

汪淼也觉得冷，但他不能随便脱下感应服，一般情况下，那样做会被游戏注销 ID 的。他说：“太阳出来就会暖和些的。”

“你在冒充伟大的先知吗？连周文王都不算先知呢！”追随者冲汪淼不屑地摇摇头。

“这需要先知吗？谁还看不出来太阳一两个小时后就会升起？”汪淼指指天边说。

“这是乱纪元！”追随者说。

“什么是乱纪元？”

“除了恒纪元，都是乱纪元。”周文王说，像回答一个无知孩童的提问。

果然，天边的晨光开始暗下去，很快消失了，夜幕重新笼罩了一切，苍穹星光灿烂。

“原来现在是黄昏而不是早晨？”汪淼问。

“是早晨，早晨太阳不一定能升起，这是乱纪元。”

寒冷使汪淼很难受。“看这样子，太阳要很长时间以后才会升出来。”他哆嗦着指指模糊的地平线说。

“你怎么又会有这种想法？那可不一定，这是乱纪元。”追随者说着，转向周文王，“姬昌，给我些鱼干吃吧。”

“不行！”周文王断然说道，“我也是勉强吃饱，要保证我能走到朝歌，而不是你。”

说话间，汪淼注意到另一个方向的地平线又出现了曙光，他分不清东南西北，但肯定不是上次出现曙光时的方向。这曙光很快增强，不一会儿，这个世界的太阳升起来了，是一颗蓝色的小太阳，很像增强了亮度的月亮，但还是让汪淼感到了一丝温暖，并看清了大地的细节。但这个白昼很短暂，太阳在地平线上方划了一道浅浅的弧形就落下了，夜色和寒冷又笼罩了一切。

三人在一棵枯树前停下，周文王和追随者拔出青铜剑来砍柴，汪淼将碎柴收集到一块儿。追随者拿出火镰，噼啪噼啪打了好一阵，升起了一堆火。汪淼的感应服的前胸部分变暖和了，但背后仍然冰冷。

“烧些脱水者，火才旺呢。”追随者说。

“住嘴！那是纣王干的事！”

“反正路上那些散落的，都破成那样，泡不活了。如果你的理论真能行，别说烧一些，吃一些都成，与那理论相比，几条命算什么。”

“胡说！我们是学者！”

篝火燃尽后，三人继续赶路。由于他们之间交谈很少，系统加快了游戏时间的流逝速度，周文王很快将背上的沙漏翻转了六下，转眼间两天过去了，太阳还没有升起过一次，甚至天边连曙光的影子都没有。

“看来太阳不会出来了。”汪淼说，同时调出游戏界面来看了一下自己的HP（生命值），它正因寒冷而迅速减小。

“你又冒充伟大的先知了……”追随者说，汪淼和他一起说出了后半句，

“这是乱纪元！”

这话说完不久，天边真的出现了曙光，并且迅速增强，转眼间，太阳就升了起来。汪淼发现这次升起的是一颗大太阳，当它升至一半时，直径占了视野内至少五分之一的地平线。暖流扑面而来，令汪淼心旷神怡，但他看向周文王和追随者时，发现他们都一脸惊恐，仿佛魔鬼降临了似的。

“快，找阴凉地儿！”追随者大喊。汪淼跟着他们飞奔，跑到了一处低矮的岩石后面蹲下来。岩石的阴影在渐渐缩短，周围的大地像处于白炽状态般刺眼，脚下的冻土迅速融化，由坚硬如铁变成泥泞一片，热浪滚滚。汪淼很快出汗了。当大太阳升到头顶正上方时，三人用兽皮蒙住头，强光仍如利箭般从所有缝隙和孔洞中射进来。三人绕着岩石挪到另一边，躲进那边刚刚出现的阴影中……

太阳落山后，空气依然异常闷热，大汗淋漓的三人坐在岩石上，追随者沮丧地说：“乱纪元旅行，真是在地狱里走路，我受不了了，再说我也没吃的了，你不分我些鱼干，又不让吃脱水者，唉——”

“那你只能脱水了。”周文王说，一手用兽皮扇着风。

“脱水以后，你不会扔下我吧？”

“当然不会，我保证把你带到朝歌。”

追随者脱下了被汗水浸湿的长袍，赤身躺到泥地上。在落日的余晖中，汪淼看到追随者身上的汗水突然增加了，他很快知道这不是出汗，这是人的身体内的水分正在被彻底排出，这些水在泥地上形成了几条小小的溪流，追随者的整个躯体如一根熔化的蜡烛在变软变薄……10 分钟后水排完了，那躯体化为一张人形的软皮一动不动地铺在泥地上，面部的五官都模糊不清了。

“他死了吗？”汪淼问。他想起来了，一路上不时看到有这样的人形软皮，有的已破损不全，那就是不久前追随者想要用来烧火的脱水者。

“没有。”周文王说着，将追随者变成的软皮拎起来，拍了拍上面的土，放到岩石上将其卷起来，就像卷一颗放了气的皮球一般，“在水里泡一会儿，他就会恢复原状活过来，就像泡干蘑菇那样。”

“他的骨骼也变软了？”

“是的，都成了干纤维，这样便于携带。”

“这个世界中的每个人都能脱水吗？”

“当然，你也能，要不在乱纪元是活不下去的。”周文王将卷好的人形软皮递给汪淼，“你带着他吧，扔到路上不是被人烧了就是吃了。”

汪淼接过软皮，很轻的一小卷，用胳膊夹着倒也没有什么异样的感觉。

汪淼夹着脱水的追随者，周文王背着沙漏，两人继续着艰难的旅程。同前几天一样，这个世界中的太阳运行得完全没有规律，在连续几个严寒的长夜后，可能会突然出现一个酷热的白天，或者相反。两人相依为命，在篝火边抵御严寒，泡在湖水中度过酷热。好在游戏时间可以加快，一个月可以在半小时内过完，这使得乱纪元的旅程还是可以忍受的。

这天，漫漫长夜已延续了近一个星期（按沙漏计时），周文王突然指着夜空欢呼起来：“飞星！飞星！两颗飞星！”

其实，汪淼之前就注意到了那种奇怪的天体，它比星星大，能显出乒乓球大小的圆盘形状，运行速度很快，肉眼能明显地看到它在星空中移动，只是这次出现了两个。

周文王解释说：“两颗飞星出现，恒纪元就要开始了。”

“以前我看到过的。”

“那只有一个。”

“最多只有两个吗？”

“不，有时会有三个，但不会再多了。”

“三颗飞星出现，是不是预示着更美好的纪元？”

周文王用充满恐惧的眼神瞪了汪淼一眼：“你在说什么呀，三颗飞星……

祈祷它不要出现吧。”

周文王的话没错，他们向往的恒纪元很快开始了，太阳升起和落下开始变得有规律，一个昼夜渐渐固定在 18 小时左右，日夜有规律的交替使天气变得暖和了一些。

“恒纪元能持续多长时间？”汪淼问。

“一天或一个世纪，每次多长谁都说不准。”周文王坐在沙漏上，仰头看着正午的太阳，“据记载，西周曾有过长达两个世纪的恒纪元，唉，生在那个时代的人有福啊！”

“那乱纪元会持续多长时间呢？”

“我不是说过了嘛，除了恒纪元，都是乱纪元，两者互为对方的间隙。”

“那就是说，这是一个全无规律的混乱世界？”

“是的，文明只能在较长的气候温暖的恒纪元里发展。大部分时间里，人类集体脱水存贮起来，当较长的恒纪元到来时，再集体浸泡复活，以进行生产和建设。”

“那怎样预知每个恒纪元到来的时间和长短呢？”

“做不到，从来没有人做到过。当恒纪元到来时，国家是否浸泡取决于大王的直觉，常常是：浸泡复活了，庄稼种下了，城镇开始修筑，生活刚刚开始，恒纪元就结束了，严寒和酷热会毁灭一切。”周文王说到这里，一手指向汪淼，双眼变得炯炯有神，“好了，你已经知道了这个游戏的目标，就是运用我们的智力和悟性，分析研究各种现象，掌握太阳运行的规律。文明的生存就维系于此。”

“在我看来，太阳运行根本就没有规律。”

“那是因为你没能悟出世界的本原。”

“你悟出来了？”

“是的，这就是我去朝歌的目的，我将为纣王献上一部精确的万年历。”

“可这一路上，我没看到你有这种能力。”

“对太阳运行规律的预测只能在朝歌做出，因为那里是阴阳的交会点，只有在那里取的卦才是准确的。”两人又在严酷的乱纪元跋涉了很长时间，其间又经历了一次短暂的恒纪元，最后终于到达了朝歌。

汪淼听到一种不间断的类似于雷声的轰鸣。这声音是朝歌大地上许多奇怪的东西发出的，那是一座座巨大的单摆，每座都有几十米高。单摆的摆锤是一块块巨石，被一大束绳索吊在架于两座细高石塔间的天桥上。每座单摆都在摆动中，驱动它们的是一群群身穿盔甲的士兵，他们喊着奇怪的号子，齐力拉动系在巨石摆锤上的绳索，维持着它们的摆动。汪淼发现，所有巨摆的摆动都是同步的，远远看去，这景象怪异得使人着迷，像大地上竖立着一座座走动的钟表，又像从天而降的许多巨大、抽象的符号。

在巨摆的环绕下，有一座巨大的金字塔，夜幕中如同一座高耸的黑山，这就是纣王的宫殿。汪淼跟着周文王走进了金字塔基座上的一个不高的洞门，门旁几名守卫的士兵在黑暗中如幽灵般无声地徘徊。他们沿着一条长长的隧道向里走，隧道窄而黑，间隔很远才有一支火炬。

“在乱纪元，整个国家在脱水中，但纣王一直醒着，陪伴着这片没有生机的国土。要想在乱纪元生存，就得居住在这种墙壁极厚的建筑中，几乎像住在地下，这样才能避开严寒和酷热。”周文王边走边对汪淼解释。

走了很长的路，才进入了纣王位于金字塔中心的大殿，其实这里并不大，很像一个山洞。身披一大张花兽皮、坐在一处高台上的人显然是纣王了，但首先吸引汪淼目光的是一位黑衣人，他的黑衣几乎与大殿中浓重的阴影融为一体，那张苍白的脸仿佛是浮在虚空中。

“这是伏羲。”纣王对刚进来的周文王和汪淼介绍那位黑衣人，仿佛他们一直就在那儿，而黑衣人才是新来的，“他认为，太阳是脾气乖戾的大神：他醒着的时候喜怒无常，是乱纪元；睡着时呼吸均匀，是恒纪元。是伏羲建议竖起外面的那些大摆，日夜不停地摆动，声称这对太阳神有强烈的催眠作用，能使其陷入漫长的昏睡。但直到现在，我们看到太阳神仍醒着，只是不时打打盹儿。”

纣王挥了一下手，有人端来一个陶罐，放到伏羲面前的小石台上——汪淼后来知道，那是一罐调味料。伏羲长叹一声，端起陶罐喝下去，那咕咚咕咚的声音仿佛黑暗深处有一颗硕大的心脏在跳动。喝了一半后，他将剩下的调味料倒在身上，然后扔下陶罐，走向大殿角落的一口架在火上的青铜大鼎，爬上鼎沿，然后跳进大鼎，激起了一大团蒸气。

“姬昌坐下，一会儿就开宴。”纣王指指那口大鼎说。

“愚蠢的巫术。”周文王朝大鼎偏了下头，轻蔑地说。

“你对太阳悟出了什么？”纣王问，火光在他的双眸中跳动。

“太阳不是大神，太阳是阳，黑夜是阴，世界是在阴阳平衡中运转的，这不在我们的控制之中，但可以预测。”周文王说着，抽出青铜剑，在火炬照到的地板上画出了一对大大的阴阳鱼，然后以令人目眩的速度在周围画出了六十四卦，看上去如同火光中时隐时现的大年轮，“大王，这就是宇宙的密码，借助它，我将为您的王朝献上一部精确的万年历。”

“姬昌啊，我现在急需知道的，是下一个长恒纪元什么时候到来。”

“我将立刻为您占卜。”周文王说着，走到阴阳鱼中央盘腿坐下，抬头望着大殿的顶部，仿佛穿透了厚厚的金字塔看到了星空，他的双手手指同时在进行着复杂的运动，组合成一部高速运转的计算器。寂静中，只有大鼎中的汤发出咕嘟咕嘟的声响，仿佛煮在汤中的巫师在梦呓。

周文王从阴阳鱼中站起来，头仍仰着，说：“下面将是一段为期 41 天的乱纪元，然后将出现为期 5 天的恒纪元，接下来是为期 23 天的乱纪元和为期 18 天的恒纪元，然后是为期 8 天的乱纪元，当这段乱纪元结束后，大王您所期待的长恒纪元就到来了，这个恒纪元将持续 3 年零 9 个月，其间气候温暖，是一个黄金纪元。”

“我们首先需要证实一下你前面的预测。”纣王不动声色地说。

汪淼听到头顶上方传来一阵轰隆隆的声音，大殿顶上的一块石板滑开，露出一处正方形的洞口。汪淼调整方向，看到这个方洞通到金字塔的外面，在这个方洞的尽头，汪淼看到了几颗闪烁的星星。

游戏的时间加快了，由两名士兵看守的周文王带来的沙漏几秒钟就翻动一次，标志着8小时的流逝。上方的窗口无规律地闪烁起来，不时有一束乱纪元的阳光射进大殿：有时很微弱，如月光一般；有时则十分强烈，投在地上的方形光斑白炽明亮，使所有的火炬黯然失色。汪淼数着沙漏翻动的次数，当翻到120次左右时，阳光投进窗口的间隔变得规则了，预测中的第一个恒纪元到来。沙漏又翻动15次后，窗口的闪烁又紊乱起来，乱纪元又开始了。然后又是恒纪元，然后又是乱纪元，它们的开始和持续时间虽然有些小误差，但与周文王的预测已是相当地吻合了。当最后一段为期8天的乱纪元结束后，他预言的长恒纪元开始了。汪淼数着沙漏的翻动，20天过去了，射进大殿的日光仍遵循着精确的节奏。这时，游戏时间的流逝速度被调整到正常。

纣王向周文王点点头：“姬昌啊，我将为你树起一座丰碑，比这座宫殿还要高大。”

周文王深鞠一躬：“我的大王，让您的王朝苏醒吧，繁荣吧！”

纣王在石台上站起身，张开双臂，仿佛要拥抱整个世界，他用一种很奇怪的歌唱般的音调喊道：“浸泡——”

听到这号令，大殿内的人都跑向洞门。在周文王的示意下，汪淼跟着他沿着长长的隧道向金字塔外走去。走出洞门，汪淼看到时值正午，太阳在当空静静地照耀着大地，微风吹过，他似乎嗅到了春天的气息。周文王和汪淼一同来到了距金字塔不远的一处湖畔，湖面上的冰已融化了，阳光在微波间跳动。

先出来的一队士兵高呼着“浸泡！浸泡！”，都奔向湖边一处形似谷仓的高大石砌建筑。在来的路上，汪淼不时在远处看到过这种建筑，周文王告诉他那是“干仓”，是存贮脱水人的大型仓库。士兵们打开干仓的石门，从中搬出一卷卷落满灰尘的皮卷，他们每人都抱着、夹着好几个皮卷，走向湖边，将那些皮卷扔进湖中。那些皮卷一遇到水，立刻舒展开来，一时间，湖面上漂浮着一片似乎剪出来的薄薄的人形。每一张“人片”都在迅速吸水膨胀，渐渐地，湖面上的“人片”都变成了圆润的肉体，这些肉体很快具有了生命的迹象，一个个挣扎着从齐腰深的湖水中站立起来。他们睁大如梦初醒的眼睛看着这风和日丽的世界。“浸泡！”一个人高呼起来，立刻引来了一片欢呼声：“浸泡！浸泡！”这些人从湖中跑上岸，赤身裸体地奔向干仓，将更多的皮卷投入湖中，浸泡复活的人一群群从湖中跑出来。这一幕也发生在更远处的湖泊和池塘中，整个世界在复活。

“噢，天啊！我的指头——”汪淼顺着声音看去，见一个刚浸泡复活的人站在湖中，举着一只手哭喊道。那手缺了中指，血从手上的断指处滴到湖中。其他复活者纷纷拥过他的身边，兴高采烈地奔向湖岸，没有人注意他。

“行了，你就知足吧！”一个经过的复活者说，“有人整条胳膊或腿都没了，有人脑袋被咬了个洞，如果再不浸泡，我们怕是都要被乱纪元的老鼠啃光了！”

“我们脱水多长时间了？”另一位复活者问。

“看看大王宫殿上积的沙尘有多厚就知道了，刚听说现在的大王已不是脱水前的大王了，不知是他的儿子还是孙子。”

浸泡持续了 8 天才完全结束，这时所有的脱水人都已复活，世界又一次获得了新生。这 8 天中，人们享受着每天 20 个小时、周期准确的日出日落。沐浴在春天的气息里，所有人都衷心地赞美太阳、赞美掌管宇宙的诸神。第 8 天夜里，大地上的篝火比天上的星星都密，在漫长的乱纪元中荒废的城镇又充满了灯火和喧闹，同文明以前的无数次浸泡一样，所有人将彻夜狂欢，迎接日出后的新生活。

但太阳再也没有升起来。

各种计时器都表明日出的时间已过，但各个方向的地平线都仍是漆黑一片。又过了 10 个小时，还是没有太阳的影子，连最微弱的晨光都见不到。一天过去了，无边的夜在继续着；两天过去了，寒冷像一只巨掌在暗夜中压向大地。

“请大王相信我，这只是暂时的，我看到了宇宙中的阳在聚集，太阳就要升起来了，恒纪元和春天将继续。”金字塔的大殿里，周文王跪在纣王端坐的石台下哀求道。

“还是把鼎烧上吧。”纣王叹了口气说。

“大王！大王！”一名大臣从洞门外跌跌撞撞地跑进来，带着哭腔喊道，“天上，天上有三颗飞星！”

大殿中的所有人都惊呆了，空气仿佛凝固了，只有纣王仍然不动声色。他转向以前一直不屑于搭理的汪淼：“你还不知道出现三颗飞星意味着什么吧？姬昌啊，告诉他。”

“这意味着漫长的严寒岁月，冷得能把石头冻成粉末。”周文王长叹一声说。

“脱水——”纣王又用那歌唱般的声音喊道。其实，在外面的大地上，人们早已开始陆续脱水，重新变成人干以度过正在到来的漫漫长夜，他们中的幸运者被重新搬入干仓，还有大量的人干被丢弃在旷野上。周文王慢慢站起身，朝架在火上的青铜大鼎走去，他爬上鼎沿，跳进去前停了几秒钟，也许是看到伏羲煮得烂熟的脸正在汤中冲他轻笑。

“用文火。”纣王无力地说，然后转向其他人，“该 EXIT（退出）的就 EXIT 吧，游戏到这儿已经没什么玩头了。”

洞门上方出现了发着红光的 EXIT 标志，人们纷纷向那里走去。汪淼也跟随而去，穿过洞门和长长的隧道来到了金字塔外，看到黑夜里大雪纷飞，刺骨的寒冷使他打了个冷战。天空的一角显示出游戏的时间又加快了。

10 天后，雪仍在下着，但雪片大而厚重，像是凝结的黑暗。

有人在汪淼耳边低声说："这是在下二氧化碳干冰了。"汪淼扭头一看，是周文王的追随者。

又过了 10 天，雪还在下，但雪花已变得薄而透明，在金字塔洞门透出的火炬的微光中呈现出一种超脱的淡蓝色，像无数飞舞的云母片。

"这雪花已经是凝固的氧、氮了，大气层正在绝对零度中消失。"

金字塔被雪埋了起来，最下层是水的雪，中层是干冰的雪，上层是固态氧、氮的雪。夜空变得异常晴朗，群星像一片银色的火焰。几行字在星空的背景上出现：

这一夜持续了 48 年，第 137 号文明在严寒中毁灭了，该文明进化至战国层次。

文明的种子仍存在，它将重新启动，再次开始在三体世界中命运变化莫测的进化，欢迎您再次登录。

退出游戏前，汪淼最后注意到的是夜空中的三颗飞星，它们相距很近，相互围绕着，在太空深渊中跳着某种诡异的舞蹈。

三体Ⅱ·黑暗森林（节选）

当减速的过载消失后，穿梭机已经靠上了“螳螂”号的船体，这过程是那么快捷，在穿梭机乘员们的感觉中，“螳螂”号仿佛是突然从太空中冒出来的一样。对接很快完成，由于“螳螂”号是无人飞船，舱内没有空气，考察队四人都穿上了轻便航天服。在得到舰队的最后指示后，他们在失重中鱼贯穿过对接舱门，进入了“螳螂”号。

“螳螂”号只有一个球形主舱，水滴就悬浮在舱的正中，与在“量子”号上看到的影像相比，它的色彩完全改变了，变得暗淡、柔和了许多，这显然是由于外界的景物在其表面的映象不同所致，水滴的全反射表面本身是没有任何色彩的。“螳螂”号的主舱中堆放着包括已经折叠的机械臂在内的各种设备，还有几堆小行星岩石样品，水滴悬浮于这个机械与岩石构成的环境中，再一次形成了精致与粗陋、唯美与技术的对比。

“像一滴圣母的眼泪。”西子说。

她的话以光速从“螳螂”号传出去，先是在舰队，3 小时后在整个人类世界引起了共鸣。在考察队中，中校和西子，还有来自欧洲舰队的少校，都是普通人，因意外的机遇在这文明史上的巅峰时刻处于最中心的位置。在这样近的距离面对水滴，他们都有一种共同的感觉：对那个遥远世界的陌生感消失了，代之以强烈的认同愿望。是的，在这寒冷广漠的宇宙中，同为碳基生命本身就是一种缘分，一种可能要几十亿年才能修得的缘分。这种缘分让人们感受到一种跨越时空的爱，现在，水滴使他们感受到了这种爱，任何敌意的鸿沟都是可以在这种爱中消弭的。西子的眼睛湿润了，3 小时后将有几十亿人与她一样热泪盈眶。

但丁仪落在后面，冷眼旁观着这一切。“我看到了另外一些东西，”他说，“一种更大气的东西，忘我又忘它的境界，通过自身的全封闭来包容一切的努力。”

“您太哲学了，我听不太懂。”西子眼中带泪，笑了笑说。

“丁博士，我们的时间不多了。”中校示意丁仪走上前来，因为第一个接触水滴的必须是他。

丁仪慢慢飘浮到水滴前，把一只手放到它的表面上。他只能戴着手套触摸它，以防被绝对零度的镜面冻伤。接着，三名军官也都开始触摸水滴了。

“看上去太脆弱了，真怕把它碰坏了。”西子小声说。

“感觉不到一点儿摩擦力，”中校惊奇地说，“这表面太光滑了。”

“能光滑到什么程度呢？”丁仪问。

为了解答这个问题，西子从航天服的口袋中拿出了一个圆筒状的仪器，那是一架显微镜。她让镜头接触水滴的表面，从仪器所带的一个小显示屏上，可以看到放大后的表面图像。屏幕上所显示的，仍然是光滑的镜面。

“放大倍数是多少？”丁仪问。

“100 倍。”西子指指显微镜显示屏一角的一个数字，同时把放大倍数调到 1000 倍。

水滴放大后的表面还是光滑的镜面。

“你这东西坏了吧？”中校说。

西子把显微镜从水滴上拿起来，放到自己航天服的面罩上，其他三人凑过来看显示屏，看到了被放大 1000 倍的面罩表面——那肉眼看上去与水滴一样光洁的表面，在屏幕上变得像乱石滩一样粗糙。西子又把显微镜重新安放在水滴表面，显示屏上再次出现了光滑的镜面，与周围没有放大的表面无异。

“把倍数再调大 10 倍。”丁仪说。

这超出了光学放大的能力，西子进行了一连串的操作，把显微镜由光学模式切换到电子隧道显微模式，现在的放大倍数是 10000 倍。

放大后的水滴表面仍是光滑的镜面。而人类技术所能加工的最光滑的表面，只放大上千倍后，其粗糙就暴露无遗，正像格列佛眼中的巨人美女的脸。

“调到 10 万倍。”中校说。

他们看到的仍是光滑的镜面。

“100 万倍。”

光滑的镜面。

“1000 万倍！”

在这个放大倍数下，已经可以看到大分子了，但屏幕上显示的仍是光滑的镜面，看不到一点儿粗糙的迹象，其光洁度与周围没有被放大的表面没什么区别。

“再把倍数调大些。”

西子摇摇头，这已经是电子显微镜所能达到的极值了。

两个多世纪前，阿瑟·克拉克在他的小说《2001：太空漫游》中描述了一个外星超级文明留在月球上的黑色方碑，考察者用普通尺子量方碑的三条边，其长度比例是 1:3:9。以后，不管用什么更精确的方式测量，穷尽了地球上测量技术的最高精度，方碑三边的比例仍是精确的 1:3:9，没有任何误差。克拉克写道：“那个文明以这种方式，狂妄地显示了自己的力量。”

现在，人类正面对着一种更狂妄的力量显示。

“真有绝对光滑的表面？”西子惊叹道。

“有，”丁仪说，“中子星的表面就几乎绝对光滑。[①]”

“但这东西的质量是正常的！[②]”

丁仪想了一会儿，向周围看看说：“联系一下飞船的计算机吧，确定一下捕获时机械手的夹具夹在什么位置。”

这件事情由舰队的监控人员做了，“螳螂”号的计算机发出了几束级细的红色激光束，在水滴的表面标示出钢爪夹具的接触位置。西子用显微镜观察其中一处的表面，在1000万倍的放大倍数下，看到的仍是光洁无瑕的镜面。

“接触面的压强有多大？”中校问，很快得到了舰队的回答：“约每平方厘米200千克。”

光洁的表面最易被划伤，而水滴被金属夹具强力接触的表面没有留下任何划痕。

丁仪飘离开去，到舱内寻找着什么，回来时手里拿着一把地质锤，可能是有人在舱内检测岩石样品时丢下的。其他人来不及制止，他就用力把地质锤砸到镜面上，他只听到“叮”的一声，清脆而悠扬，像砸在玉石构成的大地上。这声音是通过他的身体传来的，由于是真空环境，其他三人听不到。丁仪接着用锤柄的一端指示出被砸的位置，西子立刻用显微镜观察那一点。

1000万的放大倍数下，仍是绝对光滑的镜面。

丁仪颓然地把地质锤扔掉，不再看水滴，低头深思着。三名军官的目光，还有舰队百万人的目光，都集中到他身上。

“只能猜了。”丁仪抬头说，“这东西的分子，像仪仗队那样整齐地排列着，同时相互固结，知道这种固结有多牢固吗？分子像被钉子钉死一般，自身振动都消失了。”

---

① 中子星的原子核都被压在一起，排列得很整齐。

② 中子星物质的比重相当于水的10的14次方倍。

“这就是它处于绝对零度的原因！[①]”西子说，她和另外两名军官都明白丁仪的话意味着什么：在普通密度的物质中，原子核的间距是很大的，把它们相互固定死，不比用一套连杆把太阳和八大行星固定成一套静止的桁架容易多少。

“什么力才能做到这一点？”

“只有一种：强互作用力[②]。”透过面罩可以看到，丁仪的额头上已满是冷汗。

“这……不是等于把弓箭射上月球吗？”

“他们确实把弓箭射上月球了……圣母的眼泪？嘿嘿……”丁仪发出一阵冷笑，听起来有种令人胆寒的凄厉。三名军官也同样知道这冷笑的含义：水滴不像眼泪那样脆弱；相反，它的强度比太阳系中最坚固的物质还要高百倍，这个世界中的所有物质在它面前都像纸片般脆弱，它可以像子弹穿透奶酪那样穿过地球，表面不受丝毫损伤。

“那……它来干什么？”中校脱口问道。

“谁知道呢，也许它真是一个使者，但带给人类的是另外一个信息。”丁仪说，同时把目光从水滴上移开。

“什么？”

“毁灭你，与你有何相干？”

这句话带来一阵死寂，就在考察队的另外三名成员和联合舰队中的百万人咀嚼其含义时，丁仪突然说：“快跑。”这两个字是低声说出的，但紧接着，他扬起双手，声嘶力竭地大喊：“傻孩子们，快——跑——啊！”

---

① 物体的温度是分子振动引起的。

② 强互作用力是自然界所有力中最强的一种，强度为电磁力的100倍，但只能在原子核内部的极短距离上起作用。原子核的尺度与原子相差很大，如果原子是一个剧场大小，那么原子核就只有核桃大，所以，原子的尺度远超过强互作用力的作用范围，在原子间和分子间起作用的主要是电磁力。

“向哪儿跑？”西子惊恐地问。

只比丁仪晚了几秒钟，中校也悟出了真相，他像丁仪一样绝望地大喊：“舰队！舰队疏散！”

但一切都晚了，这时强干扰已经出现，从“螳螂”号传回的图像扭曲消失了，舰队没能听到中校的最后呼叫。

在水滴尾部的尖端，出现了一个蓝色的光环，那个光环开始时很小，但很亮，使周围的一切笼罩在蓝光中，然后它急剧扩大，颜色由蓝变黄，最后变成红色，仿佛光环不是由水滴产生的，而是前者刚从环中钻出来一样。光环在扩张的同时，其光度也在减弱，当它扩张到大约水滴最大直径的一倍时便消失了，在它消失的同时，第二个蓝色小光环在尖端出现，同第一个一样扩张、变色和减弱光度，并很快消失。光环就这样从水滴的尾部不断出现和扩张，频率为每秒钟两三次，在光环的推进下，水滴开始移动并急剧加速。

考察队的四人没有机会看到第二个光环的出现，第一个光环出现后，在近似太阳核心的超高温中，他们都被瞬间汽化了。

“螳螂”号的船体发出红光，从外部看如同纸灯笼内的蜡烛被点燃一样，同时金属船体像蜡一样熔化，但熔化刚刚开始，飞船就爆炸了，爆炸后的“螳螂”号几乎没有留下固体残片，船体金属全部变成白炽的液态在太空中飞散开来。

舰队清晰地观察到了1000千米外“螳螂”号的爆炸，所有人的第一反应是水滴自毁了，他们首先为考察队四人的牺牲而悲伤，然后对水滴并非和平使者感到失望，但对即将发生的事情，全人类都没有做好最起码的心理准备。

第一个异常现象是舰队太空监测系统的计算机发现的，计算机在处理“螳螂”号爆炸的图像时，发现有一块碎片不太正常。大部分碎片是处于熔化状态的金属，爆炸后都在太空中匀速飞行，只有这一块在加速。当然，从巨量的飞散碎片中发现这一微小的事件，只有计算机能做到，它立刻检索数据库和知识库，抽取了包括“螳螂”号的全部信息在内的巨量资料，对这一奇异碎片的出现做出了几十条可能的解释，但没有一条是正确的。

计算机与人类一样，没有意识到这场爆炸所毁灭的，只是“螳螂”号和其中的四人考察队，不包括更多的东西。

对于这块加速的碎片，舰队太空监测系统只发出了一个三级攻击警报，因为它不是正对舰队而来，而是向矩形阵列的一个角飞去。按照目前的运行方向，它将从阵列外掠过，不会击中舰队的任何目标。在“螳螂”号爆炸的同时引发的大量一级警报中，这个三级警报被完全忽略了。但计算机也注意到了这块碎片极快的加速度，在飞出 300 千米时，它已经超过了第三宇宙速度，而且加速还在继续。于是警报级别被提升至二级，但仍被忽略。碎片从爆炸点到阵列一角共飞行了约 1500 千米，耗时约 50 秒钟，当它到达阵列一角时，速度已经达到 31.7 千米 / 秒，这时它处于阵列外围，距处于矩形这一角的第一艘战舰“无限边疆”号 160 千米。碎片没有从那里掠过阵列，而是拐了一个 30 度的锐角，速度丝毫未减，直冲“无限边疆”号而来。在它用 2 秒钟左右的时间飞过这段距离时，计算机居然把对碎片的二级警报又降到了三级，按照它的推理，这块碎片不是一个有质量的实体，因为它完成了一次从宇航动力学上看根本不可能的运动：在两倍于第三宇宙速度的情况下进行这样一个不减速的锐角转向，几乎相当于以同样的速度撞上一堵铁墙，如果这是一个航行器，它的内部放着一块金属，那这次转向所产生的过载会在瞬间把金属块压成薄膜。所以，碎片只能是个幻影。

就这样，水滴以第三宇宙速度的两倍速向“无限边疆”号冲去，它此时的航向延长线与舰队矩形阵列的第一列重合。

水滴撞击了“无限边疆”号后部三分之一处，并穿过了它，就像毫无阻力地穿过一个影子。由于撞击的速度极快，舰体在水滴撞进和穿出的位置只出现了两个十分规则的圆洞，其直径与水滴最粗处相当。但圆洞刚一出现就变形消失，周围的舰壳都因为高速撞击产生的热量和水滴推进光环的超高温而熔化了，被击中的这一段舰体很快处于红炽状态，这种红炽由撞击点向外蔓延，很快覆盖了“无限边疆”号的二分之一，这艘巨舰仿佛是刚刚从煅炉中取出的一个大铁块。

穿过“无限边疆”号的水滴继续以约 30 千米 / 秒的速度飞行，在 3 秒钟内飞过了 90 千米的距离，首先穿透了矩形阵列第一列上与“无限边疆”号相邻的“远方”号，接着穿透了“雾角”号、“南极洲”号和“极限”号。它们的舰体立刻处于红炽状态，像是舰队第一队列中按顺序亮起的一排巨灯。

“无限边疆”号的大爆炸开始了。与其后被穿透的其他战舰一样，它的舰体被击中的位置是聚变燃料舱，与“螳螂”号在高温中发生的常规爆炸不同，“无限边疆”号的部分核燃料被引发核聚变反应，人们一直不知道，聚变反应是被水滴推进光环的超高温还是被其他因素引发的。热核爆炸的火球在被撞击处出现，并迅速扩张，整个舰队都被强光照亮，在黑天鹅绒般的太空背景上凸现出来，银河系的星海黯然失色。

核火球也相继在“远方”号、“雾角”号、“南极洲”号和“极限”号上出现。

在接下来的 8 秒内，水滴又穿透了 10 艘恒星际战舰。

这时，膨胀的核火球已经吞没了“无限边疆”号的整个舰体，然后开始收缩。同时，核火球在更多被击穿的战舰上亮起并膨胀。

水滴继续在矩形阵列的长边上飞行，以不到 1 秒的间隔，穿透一艘又一艘恒星际战舰。

这时，在第一个被击穿的“无限边疆”号上，核聚变的火球已经熄灭，被彻底熔化的舰体爆发开来，百万吨发着暗红色光芒的金属液放射状地迸射，像怒放的花蕾。熔化的金属在太空中无阻力地飞散，在所有的方向上形成炽热的金属岩浆暴雨。

水滴继续前进，沿直线贯穿更多的战舰，在它的身后，一直有 10 个左右的核火球在燃烧。在这些炽热的小太阳的光焰中，整个舰队阵列也像被点燃了一般熠熠闪耀，成为一片光的海洋。在火球队列的后方，熔化的战舰相继迸射开来，金属液炽热的波涛在太空中汹涌扩散，如同在岩浆的海洋中投入了一块块巨石。

水滴用 1 分 18 秒飞完了 2000 千米的路程，贯穿了联合舰队矩形阵列第一队列中的 100 艘战舰。

当第一队列的最后一艘战舰“亚当”号被核火球吞噬时，在队列的另一端，迸射的金属岩浆已经因扩散和冷却而变得稀疏，爆发的核心，也就是一分多钟前“无限边疆”号所在的位置，几乎变得空无一物了。“远方”号、“雾角”号、“南极洲”号、“极限”号……都相继化作飞散的金属岩浆消失了。当这个队列中最后一个核火球熄灭后，太空再次黑暗下来，飞散中渐渐冷却的金属岩浆本来已经看不清楚，但在太空暗下来后，它们暗红色的光芒再次显现，像一条 2000 千米长的血河。

水滴在击穿了第一队列最后一艘战舰“亚当”号后，向前方空荡的太空飞行了约 80 千米的一小段，再次做出了那个人类宇航动力学无法解释的锐角转向。这一次转向的角度比上一次更小，约为 15 度，几乎是突然掉头反向飞行，同时保持速度不变，然后经过一次较小的方向调整，航向与舰队矩形阵列的第二列（如果考虑刚刚完成的毁灭，这已经是第一列了）直线重合，最后它以 30 千米 / 秒的速度向该队列在这个方向的第一艘战舰“恒河”号冲去。

直到这时，联合舰队的指挥系统还没有做出任何反应。

舰队的战场信息系统忠实地完成了自己的使命，通过庞大的监测网完整地记录了前 1 分 18 秒的战场信息。这批信息数量巨大，在短时间内只能由计算机战场决策系统来进行分析，得出了这样的结论——

在附近空间出现了强大的敌方太空力量，并对我方舰队发起攻击，但计算机没有给出这种力量的任何信息，能确定的只有两点：一是敌太空力量处于水滴所在方位；二是这种力量对我方所有探测手段都是隐形的。

这时，舰队的指挥官们都处于一种震颤、麻木状态中，在过去长达两个世纪的太空战略和战术研究中，他们设想过各种极端的战场情况，但目睹100 艘战舰像一挂鞭炮似的在一分钟内炸完，还是超出了他们的心理承受能力。面对着从战场信息系统潮水般汹涌而来的信息，他们只能依赖计算机战场决策系统的分析和判断，把注意力集中到对那个并不存在的敌隐形舰队的探测上，大量的战场监测力量开始把视线投向远方的太空深处，而忽略了眼前的危险。甚至有相当多的人认为，这个强大的隐形敌人可能是人类与三体之外的第三方外星力量，因为三体世界在他们的潜意识中已经是一个弱小的失败者了。

舰队的战场监测系统没有尽早发现水滴的存在，主要原因在于水滴对所有波长的雷达都是隐形的，因而只能从对可见光波段的图像的分析才能发现它，但在太空战场的监测信息中，可见光图像信息远不如雷达信息受到重视。在攻击发生时，太空中飞散着暴雨般的爆炸碎片，这些碎片大多是核爆高温中熔化的液态金属，它们在从爆炸中飞出的时候大部分也呈液滴状，每艘战舰毁灭时熔化的金属达百万吨，形成巨量的液态碎片，其中相当一部分的大小和形状都与水滴相当，所以计算机图像分析系统很难把水滴从巨量碎片中分辨出来，更何况几乎所有指挥官都认为水滴已经在“螳螂”号中自毁，并没有专门的指令让系统做这样的分析。

与此同时，另外的一些情况也加剧了战场的混乱。第一队列战舰爆炸迸射出的碎片很快到达了第二队列，各舰的战场防御系统做出了反应，开始用高能激光和电磁炮拦截碎片。飞来的碎片主要是被核火球烧熔的金属，它们大小不一，在飞行途中已经被太空中的低温部分冷却，但冷却变硬的只是一层外壳，里面还是炽热的液态，其被击中后像焰火一样灿烂地飞散开来。很快，在第二队列和已经毁灭的第一队列留下的暗淡“血河”之间，形成了一道平行的焰火屏障，它疯狂地爆发着、翻滚着，像是从那看不见的敌人的方向涌来的火海大潮。飞散的碎片如冰雹般密集，防御系统并不能完全拦截它们，相当一部分碎片穿过了拦截火力并击中了战舰。这些固液混合的金属射流具有相当的冲击力和破坏力，第二队列中一部分战舰的舰壳受到严重损伤，甚至被击穿，减压警报凄厉地响起……与碎片的炫目的战斗吸引了相当的注意力，这种情况下，指挥系统的计算机和人都难以避免出现一种错觉：舰队正在和敌太空力量激烈交火。

没有人和计算机注意到那个即将开始毁灭第二队列的小小的死神。所以，当水滴冲向“恒河”号时，第二队列的 100 艘战舰仍然排成一条直线，这是死亡的队形。

水滴像闪电般冲来，在短短的 10 秒钟内，它就击穿了“恒河”号、“哥伦比亚”号、“正义”号、“马萨达”号、“质子”号、“炎帝”号、“大西洋”号、“天狼”号、“感恩节”号、“前进”号、“汉”号和“暴风雨”号 12 艘恒星级巨舰。同第一队列中的毁灭一样，每艘战舰在被穿透后先是变成红炽状态，然后被核聚变火球吞噬，火球熄灭后，被熔化的战舰便化作百万吨发着暗红色光芒的金属岩浆爆发开来。在这惨烈的毁灭中，直线排列的战舰队列就像一根被点燃的长达 2000 千米的导火索，在剧烈的燃烧后，留下一条发着暗红色余光的灰烬。

1 分 21 秒后，第二队列的 100 艘战舰也被全部摧毁。

三体Ⅲ·死神永生（节选）

太空中有一双大眼睛在盯着她们。

那是两个发光的椭圆形，其结构像极了眼睛，都有白色或淡黄色的眼白和深色的眼球。

“那个是海王星，那个是天……哦不，是土星！”AA 指着天空说。

两颗类木巨行星已经被二维化。天王星的轨道在土星之外，但由于前者目前正处于太阳的另一侧，首先跌落到二维的是土星。二维化后的巨行星应该是圆形，只是从冥王星上看，视线与二维空间平面有一个角度，于是它们在视野中变成了椭圆。两颗二维行星呈现出清晰的环层结构。二维海王星主要有三个环区：最外层是蓝色的环，看上去十分艳丽，像这只眼睛的睫毛和眼影，那是由氢气和氦气构成的大气层；中部是白色环，这是海王星厚达 2 万千米的地幔，曾被行星天文学家称为水氨大洋；中心的深色区是行星核，由岩石和冰组成，质量相当于一个地球。二维土星的结构类似，只是外侧没有蓝色环。每个大环区中还有无数更细小的环区，构成精细的结构。细看时，这两只巨眼变得像刚刚锯断的大树露出的那种崭新的年轮。每颗二维行星的附近都有十几个小圆形，那是它们被二维化的卫星。土星外侧还有淡淡的一个大圆，是二维化的土星环。太空中仍能够找到太阳，它仍然是一个刚能看出形状的小圆盘，发出无力的黄光，而两颗行星远在太阳的另一侧，可见它们二维化后巨大的面积。

但两颗二维行星没有体积，它们的厚度为零。

在两颗二维行星发出的光芒中，程心和 AA 搬着文物穿过白色的降落场，走向“星环”号。飞船流线型的光洁机体像一个大哈哈镜，把二维行星的映象拉成流畅的长条，这个外形本身让人不由得联想到水滴，呈现出一种令人宽慰的坚固和轻捷感。在来冥王星的航程中，AA 就曾对程心说过，她猜测“星环”号的船体中可能有一定比例的强互作用力材料。当她们走近时，飞船底部的舱门无声地滑开，她们沿着舷梯把文物搬进舱里，然后摘下头盔，在这温馨的小天地中长出了一口气，感到一阵归来的慰藉。不知不觉中，她们已经把这里当成家了。

程心问飞船 AI 是否能收到海王星和土星方面的信息，她的话音刚落，信息窗口就铺天盖地地涌出来，像一场要把她们埋葬的彩色雪崩。这情景让她们想起了 118 年前的第一次误报警。但那一次涌现的信息画面，大部分是媒体有组织的报道，而现在，新闻媒体似乎完全消失了，大部分画面没有具体内容，有的一片模糊，有的剧烈晃动，更多的是各种毫无意义的近景。但也有一部分画面被斑斓的色彩所充满，那些色彩都在变幻流动中呈现出精细复杂的结构，有可能拍摄的是二维空间平面。

AA 请求 AI 筛选出一些有内容的画面，AI 问她们想要哪方面的信息，程心说要太空城方面的。泛滥的窗口被瞬间清空，很快出现了有序排列的十几个窗口，其中的一个窗口放大到最前方。AI 介绍说，这是 12 小时前海王星群落中欧洲六号太空城的画面，该太空城原属于一个城市组合体，打击警报公布后，组合体解体。

这个画面很稳定，视野也很广阔，拍摄的位置可能是在太空城的一个极点附近，展现的几乎是城市的全景。

欧洲六号太空城已经停电，只有几束探照灯把晃动的光圈投射到对面的城区，悬浮在城市中轴线上的三个核聚变太阳都变成了月亮，发出银色的冷光，显然只是为了照明而不再发出热量了。这是一个标准的椭球构型的大型太空城，城市中的建筑已与程心在半个世纪前看到的有了很大的变化。掩体世界显然处于繁荣时代中，城市建筑不再整齐划一，而是形态各异，高度也增加了许多，有很多建筑的顶端已经接近城市的中轴线。树形建筑也出现了，看上去规模与地球上的差不多，只是挂在树上的建筑叶子更为密集。可以想象城市灯海亮起时的壮丽与辉煌，但现在，照耀这一切的只有冰冷的月光，在这种月光中，树形建筑更像巨树了，投下大片的阴影，城市的其余部分则像是巨树森林中华丽的废墟。

太空城已经停止自转，一切都处于失重状态，城市的空间中飘浮着无数没有固定的物体，除了大量的杂物和车辆，还有整幢的建筑。

城市的中轴线上有一条黑色的云带，蜿蜒在整条中轴线上，连接着两极。飞船 AI 在画面上画出一个小方框进行局部放大，生成了一个新的窗口画面，程心和 AA 震惊地发现，那黑色的云带竟是悬浮在中轴线上的人海！失重中的人们有的联结成一团，有的手拉手联成一排长队，更多的人则单独浮在空中。人们都戴着头盔，身上的衣服也都很密实，应该是太空服——在程心上次苏醒的时代，轻便太空服已经很难同普通服装区分开了；每个人都有一个好像是生命维持系统的小背包，或背在背上，或提在手中。不过，大部分人的头盔面罩是打开的，也能看出空中有微风吹过，说明城市中仍保留着正常的大气。核聚变太阳此时发出的确实是冷光，因为在太阳周围聚集了更多的人，也许是为了得到光明和一丝温暖。已变成月光的银色阳光从密集人海的缝隙中透出来，在周围的城市中洒下斑驳的光影。

据飞船 AI 介绍，欧洲六号中的 600 多万人口已经有一半乘飞船或太空艇撤离城市，剩下的 300 万人中，一部分没有条件撤离，但大多数人明白任何形式的逃离都没有成功的希望，退一万步说，即使真的成功脱离二维跌落区逃到外太空，以现有的大多数飞船上的生态条件而言，生存也维持不了多久，能够在外太空长期生存的恒星际飞船仍然是极少数人的专利。于是人们选择在自己熟悉的地方等待最后的时刻。

画面的声音播放开着，却没有听到什么声音，人海和城市都处于寂静中。所有人的目光都盯着城市的一个方向，那一带现在仍同城市的其他区域一样，布满鳞次栉比的建筑和纵横交错的街道，没有什么特别的东西，人们都在等待着。在太阳或月亮如水的冷光中，人们的脸色都如鬼魅般苍白，这使得程心想起 126 年前在澳洲大陆上的那个血色黎明，像那时一样，程心又出现了居高临下看蚁穴的感觉，那黑压压的人云像极了飘浮的蚁群。

人海中突然响起一阵惊叫，在太空城赤道上的一点——就是人们目光聚焦的那个地方，突然出现了一个亮点，像是黑屋屋顶出现一个小破口透进阳光一样。

那是欧洲六号最先与二维空间平面接触的位置。

亮点迅速扩大，成为一个椭圆形的发光平面，这就是二维空间平面。它发出的光芒被周围高大的建筑群切割成许多条光柱，也照亮了中轴线上的人云。这时，太空城像一艘底部破口的巨轮，在二维空间平面的海洋上沉下去，二维空间平面像船内的水面，在迅速上升，与平面接触的一切都在瞬间二维化。建筑群被上升的二维空间平面齐齐切割，它们的二维形体在平面上扩展开来，由于城内的平面只是二维化后的太空城很小的一部分，二维化的建筑大部分扩展到太空城的范围之外。在升起和扩大中的二维空间平面上，斑斓的色彩和复杂的结构闪电般地向各个方向奔流飞散，仿佛二维空间平面是一个透镜，在管窥着从下面飞奔而过的色彩斑斓的巨兽。由于太空城中仍有空气，这时可以听到三维世界跌入二维时的声音——一种清脆而尖锐的碎裂声，仿佛建筑群和太空城本体都是玲珑剔透的玻璃制品，一个巨型碾滚正在轧过这个玻璃制品城。

随着二维空间平面的上升，中轴线上的人海开始向与平面相反的方向扩散，就像一条被无形的手缓缓提起的帷幔。这情景让程心想到她曾见过的由几百万只鸟组成的鸟群的图像，那巨大的鸟群像一个完整的生命体，在黄昏的天空中变幻着形状。

很快，太空城的三分之一被二维空间平面吞没，平面疯狂地闪耀着，不可阻挡地上升，逼近中轴线。这时已经开始有人跌入平面，他们或者是因为太空服上推进器的故障落在后面，或者是放弃了逃跑，他们就像落在水面上的一滴滴彩色墨水，瞬间在平面扩展开来，展现出形态各异的二维人体。在飞船 AI 拉出的一个放大画面上，可以看到一对情侣拥抱着跌入平面，二维化后的两个人体在平面上并行排列，仍能看出拥抱的样子，但姿态很奇怪，像一个不懂透视原理的孩童笨拙地画出来的。还有一位母亲，高举着自己还是婴儿的孩子跌入平面，那孩子也只比她在三维世界多活了 0.1 秒，她们的形体也生动地印在这幅巨画上。随着平面的上升，落在上面的“人雨”渐渐密集起来，被定格的二维人体成群地涌现在平面上，随后大部分移出了太空城的边界。

当二维空间平面接近中轴线时，人海已经大部分降落到对面的城市中，此时，太空城的一半已经消失在二维空间中，二维空间平面的可见面积达到最大，人们抬头已经看不到昔日对面的城市，只见到一片迷乱的二维天空，向着欧洲六号仍在三维世界的部分压下来。现在，从北极的主要出口逃离已经不可能，人群聚集在赤道附近，这里有三个紧急出口，失重中的人群在出口附近拥挤成高高的人山。

二维空间平面通过了中轴线，吞没了空中的三个核聚变太阳，但在二维化过程发出的光芒中，剩下的世界变得更亮了。

一阵低沉的呼啸声响起，这是太空城中的空气泄入太空时发出的声音，这时，赤道上的三个紧急出口已全部敞开，每个出口都有一个足球场大小，直接通向仍然是三维的太空。

飞船 AI 把另一个窗口推到最前面，这是从外部太空中拍摄的欧洲六号的画面：已经二维化的太空城沿着一个无形的平面广阔地铺展开来，太空城仍处于三维的部分在中央显得很小，并且正在迅速向平面沉下去，像一头巨鲸的脊背。在三维部分的太空城上，有三团像黑烟一样的东西在扩散，那是被泄漏的空气形成的狂风吹出来的人群。二维海洋中的这座三维孤岛在不断地下沉和消融，在不到 10 分钟的时间里，欧洲六号太空城被完全二维化。

画面上显示了二维太空城的全景，难以估计它的面积，肯定十分广阔。但这已经是一座死城，甚至可以说是城市的一张 1∶1 的图纸。在这张超级图纸上反映了城市的所有细节，小到每一颗螺丝钉、每一根纤维、每一只螨虫，甚至每个细菌，都被精确地画下来。这张图纸的精确度是原子级别的，原三维世界中的每一个原子，都以铁的规则投射到二维空间平面上相应的位置。绘制这张图纸的一个基本原则是没有重叠，没有任何被遮挡的部分，所有细节都在平面上排列出来，显露无遗。在这里，复杂代替了宏伟。读懂这张图纸并不容易，在上面既能够看出城市的总体布局，也能够认出一些宏观结构，比如二维的树形建筑仍呈现出树形结构。但二维化后的建筑结构变形很大，仅凭想象力从其二维图形推测出原来的三维形状几乎不可能，不过毫无疑问，以正确的数学模型为基础的图像处理软件应该能够做到。

在画面上，还可以看到远处另外两座被二维化的太空城，它们已经不再发光，这些二维城市像飘浮在漆黑太空中的没有厚度的大陆，在无形的二维空间平面上遥遥相望。但摄像机（可能是在一艘无人太空艇上）也在向二维空间平面跌落，很快，二维的欧洲六号占据了整个画面。

那从紧急出口逃离了欧洲六号的上百万人，此时也随着向二维跌落的三维太空坠向平面，就像在无形瀑布中的蚁群一样。磅礴的“人雨”洒落在平面上，使二维城市中的人形迅速密集起来，二维化的人体有很大的面积，但与广阔的二维建筑相比则十分微小，像这张巨画中的无数刚能看出人形的小符号。

画面中的三维太空里出现了许多更大的物体，那是更早的时候飞离欧洲六号的小型飞船和太空艇，它们的聚变发动机都开到最大功率，但仍在跌向二维的三维空间中向着平面无助地坠落。有一瞬间，程心感觉飞船和太空艇喷出的长长的蓝色烈焰能够烧穿那没有厚度的平面，但等离子体射流只是首先被二维化了。在那些区域，二维建筑物被二维火焰烧得变形扭曲，紧接着，飞船和太空艇纷纷成为巨画的一部分，按照不重叠的规则，二维城市整体扩大为它们让开位置，看上去像是在平面上激起的水波扩散开来。

摄像机继续向平面坠落，程心紧盯着越来越近的二维城市，想在城市中找出人活动的迹象。但是没有，除了刚才在火焰中的变形，二维城市中的一切都处于静止状态，那些二维人体同样一动不动，没有任何生命的迹象。

这是一个死的世界、一张死的画。

镜头继续向平面接近，坠向一个二维人体。那个四肢张开的人体很快充满了画面，紧接着闪现出复杂的血管经络和肌肉纤维，也许是幻觉，程心似乎看到那二维化的血管中还有红色的二维血液在流动，但仅仅一瞬间，图像便消失了。

刘慈欣创作年表

《鲸歌》 《科幻世界》1999 年第 6 期

《微观尽头》 《科幻世界》1999 年第 6 期

《坍缩》(原名《宇宙坍缩》) 《科幻世界》1999 年第 7 期

《带上她的眼睛》 《科幻世界》1999 年第 10 期
获第十一届中国科幻银河奖一等奖

《地火》 《科幻世界》2000 年第 2 期

《流浪地球》 《科幻世界》2000 年第 7 期
获第十二届中国科幻银河奖特等奖

《乡村教师》 《科幻世界》2001 年第 1 期
获第十三届中国科幻银河奖读者提名奖

《微纪元》 《科幻世界》2001 年第 4 期

《全频带阻塞干扰》 《科幻世界》2001 年第 8 期
获第十三届中国科幻银河奖

《纤维》 《科幻世界 · 惊奇档案》2001 年霹雳与玫瑰号

《命运》 《科幻世界 · 惊奇档案》2001 年太阳舞号

作品	发表/获奖
《信使》	《科幻大王》2001 年第 11 期
《西洋》	《2001 年度中国最佳科幻小说集》2002 年出版
《中国太阳》	《科幻世界》2002 年第 1 期 获第十四届中国科幻银河奖
《梦之海》	《科幻世界》2002 年第 1 期
《朝闻道》	《科幻世界》2002 年第 1 期 获第十四届中国科幻银河奖读者提名奖
《混沌蝴蝶》	《科幻大王》2002 年第 1 期
《天使时代》	《科幻世界》2002 年第 6 期
《当恐龙遇上蚂蚁》	2002 年 6 月出版
《魔鬼积木》	2002 年 9 月出版
《人和吞食者》(原名《吞食者》)	《科幻世界》2002 年第 11 期 获第十四届中国科幻银河奖读者提名奖
《超新星纪元》	2003 年 1 月出版 2007—2009 年度赵树理文学奖儿童文学奖

作品	发表/获奖
《诗云》	《科幻世界》2003 年第 3 期 获第十五届中国科幻银河奖读者提名奖
《光荣与梦想》	《科幻世界》2003 年第 8 期
《地球大炮》	《科幻世界》2003 年第 9 期 获第十五届中国科幻银河奖
《思想者》	《科幻世界》2003 年第 12 期 获第十五届中国科幻银河奖读者提名奖
《圆圆的肥皂泡》	《科幻世界》2004 年第 3 期 获第十六届中国科幻银河奖读者提名奖
《球状闪电》	《星云Ⅱ · 球状闪电》2004 年 7 月出版
《镜子》	《科幻世界》2004 年第 12 期 获第十六届中国科幻银河奖
《赡养上帝》	《科幻世界》2005 年第 1 期 获第一届柔石小说奖短篇小说金奖
《欢乐颂》	《恐龙 · 九州幻想》2005 年 8 月贪狼号
《赡养人类》	《科幻世界》2005 年第 11 期 获第十七届中国科幻银河奖
《山》	《科幻世界》2006 年第 1 期

《三体》 《科幻世界》2006 年第 5—12 期
获第十八届中国科幻银河奖特别奖、第一届西湖 · 类型文学双年奖金奖、2014 年度星云奖（美国）最佳长篇小说类提名、第七十三届雨果奖（美国）最佳长篇小说奖、2015 年坎贝尔奖最佳小说提名奖、第五十一届日本星云奖海外长篇小说奖等

《三体Ⅱ · 黑暗森林》 2008 年 5 月出版
获第五十二届日本星云奖海外长篇小说奖

《月夜》 《生活》2009 年 2 月号

《太原之恋》（又名《太原诅咒》） 《九州幻想 · 赍书铁券》2010 年 2 月出版

《人生》 收录于《时光尽头》2010 年 1 月出版

《2018 年 4 月 1 日》 收录于《时光尽头》2010 年 1 月出版

《时间移民》 收录于《微纪元》2010 年 4 月出版

《三体Ⅲ · 死神永生》 2010 年 11 月出版
获第二十二届中国科幻银河奖特别奖、第二届全球华语科幻星云奖最佳长篇科幻小说奖金奖、《当代》长篇小说 2011 年度五佳、2017 年度轨迹奖最佳长篇科幻小说奖等

《烧火工》 果壳网 2012 年 1 月

《圆》 收录于 *Carbide Tipped Pens*（《硬质合金笔》）2014 年 12 月出版

《黄金原野》 收录于《十二个明天》2018 年 8 月出版